光文社古典新訳文庫

故郷／阿Q正伝

魯迅

藤井省三訳

kobunsha classics

光文社

Title : 故郷
1921
阿Q正伝
1922
Author : 魯迅

『故郷／阿Q正伝』 目次

魯迅ゆかりの東アジアの都市（清朝末期）

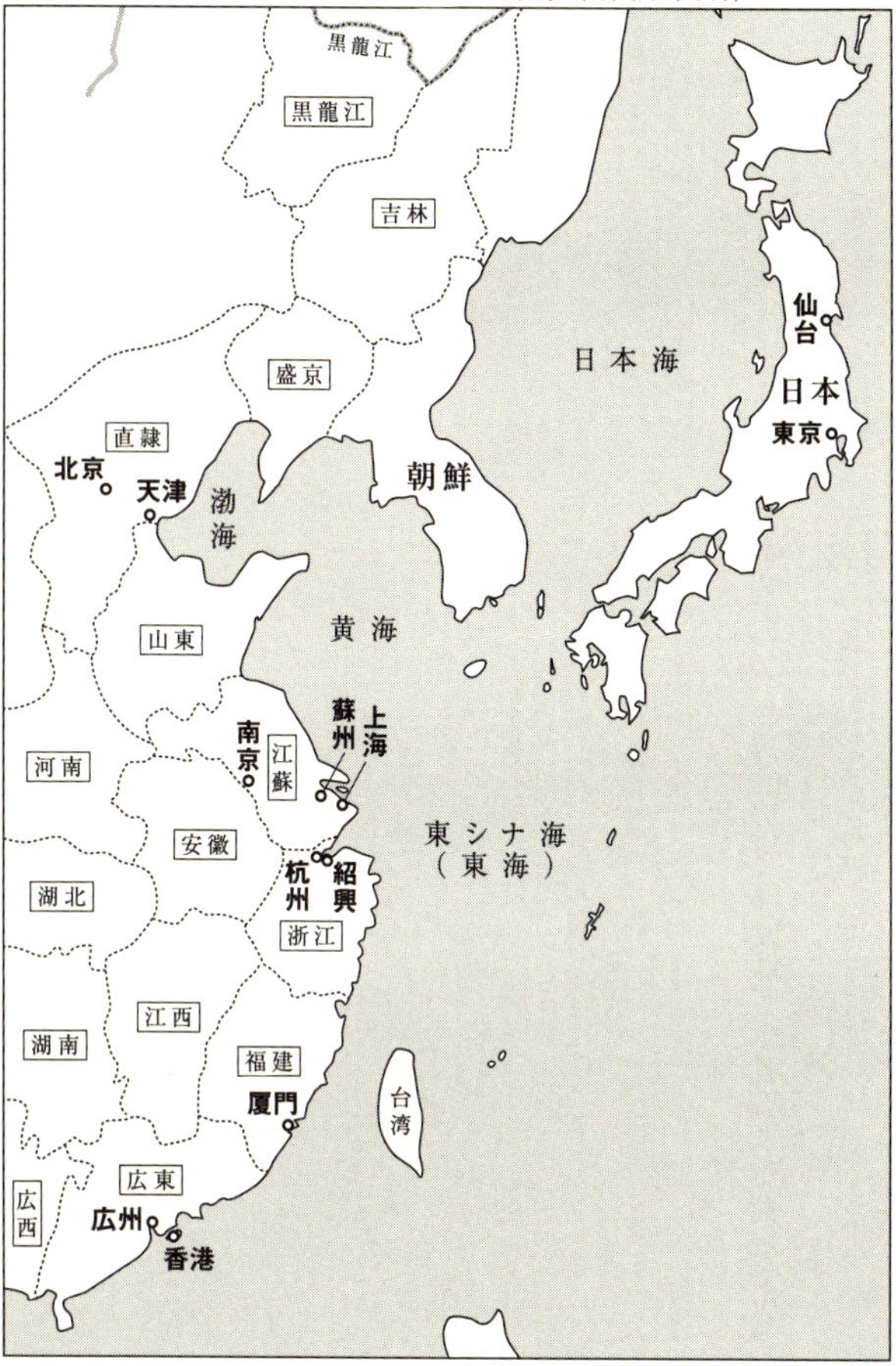

※本文中［　］で囲んだ部分は、訳者による補足です。

故郷／阿Q正伝

訳者まえがき

魯迅《ルーシュン》（ろじん）は一八八一年に、上海の南西約二〇〇キロにある古都・紹興《シャオシン》で、地主官僚の家に生まれました。魯迅が十代を迎えると、家は急速に没落していきます。

当時の中国は、北方の少数民族であった満州民族が漢民族を征服して立てた清《しん》王朝の支配下にあり、清朝はほぼ日本の江戸時代から明治の末年まで続きました。一八世紀には清朝は世界でも最大級の繁栄を誇りましたが、一九世紀半ばには人口増加などの内政問題と産業革命後の欧米諸国の東アジア侵略により急速に衰弱します。アヘン戦争（一八四〇～四二）後に上海を開港し、イギリス・アメリカ・フランスによる租界建設を認めたことは象徴的な事件でした。その後は清朝も体制改革を模索し、欧米資本や中国資本による近代的商工業も発展しました。一八六二年には高杉晋作が上海を訪問し、清朝の武官やイギリスの宣教師と交流したというエピソードも残されています。

日本は幕末には清朝に学んで近代化＝欧化に着手しましたが、明治維新後には急速な改革を行って清朝を追い越し、日清戦争（一八九四～九五）で清朝の陸海軍に圧勝しました。深まる危機を前に、中国では康有為《カンヨウウェイ》（こうゆうい、一八五八～一九二七）、梁啓超《リアンチーチャオ》（りょうけいちょう、一八七三～一九二九）らが明治維新をモデルとした立憲君主制による近代化を唱えて変法《へんぽう》維新運動を開始しますが、西太后（せいたいごう、一八三五～一九〇八）ら保守派がクーデター（戊戌《ぼじゅつ》政変、一八九八）によって運動を弾圧したのです。構造改革の挫折後には、より急進的な民族主義革命派が登場して、清朝打倒と漢民族による国民国家建設をめざし、各種雑誌による宣伝活動や武装蜂起を開始するのでした。

清朝は一九一一年の辛亥《しんがい》革命で倒壊し、翌年アジアで最初の共和国、中華民国が誕生しますが、その後も袁世凱《ユワンシーカイ》（えんせいがい、一八五九～一九一六）による帝政復活や軍閥割拠などの政治的混乱が続きます。これに対し陳独秀《チェントゥシウ》（ちんどくしゅう、一八七九～一九四二）や胡適《フーシー》（こてき、一八九一～一九六二）、銭玄同《チエンシュワントン》（せんげんどう、一八八七～一九三九）ら日本・アメリカ留学組の知識人は、口語文による新しい文体の

「国語」を創出し、国語によって民衆に国民国家共同体を想像させようとして、一九一七年に文学革命を提唱しました。やがて二〇年代半ばには国民党主導の国民国家建設に向けた革命が始まり、蔣介石《チアンチエシー》率いる広東省の国民党軍による各地の軍閥に対する北伐戦争（一九二六〜二八）を経て中国は統一されます。ところが国家建設をめぐって国民党と共産党が激しく対立するいっぽう、三〇年代には日本の中国侵略が始まり、中華民国は再び大きな危機を迎えるのでした。

魯迅はこのような家族と社会、国家の大転換期を生きながら、文学により伝統と現代の矛盾を考察し、新しい社会における人間のあり方を模索した人なのです。その第一歩として青年時代の魯迅は、科挙の試験に合格して官僚となり退職後には地主となるという伝統的な処世法を拒否し、一九〇二年に日本に留学して民族主義革命派となりました。

最初は革命軍の軍医を志して仙台医学専門学校（現・東北大学医学部）で学び、やがて当時最先端の職業であった文学者となることを夢みて、東アジア最大のメディア都市東京で文学活動を開始するのでした。しかしロマン派詩人論などを発表するための文芸誌の創刊に失敗し、世界文学短篇全集の翻訳も二冊で終わり、一九〇九年には失意の内に帰国しています。

魯迅は故郷の紹興で化学・生物の教師として勤めるうちに辛亥革命を迎え、中華民国教育部（日本の文科省に相当）の課長級官僚となって北京に行きます。そして文学革命が始まりますと、名作を次々と発表して中国近代文学の父となるのでした。

本書に収録した作品は、文学革命期から国民革命・北伐戦争期までに発表されたもので、前半は短篇小説集『吶喊《とっかん》』から、後半は自伝小説風のエッセー集『朝花夕拾《ちょうかせきしゅう》』から選びました。「吶喊」とはワーワーという鬨《とき》の声のことで、魯迅は自らの小説を文学革命に加勢してあげた鬨の声に喩《たと》えたのです。

『吶喊』のうち三作は、清朝末期の紹興を思わせる町を舞台としています。「孔乙己《コンイーチー》」は、書籍泥棒にまで落ちぶれていく酒好きの科挙試験の落第生を描いています。「薬」は肺病で亡くなる茶館（伝統的喫茶店）のひとり息子と、民族主義革命家として処刑される地主の家の息子との対照的な死を、親の視点から描いた秀作です。「阿Q正伝」は社会の低層にいた日雇い農民の阿Qに深い共感を寄せながら、中国人の民族性を鋭く批判した魯迅の代表作です。

そのほかの「小さな出来事」「端午の節季」「あひるの喜劇」は、文学革命期の北京を舞台としています。それぞれ、底辺労働者であった人力車の車夫のやさしさに感動する物語であり、軍閥割拠の動乱のため給料遅配となって大慌てする官僚（魯迅と同様に大学講師を兼業しています）をペーソスたっぷりに描く小説であり、北京の伝統的住宅に住む大家族とロシア詩人との交流の物語です。

この紹興と北京を舞台にした二つの作品群をつなぐのが、珠玉の名作ともいうべき「故郷」なのです。

付録には「『吶喊』自序」など三篇を選びました。「『吶喊』自序」は少年期から文学革命に至るまで自らの半生を回顧する序文ですが、虚構性が高く小説に限りなく近い作品といえるでしょう。「兎と猫」は「あひるの喜劇」の姉妹篇とも言うべき童話風の作品で、魯迅自身による日本語訳を採用しました。「狂人日記」は魯迅最初の口語文による小説ですが、口語文体は未完成で作品の記述には謎が多いため、付録に入れた次第です。

本書ではこのような謎の部分も無理に意訳することなく、直訳を心がけました。また従来の訳は魯迅の原文を分節化して、二倍から三倍もの句点「。」を使用していますが、本書では基本的に句点は魯迅原文に準じています。また『吶喊』の小説群は日本の夏目漱石や芥川龍之介、ロシアのアンドレーエフ、チリコフらの影響を強く受けています。

これらの点について、詳しくは巻末の解説をご参照下さい。

吶《とつ》喊《かん》

孔乙己《コンイーチー》

魯鎮《ルーチェン》という町の飲み屋の構えは、よそとは異なり、必ず通りに面してL字形の大きなカウンターがあり、その内側では熱湯を用意し、いつでも酒をお燗《かん》できるようになっている。力仕事の連中が、昼や夕方に仕事が終わると、いつも銅銭四文を払ってひと碗の酒を買っては、カウンターに寄りかかり、熱燗を立ち飲みしてひと休みするのだ――もっともこれは二十年以上も前のこと、今ではひと碗一〇文[1]はするだろう。さらに一文出せば、酒の肴に塩茹での竹の子や茴香豆《ういきょうまめ》「ソラマメを茴香と煮込んだもの」を一皿注文でき、もしも合わせて十数文を払えれば、肉や魚を一品頼めたが、カウンターの客というのは多くが短い仕事着組で、そんなぜいたくをする者はほとんどいない。長衫《チャンシャン》[2]を着ている人だけが、カウンターとは壁で仕切られた奥の部屋に通って、酒だ料理だと注文し、ゆっくり椅子席で飲めるのだ。

僕は十二歳から、町の入口にある咸亨酒店《シエンホン》の店員となったが、主人が言うには、そんな気が利かないようすでは、長衫のお得意さんの御用は任せられん、表のカウンターの手伝いをしろとのことだった。表の仕事着の常連は、話は通じやすいものの、くどくどと絡んでくる者も多かった。いつも紹興酒《しょうこうしゅ》を甕《かめ》から汲み出すところを自分の目で確かめ、お燗用のブリキの銚釐《ちろり》にあらかじめ水を入れていないかをチェックし、さらに銚釐が熱湯に沈むのを見届けて、ようやく安心するのだ。こんなに厳重に監視されては、水を混ぜるなんて至難の業《わざ》だ。このため数日後、おまえはこんな簡単なこともできんのか、と主人に言われてしまった。幸い店に紹介してくれたのは顔の利く人だったので、首にはならず、もっぱらお燗番だけをするように閑職をあてがわれた。

こうして僕は一日中カウンターの内側に立って、自分の仕事に専念することになった。とくに失敗もなかったが、いつも単調で退屈していた。主人は恐い顔をしており、常連も不機嫌で、まるで活気がないのだが、ただ孔乙己《コンイーチー》が来たときだけは笑い声が上がるので、今でも覚えている。

孔乙己《コンイーチー》は立ち飲みなのにただ一人長衫を着ている。背はとても高く、顔は青白く、皺のあいだにいつも傷跡があり、そしてぼうぼうの白髪まじりの髭《ひげ》を生やしていた。

長衫を着ているとはいえ、汚れ放題破れ放題、十年以上繕いもせず、洗いもしていないかのよう。話す言葉はいつも終わりが「なり・けり・あらんや」の文語調なので、相手は煙《けむ》に巻かれっぱなし。姓が孔《コン》なので、まわりの人は習字のお手本から例の「上大人《シャンターレン》孔乙己《コンイーチー》」[3]というわけのわからぬ言葉から三文字を取り出してあだ名とし、孔乙己《コンイーチー》と呼ぶのだった。孔乙己《コンイーチー》が店に来ると、客はみな彼を見て笑い、「孔乙己《コンイーチー》、おまえさんの顔にまた傷が増えたぞ！」と声をかける者もいるが、彼は相手にせず、カウンターに向かって「熱燗でふた碗、それに茴香豆《ういきょうまめ》をひと皿」と注文し、銅銭九枚を並べる。すると客たちはわざと「おまえさん、またよそ様の物を盗んだろう！」と騒ぎ立てる。今度は孔乙己《コンイーチー》も目を見開いて「根拠なくしてわが清廉潔白《せいれんけっぱく》を汚すとは……」と応じる。「なにが清廉潔白だい。おととい、この目で見たんだ、おまえさ

1　同時期を描いた魯迅の小説「祝福」では主人公の住み込み家政婦は毎月の手当が五〇〇文。一文は現在の日本の二〇〇〜四〇〇円ほどに相当するだろうか。ひと碗の酒は約一合半。

2　綿入れでない薄い布地で作られた踝《くるぶし》まで長い有産階級用の伝統服。

3　明代にすでに流行していた習字の手本書の冒頭には、このような筆画が簡単な三字を一句とする文字が刷られていた。全体の文の意味はよく通じない。

んが何《ホー》家の本を盗んだんで吊されて殴られるのをな」孔乙己《コンイーチー》は顔を紅潮させ、額に青筋を浮かべて抗弁する。「窃書《せっしょ》は盗みにあらず……窃書！……それは読書人のこと、盗みと言えようか」続く言葉も「君子《くんし》固《もと》より窮す」[4]やらナントカ「あらんや」で、客たちはどっと大笑いし、店の内外に活気が満ちてくるのだ。

客たちが語る噂話によれば、孔乙己《コンイーチー》ももともとは科挙[5]受験を志していたが、けっきょく初級試験にも受からず、生計も立てられず、こうしていよいよ貧しくなり、ついにあわや物乞いになるところまで落ちぶれたのだった。幸い書道が得意だったので、人に頼まれて写本をしては、食いつないでいた。しかし残念なことに彼には酒を飲んでは仕事をさぼる、という悪い癖がある。写本を始めて数日すると、本人が書籍や書道用紙、筆《ふで》や硯《すずり》とともに消えてしまうのだ。こんなことが何度か続くと、彼に写本を頼む人もいなくなる。こうして孔乙己《コンイーチー》もやむなくたまに盗みを働くこととなったのだ。ただしうちの店では、ほかのどの客よりお行儀良く、酒代をつけにすることもなかった。たまにお金がなく、しばし黒板に名前を書かれることがあっても、ひと月以内に、必ず清算するので、黒板からも孔乙己《コンイーチー》の名前は消えるのだった。

孔乙己《コンイーチー》がひと碗目を飲むうちに、紅潮した顔も元に戻るので、隣の客はすかさずこう聞くのだ。「孔乙己《コンイーチー》、おまえさんは本当に読み書きできるのかい？」孔乙己《コンイーチー》はその男を見据えて、口をきくのも不愉快という表情を浮かべる。すると客たちは続けてこうたずねる。「おまえさんはどうして初級試験の一次二次にも引っ掛からなかったんだい？」孔乙己《コンイーチー》はたちまちしょんぼりおどおどして、顔には暗い影が差し、口の中で何やら言うのだが、今回はすべて「なり・けり・あらんや」の連続で、まるでわからない。ここまでくると、客たちはまたもやどっと大笑い、店の内外に活気が満ちてくるのだ。

こんなときには、僕が一緒になって笑っても、主人は怒らなかった。それどころか

4　『論語』「衛霊公」篇の言葉。「人格者である君子ももちろん困窮することがある（ただし窮したからといって小人《しょうじん》のように道にはずれることはしないという意味の一句が続く）」という意味。

5　高級官僚選抜試験で、清代には予備段階の県試・府試・院試の三つの試験に合格して生員（秀才）となると、本試験の科挙受験資格を得られた。生員が本試験の第一段階である郷試に合格すると挙人となり、さらに最終段階の会試・殿試に合格すると進士となり、高級官僚や県知事に任命された。科挙制度は一九〇五年に廃止が決定された。

主人も孔乙己を見ると、いつもこんな質問をしては、客を笑わせていたのだ。孔乙己《コンイーチー》も彼らとは話が通じないことを自覚しており、もっぱら子供を相手に話していた。あるとき彼が僕に向かって「おまえは読み書きを習ったか？」と聞いたので、僕はうなずいた。「習った……というのなら、わしが試験してやろう。茴香豆《ういきょうまめ》の茴の字は、どう書くんだ？」物乞い同様の人から試験されるなんて、と僕はプイッとよそを向いて、返事をしなかった。孔乙己《コンイーチー》は長いこと返事を待ってから、たいそう親切そうに話し出した。「書けんのか？……わしが教えてやるから、よく覚えておくんだな。こういう字は書けないとな。将来主人になったとき、帳面を書くのに要《い》るだろう」僕は胸の内で主人は自分よりも何段階も上のご身分と思っていたし、そもそも家《うち》の主人は茴香豆《ういきょうまめ》など記帳したことがない。滑稽だし面倒くさいので、煩わしそうにこう答えてやった。「教えてなんて頼んじゃいない、草かんむりに来回の回《おうふく》じゃないか」孔乙己《コンイーチー》はたいそううれしそうな顔をして、二本の指の長く伸ばした爪でカウンターを叩きながらうなずいた。「その通りじゃよ！……その回の字には四通りの書き方があるが[6]、知っとるか？」僕は我慢しきれず、仏頂面をしてその場を離れた。爪の先を酒に浸して、カウンターに字を書きかけていた孔乙己《コンイーチー》は、僕のまったく聞く耳を持たぬようすに、とても残念そうにため息をついた。

笑い声を聞きつけた近所の子供が見物に押しかけ、孔乙己《コンイーチー》を取り囲むことも、何度かあった。すると彼は茴香豆《ういきょうまめ》を一人に一つずつ分けてやる。子供たちは食べてしまってもなお居残り、皿の豆を注目している。慌てた孔乙己《コンイーチー》は、広げた片手で皿を覆い、腰をかがめてこう言うのだ。「もうほとんど残っとらん。分けてやるほど多くはないんじゃ！」そして立ち上がるとしげしげと豆を見て、首を振り振りこう言うのだった。「多くはない、多くはない！　ウン、多《た》ならんや？　多ならざるなり！」[7]こうして子供たちは笑い声の中を散っていくのだ。

こんなぐあいに孔乙己《コンイーチー》がいるとみんなが愉快になったが、彼がいなくても、ほかの人たちにとくに変わりはなかった。

おそらく中秋を二、三日後に控えたある日[8]のことだったろう、ゆっくりとつけ払い

6　通常の回、冋、囬、のほかに、稀に囘とも書く。
7　『論語』「子罕」篇の言葉。ただし、孔乙己は原意とは無関係に使っている。
8　当時は旧暦で五月五日の端午、八月一五日の中秋、大晦日の三回が掛け売りの決済日。

の勘定を締めていた主人が、黒板を外すと、ふとこう言った。「孔乙己《コンイーチー》は長いこと来てないぞ。一九文の貸しがあるんだがな！」それで僕も初めてたしかに孔乙己《コンイーチー》が長らく姿を見せないことに気づいたのだ。すると客の男が口を開いた。「来られるわけないだろう？……奴は足の骨を折られちまったんだ」「えっ！」と主人が問い返した。「いつもの盗みさ。ところが今度は注意が足りず、挙人[9]の丁《ティン》旦那のお屋敷で盗みを働いたんだ。丁《ティン》家の品を盗めるものか？」「それでどうなったんだ？」「どうなった？詫び状を書かされてから、殴られた、夜中まで殴られてから、足を折られちまった」「それで？」「それで足を折られちまった」「折られちまってどうなった？」「どうなったって？……知るもんか。死んじまったんじゃないか」主人もそれ以上は聞くことなく、再びつけ払いの勘定を始めた。

中秋が過ぎると、秋風は日増しに冷たくなり、見る見る冬が近づいており、僕は一日中、火のそばにいたが、それでも綿入れを着込んでいた。ある日の午後、客が一人もいなかったので、僕は目を閉じたまま腰掛けていた。すると突然「熱燗でひと碗」という声が聞こえた。とても低いが、聞き慣れた声だ。目を開けても誰もいない。立ち上がって外を見渡すと、あの孔乙己《コンイーチー》がカウンターの下で敷居を前にして座っていた。

その顔は黒く痩《や》せており、見る影もない。ボロボロの袷《あわせ》を着て、両足であぐらをかき、尻の下にむしろを敷き、それを荒縄で肩からかけているのだ。僕を見ると、また「熱燗でひと碗」と言う。主人も首を伸ばして「孔乙己《コンイーチー》か？　おまえさんにはまだ一九文の貸しがあるんだぞ！」孔乙己《コンイーチー》はひどくしょんぼりとした顔を上げて返事した。「そ、それは……次回まとめて払おう。今日は現金だ、酒は上等なやつでな」主人はなおもふだんと同じ調子で、笑いながら言った。「孔乙己《コンイーチー》、また盗みをしたんだな！」しかし今日の彼はあれこれ弁解することなく、「冗談はやめてくれ！」のひと言だった。「冗談だと？　盗みじゃなければ、どうして足を折られちまったんだ？」孔乙己《コンイーチー》は小声で「転んで折ったんだ、こ、転んで……」その目は、主人に向かい、もう言ってくれるなと哀願しているかのようである。このときには客が数人集まっており、主人と一緒に笑い出した。僕は酒をお燗し、両手で持って出ると、敷居の上に置いた。孔乙己《コンイーチー》は破れたかくしから四文の銅銭を探し出し、僕の手の平に載せたが、その彼の手は泥だらけ、なんとここまでこの手を頼りに尻を引きずってきたのだ。やがて、酒

9　科挙の第一段階試験の郷試合格者で県の有力者。

を飲み終えると、孔乙己《コンイーチー》は再び周囲の客の笑い声の中を、あぐらのままその手を頼りにのろのろと去って行った。

それ以来、孔乙己《コンイーチー》は再び長いことご無沙汰だった。年末になると、主人は黒板を外して、「孔乙己《コンイーチー》にはまだ一九文の貸し！」と言った。翌年の端午の節季にも「孔乙己《コンイーチー》にはまだ一九文の貸し！」と言っていたが、中秋になるともう何も言わず、再び年末になっても孔乙己《コンイーチー》の姿は見えなかった。

僕はとうとう今日に至るまで彼の姿を見ていない——おそらく孔乙己《コンイーチー》は死んだに違いない。

一九一九年三月

薬

一

秋の夜半すぎ、月は沈み、陽はまだ昇らず、真っ黒な空だけが残されて、夜遊《やゆう》のものを除けば、何もかも寝静まっている。華老栓《ホワラオシュワン》がふっと起きあがり、マッチを擦って、油まみれの皿の灯心に火をつけたので、茶館[1]の二間の部屋には、青白い光が満ちあふれた。

「お父さん、もう行くの？」と中年女の声がした。奥の小部屋でも、ゴホゴホと咳がする。

「ああ」老栓《ラオシュワン》は答えながら、服のボタンを留めると、手を伸ばして言った。「さあ、おくれ」

妻の華大媽《ホワターマー》はしばらく枕の下を探ったのち、銀貨ひと包みを探し出すと、老栓《ラオシュワン》に渡し、老栓《ラオシュワン》はこれを受け取った手を震わせながらポケットにしまい、さらに上から

二、三度押さえると、提灯に火をつけ、部屋の皿の灯心を吹き消し、奥の部屋へと向かった。その部屋では、衣擦《きぬず》れの音がしていたが、やがて咳き込む音へと変わった。老栓《ラオシュワン》はこの咳が収まるのを待って、小声で言った。「小栓《シアオシュワン》……起きんでいいぞ。……店のしたくか？　それはお母さんがしてくれる」

老栓《ラオシュワン》は息子が黙っているので、安心して寝たのだろうと思い、戸を開いて、通りに出た。外は一面真っ暗闇で、一筋の白々とした道だけが、はっきりと見えた。互い違いに前に出る彼の左右の足を、提灯の明かりが照らしている。時々数匹の犬に出会うが、一匹として吼《ほ》えなかった。外気は家の中よりずっと冷たかったが、老栓《ラオシュワン》にはむしろ心地よく、まるで急に自分が青年となり、神通力を授かり、人に生命を与える術を得たかのようで、足取りも大胆になった。しかも進めば進むほど道もはっきりとしてきて、空も明るくなってきた。

ひたすら道を急いでいた老栓《ラオシュワン》がぎょっとしたのは、遠くに横たわるあのT字路がはっきりと見えたからだ。彼は二、三歩後ずさりすると、戸閉まりした店を探して、その軒下に身を潜め、戸に身を寄せて立ちすくんでいた。しばらくすると、少し寒気を覚えた。

「フン、爺《じい》さんか」

「やけに張り切ってらあ……」

老栓《ラオシュワン》はまたもや驚き、目を見開くと、幾人かが彼の前を通り過ぎていく。そのうちの一人がさらに振り返って彼を見たが、そのようすはよくはわからないものの、長いこと飢えていた人が食べ物を見つけたかのように、目から強欲な光を発している。老栓《ラオシュワン》が提灯を見たところ、すでに消えていた。ポケットを押さえてみると、例の硬いものはまだそこにある。顔を上げて左右を見渡すと、大勢いるのは怪しい人ばかり、二、三人ずつひと塊となって、幽霊のようにあたりを歩きまわっており、もう一度瞳を凝らして見たところ、ほかにはとくに怪しげなことはなかった。

まもなく、数人の兵士が現れ、前方を歩き出すと、服の胸と背に描かれた大きな白い丸印は、遠くからでもはっきり見えたし、目の前を通るときには、軍服の暗紅色の縁取りも見える。――ドヤドヤと足音が鳴り響くと、瞬く間に、大勢の者が通り過ぎ

1　中国の伝統的喫茶店。椅子とテーブルを備えて客に茶の葉と湯を提供する店で、地域の商売・社交・娯楽の中心であった。

ていった。二、三人ずつで歩き回っていた連中も、突然ひと塊になると、潮のように前へと押し寄せ、T字路にさしかかると、突然立ち止まり、半円形に群れ始めた。

老栓《ラオシュワン》もそちらを見ていたが、群衆の背中が見えるだけで、彼らの首はみな長く伸び、まるで多くのアヒルが、見えない手に首根っこをつかまれ、上に引っ張られているかのようだ。群衆はフッと静まり、何か音がしたかと思うと、たちまち動揺し、ワアーッという声とともにいっせいに後退、一気に老栓《ラオシュワン》のところまで押し寄せてきたので、彼はあやうく押し倒されるところだった。

「おい！ 金を渡せ、そしたら物《ブツ》を渡す！」全身黒い男が、老栓《ラオシュワン》の前に立つと、彼の目つきは二本の刀のよう、老栓《ラオシュワン》はその目つきに斬りつけられて半分に縮んでしまいそうだった。その男の大きな手は、片方は老栓《ラオシュワン》の前で広げられ、片方は真っ赤な饅頭《マントウ》［蒸しパン］を摘《つま》んでおり、その饅頭《マントウ》から赤いものがなおもポタリポタリと垂れていた。

老栓《ラオシュワン》はあわてて銀貨を取り出し、震える手で渡そうとしたが、どうしても男が手にする物を受け取れない。男はイライラして、怒鳴った。「何が恐いんだ！ 早く受け取らんか！」老栓《ラオシュワン》がなおもためらっていると、黒い男は提灯をひったくり、びりっと紙の覆いを破って、饅頭《マントウ》を包み、老栓《ラオシュワン》に押し付けると、もう一方の手で銀貨を鷲づかみ、指先で感触を確かめ、背を向けて立ち去った。「この老いぼれが……」とつぶやきながら。

「これで誰の病気を治すんだ?」老栓《ラオシュワン》はこう問いかける人声を聞いたような気もしたが、彼が答えなかったのは、彼の心は、今ではこの紙包みにのみ向けられており、十代も一人っ子ばかりで続いてきた家の十代目の嬰児《えいじ》を抱いているかのよう、もはやほかのことは、何も考えられなかった。彼は今やこの包みの中の新しい生命を、わが家へと移植し、多くの幸福を収穫せんとしていたのだ。太陽も昇り、彼の目の前には、一筋の大きな道が現れ、後方はT字路の壊れかけた扁額《へんがく》の「古□亭口」という黒ずんだ四つの金文字が照らされていた。

二

老栓《ラオシュワン》が家に着くと、店の方はすっかり準備が整い、並んだテーブルは、ツルツルと光っていた。だが客はおらず、小栓《シアオシュワン》一人が奥のテーブルでご飯を食べており、大粒の汗が額から流れて、袷《あわせ》の服も背中に貼り付き、左右の肩胛骨《けんこうこつ》が痛々しいほどはっきり見え、八の字に浮き出ている。老栓《ラオシュワン》はこのようすを見て、たちまち安心感も消え失《う》せた。妻の華大媽《ホワターマー》は、竈《かまど》から大急ぎでやってくると、目を見開き、唇を微かに震わせた。

「もらってきたの?」

「もらってきた」

二人はそろって竈の前まで行き、相談していたが、やがて華大媽《ホワターマー》が出て行き、まもなく蓮の大きな葉を持って戻ると、テーブルに広げた。老栓《ラオシュワン》も提灯紙を開くと、例の赤い饅頭《マントウ》を蓮の葉で包み直した。そのときには小栓《シアオシュワン》も食事を終えていたので、母親があわてて言った。

「小栓《シアオシュワン》——座ってて、こっちに来ちゃだめよ」

竈の火を加減しながら、老栓《ラオシュワン》は緑色の包みと、赤白斑《まだら》模様の提灯紙の切れっ端とを、一緒に竈にくべたので、ボーッと赤黒い火が立ちのぼったときには、店の中には異様な匂いが広がった。

「いい香り! 何を食べてんだい?」駝背五少爺《トゥオベイウーシャオエ》[2]が来たのだ。この人物は毎日毎日茶館で一日を過ごし、来るのは最初で、帰るのは最後、このときもちょうど通りに面した壁際のテーブルまでぶらぶらとやって来て、腰を下ろしながらたずねたのだが、誰からも答えはなかった。「炒《い》り米のお粥かい？」それでも誰も答えない。老栓《ラオシュワン》がいそいそと進み出て、彼にお茶を入れた。

「小栓《シアオシュワン》、ちょっと来て！」華大媽《ホワターマー》に呼ばれて小栓《シアオシュワン》が奥の部屋に入ると、真ん中に長い腰掛けが置かれていたので、小栓《シアオシュワン》はそこに座った。母親は皿に載せた真っ黒で丸い物を両手で差し出し、そっと言った。

「お食べ――病気が治るよ」

小栓《シアオシュワン》はこの黒い物を摘んで、しばらく眺めているうちに、自分の命を手にしているようで、何とも言えぬ奇妙な気分になった。用心深く割ってみると、焦げた皮の中から白い湯気が噴き出し、湯気が消えると、二つに割れた小麦粉の饅頭《マントウ》である。――まもなく、すべては腹の中に収まったが、どんな味かはすっかり忘れており、目の前には空のお皿だけが残っていた。彼の脇には、片方に父親が、片方に母親が

2　「背中に瘤《こぶ》のある五番目の若旦那さま」という意味。中層・上層階級の男子は爺または老爺と呼ばれた。老爺の息子は少爺と呼ばれ、兄弟の長幼の順に番号がつけられている。

立っており、二人の目つきは、ともに彼の身体に何かを注ぎ込もうとしているような、そして何かを取り出そうとしているかのようで、小栓《シアオシュワン》は思わず心臓が激しく打ったので、胸を押さえ、再び咳き込んだ。

「少し寝なさい、——そうしたら良くなるから」

小栓《シアオシュワン》は母親の言いつけ通り、咳をしながら眠った。華大媽《ホワターマー》は息子の荒い息が静まるのを待って、そうっとつぎはぎだらけの上掛けを掛けてやった。

三

店内には大勢のお客が座っており、老栓《ラオシュワン》も忙しく、大きな銅製のやかんを提《さ》げ、次から次へと客に茶を入れていた。左右の目の縁《ふち》には、黒い隈《くま》ができていた。

「老栓《ラオシュワン》、具合でも悪いのか？——病気じゃないのか？」白髪まじりのひげの男が言った。

「いいえ」

「いいえ？——ニコニコしてるんだから、そんなはずはないと思ってたよ……」ひげは自分の言葉を取り消した。

「老栓《ラオシュワン》は忙しいだけさ。もしも息子が……」駝背五少爺《トゥオペイウーシャオエ》が言い終わらないうちに、突然飛び込んで来た凶悪な人相の男は、黒い木綿の上着を羽織っただけで、ボタンは外したまま、特別に幅広の黒い腰帯を、いい加減に腰で結んでいる。そして茶館に入るなり、老栓《ラオシュワン》に向かって声を張り上げた。

「食ったのか？　よくなったか？　老栓《ラオシュワン》、まったく運がよかったぜ！　あんたは運がいい、もしも俺が地獄耳じゃなかったら……」

老栓《ラオシュワン》は片手にやかんを提げ、片手を恭《うやうや》しく垂れたまま、ニコニコと聞いていた。店の客もみな、恭しく聞いていた。華大媽《ホワターマー》も目のまわりに隈のできた顔で、ニコニコと茶碗とお茶の葉、それに橄欖《かんらん》の実を一つ添えて出すと、老栓《ラオシュワン》がお湯を注いだ。

「これで治ること請け合いだ！　こいつは並の物とは違うからな。そうだろう、熱いうちに持ってきて、熱いうちに食ったんだ」凶悪そうな男はわめき続けた。

「本当におかげさまで、康大叔《カンターシューー》がいなかったら、とてもこんなふうには……」華大媽《ホワターマー》もおおいに感激してお礼を言った。

「これで治る、治ること請け合いだ！　こうやって熱いうちに食ったんだ。こんな人血饅頭《マントウ》なら、どんな肺病でも治ること請け合いだ！」

華大媽《ホワターマー》が「肺病」という言葉を聞くと、わずかに顔色を変えたのは、ちょっと不快に思ったからだろうが、それでもすぐに作り笑いを浮かべると、体《てい》よくその場を立ち去った。これに康大叔《カンターシュー》は気づかず、あいかわらず声を張り上げ怒鳴り続けたので、奥で寝ていた小栓《シアオシュワン》もこれに合わせるかのように咳き込み始めた。

「実はお宅の小栓《シアオシュワン》はたいそう運がよかったわけだ。この病気ももちろん必ず全快する、老栓《ラオシュワン》が一日中笑っているのももっともだな」ひげの男はこう言いながら、康大叔《カンターシュー》の前まで進み出て、ていねいな態度でたずねた。「康大叔《カンターシュー》——今日処刑された犯人は、夏《シアー》家の息子とのことだが、それは誰の息子なんでしょうか。いったいどんな事件なんですか？」

「誰のだって？　そりゃ夏四奶奶《シアースーナイナイ》［夏《シアー》家の四男の妻］の息子に決まってらあ。あの若僧さ！」康大叔《カンターシュー》は客たちが耳をそばだてているのを見て、上機嫌となり、悪人相に笑みを浮かべて、さらに大声で話を続けた。「この小僧は命が惜しくないんだから、それまでよ。俺なんか今回はなんの旨みもなかったし、剝ぎ取った服だって、牢番の赤目の阿義《アーイー》に取られちまった——一番の好運はこの老栓《ラオシュワン》さんで、その次が夏三爺《シアーサンイエ》

[夏《シアー》家の三男]で、賞金としてピッカピッカの銀二五両をいただいたんだが、一人で腰巾着にしまい込み、一銭たりとも出しやしねえ」

小栓《シアオシュワン》がゆっくりと小部屋から出てきたが、両手で胸を押さえ、切れ目なく咳をしながら、竈まで行くと、冷や飯をひと碗ついで、お湯を掛け、腰掛けて食べ始めた。華大媽《ホワターマー》は息子のあとに付き添いながら、小声で聞いていた。「小栓《シアオシュワン》、少しは良くなったかい？――あいかわらずお腹《なか》が空《す》くだけなのかい？……」

「きっと治る、治ること請け合いだ！」康大叔《カンターシュー》は小栓《シアオシュワン》をちらっと見たが、客たちの方へ向き直り、話を続けた。「夏三爺《シアーサンイエ》はまったく頭がいいぜ、仮にも先にお上に届けなけりゃ、奴だって財産没収、一族皆殺しだぜ。それが今ではどうだ？　銀のごほうびときた！――ところがあの小僧ときたらとんでもない野郎だ！　牢屋に入れられても、牢番に謀叛をそそのかしやがった」

「エーッ、そいつはひどいもんだ」後ろに座っていた二十代の男は、ひどく怒った。

「いいか赤目の阿義《アーイー》が事情を聞きに行ったところ、奴の方から話しかけてきたんだ。奴が言うには、この大清帝国の天下は僕たちみんなのものだ、ってんだ。どうだい、こんな人でなしの言い方があるか？　赤目は奴の家には年寄りのお袋しかいないってことは先刻ご承知だったが、まさか奴がこれほど貧乏で、一銭も搾《しぼ》り取れないとまでは思っていなかったんで、そもそも腹の虫が治まらなかった。それなのに奴は火に油を注ぐようなこと言いやがるから、赤目は奴に二、三発ビンタを張ってやったぜ！」

「赤目の兄貴は武術の名人だから、その二、三発は、奴にもきっとこたえたぞ」壁際の駝背《トゥオベイ》が突然はしゃぎだした。

「ところがこの野郎ときたら殴られてもへっちゃらで、ああ可哀想にとぬかしやがった」ひげの男が口を挟んだ。「こんな奴を殴ったんだ、どこが可哀想なものか」

康大叔《カンターシュー》はさもバカにしたようすで、冷笑した。「俺の言うことをよく聞けよな、奴は生意気にも、赤目が可哀想だと言ったんだ！」

聴き手たちの目から、突然光が消えて鈍くなり、話も頓挫してしまった。小栓《シアオシュワン》はご飯を食べ終え、全身に汗をかき、頭から湯気を上げている。

「赤目が可哀想――とはたわけたこと、要するに頭がおかしいんだ」ひげの男が突然悟りを開いたかのように言った。

「頭がおかしいんだ」二十代の男も突然悟ったように言った。

店の客たちも、活気を取り戻し、談笑を再開した。小栓《シアオシュワン》が騒ぎのなか、激しく咳き込んでいるので、康大叔《カンターシュー》はそばに近づき、彼の肩を叩いて言った。

「治ること請け合い！　小栓《シアオシュワン》――そんなに咳をするな。治ること請け合いなんだからな！」

「狂ったんだ」駝背五少爺《トゥオベイウーシャオエ》がうなずきながら言っている。

四

西門の外の城壁際の土地は、本来は官有地であり、真ん中の蛇行した細い道は、近道したがる人々の、靴に踏まれてできたものだが、自ずと境界線にもなっていた。道の左側には、刑死や獄死の者ばかりが埋められており、右側は貧乏人の墓の塚である。両側ともすでに所狭しと土が盛られていて、まるで金持ちの長寿祝いに並べる饅頭《マントウ》のようである。

この年の清明節《せいめい》[3]は、ことのほか寒く、楊柳《やなぎ》からも米粒半分ほどの新芽が出始めたば

3　春分後十二日目の節気、新暦の四月五、六日ごろで墓参りの習慣がある。

かりだ。夜が明けたばかりというのに、華大媽《ホワターマー》はすでに右側の新しい墓の前で、おかず四皿とご飯ひと碗を並べ、ひとしきり泣いていた。紙銭《しせん》[4]も焼き終え、ぼんやり地面に座っていると、何かを待っているかのようにみえるが、自分でも何を待っているのかわからない。そよ風が吹き、彼女の短い髪を揺らしたが、たしかに去年より白髪が増えている。

　小道をやってきたもう一人の女も、髪は半分白くて、ぼろぼろの服をまとい、使い古した朱塗りの丸籠《かご》を提げ、その外側には紙銭の束を掛け、三歩ごとに一休みしながら歩いている。地面に座った華大媽《ホワターマー》が自分を見ているのにふと気づき、ためらうようすで、血の気の失せた顔に恥じらいの色を浮かべたが、ついに思い切って、左側にある一つの墓の前まで行き、籠を下ろした。

　その墓と小栓《シアオシュワン》の墓とは、横一列に並んでおり、あいだを小道が隔てているばかり。華大媽《ホワターマー》は彼女がおかず四皿とご飯ひと碗を並べ、立ったままひとしきり泣いて、紙銭を焼くのを見ながら、胸の内でぼんやりと考えていた。「あのお墓も息子さんなんだ」その老女は周りを行き来しながら墓を見ていたが、突然手足を震わせ、よろよろ数歩後ずさりしたのち、目を見開いて茫然としている。

華大媽《ホワターマー》はそのようすを見て、彼女が悲しみのあまりおかしくなってしまったのではないかと心配になり、我慢しきれず立ち上がり、小道を踏み越え、小声で彼女に話しかけた。「あの、もし、おばあちゃん、そんなに悲しむとお体に障《さわ》りますよ——いっしょに帰りましょう」

老女はうなずいたものの、目はあいかわらず前方を見ていて、小声でつっかえながらこう言った。「ほら——これは何だろうね？」

華大媽《ホワターマー》も指先を追っていくと、視線は目の前の墓にたどり着いたが、この塚はまだ草に覆われることもなく、ところどころに茶色の土が見え、ひどく見苦しかった。さらに塚の上をじっくり見てみると、思わずハッとした——くっきりとした紅白の花の輪が、塚の尖端を囲んでいるのだ。

二人はともに目がかすみ始めて何年にもなるが、この紅白の花は、くっきりと見えた。数は多くはなかったが、丸い花が並んで輪となり、あまり生気はないが、きれいに飾られている。華大媽《ホワターマー》は急いで自分の息子や他人の墓を見てみたが、寒さに強い小さ

4　死者や幽霊、神を祭るときに焼く金箔を張った紙。

な白い花が、チラホラと咲いているだけなので、急に物足りなく空《むな》しく感じたものの、それがなぜなのか深くは考えたくなかった。老女は再び数歩近づくと、じっと見てから、つぶやいた。「根がないから、自分で咲いたもんじゃない――ここに誰か来たのかい？息子が来られるはずもない――親戚たちはもとよりさ――これはいったいどういうことなんだい？」彼女はしばらく考えていたが、突然再び涙を流し、大声を出した。

「瑜《ユイ》ちゃん、あいつらに無実の罪を着せられたもんだから、おまえはやっぱり忘れられなくて、悔しくって悔しくって、今日は霊験《れいげん》あらたかにも、わざわざ私に知らせてくれたんだね？」老女はあたりを見渡したが、一羽のカラスが、すっかり葉を落とした木に留まっているのが見えただけなので、こう続けた。「わかったよ――瑜《ユイ》ちゃん、かわいそうにおまえは奴らにはめられたんだ、奴らはきっと報いを受けるよ、お天道様はお見通しだから、安心してお眠り――もしおまえが本当にここにいて、私の言葉が聞こえるなら――あのカラスをおまえの墓のてっぺんに留まらせておくれ」

そよ風はとっくにやんでおり、枯れ草がそこら中でぴんと立ち、銅線のようだった。その一本が震える音は、空中でしだいに細くなり、やがて消えると、周りはすべて死のように静まりかえった。二人は枯れ草の中に立ち、顔を上げてそのカラスを見たが、そのカラスも真っすぐな枝の間で、首をすくめて、鋳物《いもの》のように枝に留まっている。

長い時間が過ぎて、墓参りの人がしだいに多くなり、数人の老人や子供の姿が、土饅頭《どまんじゅう》のあいだから現れた。

華大媽《ホワターマー》はなぜか重い荷を下ろしたかのような気分になり、もう行かなくてはと思いつつ、誘いの言葉をかけた。「さあ帰りましょう」

その老女は溜め息をつくと、辛そうにご飯とおかずをしまい、しばらくためらっていたが、ついにゆっくり歩き始めた。口ではこうつぶやいている。「これはいったいどういうことなんだい？」

二人が二、三十歩と歩かぬうちに、突然背後から「カアーッ」と大きな鳴き声が聞こえたので、驚いて振り返ると、例のカラスが翼を広げて、一瞬身を屈《かが》めると、まっすぐ遠くの空をめがけ、矢のように飛び立った。

一九一九年四月

5　当時、革命烈士の墓に花輪を供えるのが学生の間で流行していたが、一般の人にはそのような習慣は理解されていなかった。

小さな出来事

　僕は田舎から上京したのだが、あっと言う間に六年が過ぎた。その間に見聞きしたいわゆるお国の大事[1]とは、数えてみればたいへん多いが、僕の心には、すべて何の痕跡も残しておらず、強《し》いてこれらの事件の影響を探れば、ただ僕の性格がますます悪くなっただけのこと——正直言って、僕は日増しに人を馬鹿にするようになっていた。

　しかし小さな出来事だが、僕にとっては大事なある事件が、この悪い性格から抜け出させてくれたことを、今でも忘れられない。

　それは民国六年［一九一七年］の冬のこと、厳しい北風が吹き荒れていたが、僕は生活のために、朝早くから通りを歩いていた。通りにはほとんど人影もなかったが、やっとのことで人力車をつかまえ、S門まで引いて行くようにと命じた。まもなく、北風が収まると、路上の埃《ほこり》はすっかり吹き飛ばされ、真っ白い大通りが一筋残されており、車夫もいっそう速く走った。そうするうちにS門近くで、急に人力車のかじ棒に人がひっかかり、ゆっくりと倒れた。

転んだのは女性で、白髪まじりで、服はぼろぼろだった。彼女は通りの端からいきなり人力車の前を横切ったので、車夫は避《よ》けようとしたが、彼女のぼろぼろの綿入れのチョッキはボタンが掛かっておらず、そよ風に吹かれて、外側に広がったので、かじ棒に掛かってしまったのだ。

幸いにも車夫がすぐに足を止めたが、さもなければ彼女はきっともんどり打って転んでおり、頭を打って血を流していただろう。

彼女は地面にうつぶせとなり、車夫も立ち止まっている。僕はこの老女にけがなどなく、そのうえ誰も見ていないというのに、車夫が余計なことをして、自分から面倒

1　一九一一年の辛亥革命によりその翌年に中華民国が建国されたが、袁世凱《ユワンシーカイ》独裁に反対する孫文《スンウェン》らの第二革命とその失敗（一九一三）、第一次世界大戦勃発による日本の山東《シャントン》出兵とドイツ租界であった青島《チンタオ》占領および中国に対する二十一カ条要求（一九一四～一五）、張勲《チャンシュン》による清朝復辟《ふくへき》クーデターとその失敗後の中国の対独宣戦布告および孫文による広東《カントン》軍政府発足（一九一七）など、政治的軍事的事件が続いていた。

を引き起こせば、僕も遅刻してしまうと思った。

そこで彼にこう言った。「だいじょうぶさ。さあ行ってくれ!」

車夫は耳も貸さず——あるいは聞こえなかったのか——かじ棒を下ろすと、その老女をゆっくりと助け起こし、腕を支えて立たせてから、こうたずねた。

「どうなさったんで?」

「転んでけがしたよ」

僕はこう考えていた——この目でおまえがゆっくり倒れるのを見たんだ、転んでけがするわけがない、大げさなことを言って、本当に嫌な奴だ。車夫もお節介なんかするから、自業自得だ、落とし前は自分でつけろよ。

ところが車夫は老女の話を聞くと、迷うことなく、彼女の腕を取ったまま、一歩一歩と前に進んでいく。ふしぎに思って、急ぎ前方を見ると、交番があるものの、大風のあとなので、外には人影はない。車夫はあの老女を支えながら、その入口へと向かっているのだ。

僕はこのとき不意にある異様な感じを覚え、彼の全身埃だらけの後ろ姿が、一瞬大きくなり、しかも前へ進むほどさらに大きくなり、仰ぎ見るほどになったように感じていた。しかも彼は僕にとって、しだいにある種の威圧へと変じていくようでもあり、ついには毛皮の裏地付きの長衣《ちょうい》に隠された僕の「卑小」を絞り出さんとするかのようなのだ。

僕の生命力はこのときどうやら凝固していたようすで、座ったまま動かず、考えもせず、交番から警官が出てくるのを見て、ようやく人力車を降りた。

警官は僕に近づくとこう言った。「自分で人力車を探すんだな、あの男はもう引けないんでね」

僕は何も考えることもなく外套のポケットから銅貨を一つかみ取り出すと、警官に渡した。「これを車夫に……」

風はすっかり止《や》んで、通りは静まりかえっている。僕は歩きながら、考えてはいたが、僕自身のことを考えるのは恐かったようだ。前半のことはさておき、この一つかみの銅貨はいったいどういうつもりだったのか？　車夫へのご褒美《ほうび》か？　僕に彼が裁けるのか？　僕には自らの問いに答えられない。

このことは今でも、しばしば思い出す。僕は思い出してはしばしば苦痛に耐え、僕自身のことを考えようと努力している。数年来の政治や軍事の出来事は、僕がその昔子供のころに読んだ「孔子様はおっしゃった」と同様、ひとつも思い出せない。この小さな出来事だけが、いつも僕の目の前に浮かび、ときにはさらに鮮明となり、僕に恥ずかしい思いをさせ、僕に生まれ変わるよう促し、さらに僕の勇気と希望をより大きなものにしてくれるのだ。

一九二〇年七月

［本作の執筆時期は、正しくは一九一九年一一月］

故郷

僕は厳しい寒さのなか、二千里も遠く、二十年も離れていた故郷へと帰っていく。

季節はもう真冬で、故郷へと近づくにつれ、空もどんよりと曇り、寒風が船内に吹き込み、ヒューヒューと音を立てるので、苫《とま》の隙間から外を見ると、どんよりとした空の下、遠近《おちこち》にわびしい集落が幾つか広がっており、まったく生気がない。僕は心の内の悲しみに耐えねばならなかった。

ああ、これは僕が二十年来思い続けてきた故郷ではないだろう。

僕が覚えている故郷とは、こんなものではなかった。僕の故郷は遥かに美しかった。しかしその美しさを思い出し、その良さを語ろうとすると、その面影は消え、言葉も浮かばない。やはりこんなものなのか。そこで僕は自分に言い聞かせることにした。故郷とは本来こんなものなのだ——進歩もないが、さりとて僕が感じているように悲しいとも限らず、悲しいのは僕が心変わりしたからなのであり、そもそも僕にとって今回の帰郷が、楽しいはずはないのだ。

僕は今回故郷と別れるために帰ってきた。長年一族が集まって住んでいた古い家は、すでにみんなで他人に売ってしまっており、明け渡しの期限は今年いっぱい、つまり正月前には、懐かしい古い家に永遠《とわ》の別れを告げ、懐かしい故郷を遠く離れて、僕がどうにか暮らしを立てている異郷の地に引っ越さねばならないのだ。

翌朝早くに僕はわが家の門前に到着した。瓦のあいだにびっしりと生えた枯れ草の折れた茎が風に吹かれて揺れており、この古い家が主《あるじ》を替えるに至ったわけを物語っている。同居していた親戚たちはすでにほとんど引っ越しており、ひっそりと静まりかえっている。僕が自宅の部屋の前まで来ると、母がすでに迎えに出ており、続いて八歳になる甥の宏児《ホンアル》が飛び出してきた。

母は上機嫌だったが、ひときわ寂しい思いを堪《こら》えているようすで、僕を椅子にかけさせ、少し休んだら、お茶をお飲みとは言うものの、引っ越しのことには触れようとしない。宏児《ホンアル》は初対面なので、遠くから立ったまま僕のことをじっと見ている。

だがとうとう引っ越しのことが話題になった。転居先の家はすでに借りてあり、家具も少しは買っておいたが、この家の道具類はみな売り払い、向こうで買い足さねばならないことを僕は話した。母も、そうだね、荷物は大体まとめておいたし、道具類も運ぶのがたいへんだから、半分は売ってしまったけど、お金を払ってくれないんだ、と話した。

「おまえが今日明日と一休みして、親戚たちへの挨拶回りをすましたら、わたしらの旅立ちとなるんだね」母が言った。

「そうですね」

「それからね、閏土《ルントウ》が家《うち》に来るたびに、おまえのようすをたずねていてね、どうしても一度おまえに会いたいんだって。わたしは、到着のおよその日取りを知らせておいたから、じきに来るかもしれないよ」

このとき、僕の脳裏に突然神秘的な絵がぱっと現れた——深い藍色の空には金色の満月が掛かり、その下は海辺の砂地で、見渡す限り緑のスイカが植わっており、その中に十一、二歳の少年が立ち、銀の首輪をかけ、手に鉄の刺叉《さすまた》を握って、一匹の猹《チャー》[1]めがけて思いきり突くのだが、その猹《チャー》は身をよじるや、少年の股をくぐって逃げてしまう。

この少年こそ閏土《ルントウ》なのだ。僕が初めて彼に会ったのは、まだ十いくつのころで、三十年近く昔のことだ。当時僕の父はまだ存命中で、暮らしむきも良く、僕はまさにお坊っちゃまだった。その年は、わが家が大祭《たいさい》の当番だった。一族の先祖を祭るお役目は、三十何年に一度しか回ってこないとのことで、丁重にその職務に当たっており、正月には先祖の肖像画にお供えするので、供物《くもつ》もたいへん多く、祭器も立派で、参拝者もとくに多く、祭器が盗まれないようしっかり警戒しなくてはならない。わが家には忙月《マンユエ》が一人いるだけ（この地方では雇い人には三種類あり、一年中決まった家で働く人を長年《チャンニエン》と呼び、日雇いを短工《トアンコン》と呼び、自分でも農業をしながら、年末や節季、年貢集めのときだけに決まった家で働く人を忙月《マンユエ》と呼んでいた）、あまりに忙しいので、その忙月《マンユエ》の人が父に、自分の息子の閏土《ルントウ》を呼び寄せて祭器の番をさせたいが、と言ったのだ。

父がそれを許し、僕もとても嬉しかったのは、前から閏土《ルントウ》の名前は聞いており、この子が僕と歳も近く、閏月《うるう》の生まれで、五行説の土に欠けるので、彼の父はこれを補って閏土《ルントウ》と名付けた、ということも知っていた。閏土《ルントウ》はわなを仕掛けて小鳥や雀も捕まえる少年なのだ。

僕はこうして来る日も来る日も新年が待ち遠しく、新年が来れば、閏土《ルントウ》もやって来るのだ。ようやく年末まで過ごすと、ある日、母が、閏土《ルントウ》が来たよ、と言ったので、僕は飛び出して会いに行った。台所にいた彼は、日焼けした丸顔で、頭に小さな毛織りの帽子をかぶり、キラキラ光る銀の首輪を掛けているのは、父親が彼をとても可愛がっており、死ぬことなどないよう、神仏に願掛けし、首輪で彼を守っているからだ。閏土《ルントウ》ははにかみ屋だったが、僕だけには人見知りせず、二人だけになると、僕とおしゃべりを始め、半日も経《た》たないうちに、僕らは仲良しになった。

そのときに僕たちがどんな話をしたかはもう忘れたが、城内《まち》に来て初めて見たものがたくさんあると、閏土《ルントウ》がたいそう喜んでいたことだけは覚えている。

翌日、僕はさっそく鳥を捕まえてと頼んだ。閏土《ルントウ》の答えはこうだった。

「無理だね。大雪が降らなくっちゃ。うちらの砂地では、雪が降ると、僕は雪かきし

1　魯迅の造語。後年魯迅は編集者の問い合わせに対し、次のように説明している。「いったいどんな動物か私自身も存じませんのは、これは閏土が話したことで、他人には詳細はわからないのです。今にして思えば、アナグマだったかもしれません」

てちょっと地面を出してね、竹の大ざるを短い棒で支えて、屑籾《くずもみ》を撒いてね、鳥が食べに来たところを、遠くから棒に結わえておいた縄を引く、すると鳥はざるの中というわけさ。なんでもいるんだ。稲鶏《タオチー》、角鶏《チアオチー》、小鳩に藍背《ランベイ2》……」

僕はこうしていよいよ雪の日が待ち遠しくなるのだった。

閏土《ルントウ》はこんな話もしてくれた。

「今は寒すぎるけど、夏になったらうちらのところにおいで。昼は二人で海へ貝殻集めに行ったら、赤や緑のが何でもあって、鬼見怕《クイチエンパー》も観音手《クアンインショウ》もあるぜ。夜には僕は父さんとスイカ畑の番をするから、おまえも来いよ」

「スイカ泥棒を捕まえるの？」

「はずれ。喉が渇いてりゃ通りがかりにスイカ一個を食べるなんて、うちらのところじゃ泥棒なんて言わない。捕まえるのはアナグマやハリネズミに猹《チャー》だ。月夜の畑で、耳を澄ますと、カサコソ音がするのは、猹《チャー》がスイカを嚙《かじ》ってるんだ。そしたら刺叉持ってそっと近づき……」

このときの僕は猹《チャー》とは何か知らなかったが——今でも知らないのだが——なんとなく小犬のような姿だがひどく恐そうなものと思っていた。

「人に噛みついたりしないの？」

「刺叉があるだろう。近づいて、猹《チャー》を見つけたら、グサッと刺すんだ。でもこいつは利口だから、こっちに向かって飛び出してきて、股の下をすり抜けてしまう。油を塗ったみたいにツルツルの毛をしてるし……」

世の中にこれほどたくさんふしぎなことがあろうとは、僕は思ってもみなかった。海にはかくのごとく五色の貝殻があり、スイカはこんなに危い経験をしているというのに、僕は果物屋で売られているスイカしか知らなかったのだ。

「うちらの海じゃあ、大潮のときには、たくさんの跳び魚が跳ぶんだぜ、カエルみたいな二本の足で……」

ああ、閏土《ルントウ》の心は尽きせぬふしぎなことで満ちており、それは僕のふだんの友だちも知らないことばかり。友だちが何も知らないのは、閏土《ルントウ》が海辺にいるとき、彼らには僕と同じく庭を囲む高い塀で区切られた四角い空しか見えないからだ。

しかし正月が過ぎると、閏土《ルントウ》は家に帰らなくてはならず、僕は辛くって大泣きし、

2　稲鶏、角鶏、藍背は紹興方言。いずれも鳥の一種。

閏土《ルントウ》も台所に隠れたまま、行きたくないと泣いていたが、とうとう彼の父に連れていかれてしまった。その後の閏土《ルントウ》は彼の父に託して僕に貝殻ときれいな鳥の羽を届けてくれたし、僕も一、二度贈り物をしたが、それっきり二度と会うことはなかった。

いま母が閏土《ルントウ》のことに触れたので、僕のこの少年期の思い出が、突然稲光《いなびかり》のように甦《よみがえ》り、まるで僕の美しい故郷を見たかのようだった。僕はこう返事した。

「やったあ！　で、閏土《ルントウ》――彼はどうしてるの？……」

「閏土《ルントウ》かい……あれも暮らしは楽じゃなさそう……」母は言いかけたまま、外を見た。「またあの人たちだ。道具類を買うとか言いながら、手当たりしだい勝手に持って行ってしまうんで、ちょっと見てくるね」

母は立ち上がり、出て行った。ドアの外では数人の女の声がする。僕は宏児《ホンアル》を呼んで、おしゃべりした――読み書きは習ってるの、よそに行きたいかい。

「僕たち汽車に乗っていくの？」

「汽車に乗っていくよ」

「船は？」

「まず船に乗って……」

「あらっ！　ご立派になって！　おひげもこんなに生やして！」いきなり甲高い奇声が聞こえてきた。

僕がびっくりして、慌てて顔を上げると、頬骨の張った、唇の薄い、五十がらみの女性が目の前に立っており、両手を腰にあて、スカートなしのズボンだけの姿で足を広げているようすは、まるで製図用の脚の細いコンパスといった具合だ。

僕はぎょっとした。

「忘れちゃったの？　抱っこしてあげたでしょ！」

僕はさらにぎょっとした。折りよく母がやってきて、脇から口添えしてくれた。

「長年留守にしてたから、すっかり忘れちゃったのね。思い出したろう」と僕の方を向いてこう言った。「筋向かいの楊《ヤン》おばさんさ。お豆腐屋さんの……」

ああ、思い出した。僕が子供のころ、筋向かいの豆腐屋ではたしかに一日中、楊《ヤン》おばさんという人が座っており、みんなから「豆腐西施《とうふせいし》」[3]と呼ばれていた。でも白粉《おしろい》を

3　西施は春秋時代の越の国の有名な美女の名前。丸尾常喜著『魯迅　「人」「鬼」の葛藤』によれば、「豆腐西施」は清代の諷刺小説『何典』に出てくる若い女性の幽霊の名であるという。

つけていて、頬骨もこんなに張っていなかったし、唇もこんなに薄くなかったし、それに一日中、座っていたから、僕はこんなコンパス風の姿を見たことがないのだ。豆腐屋の商売繁盛も、彼女のおかげ、というのが当時の噂だった。だがおそらく子供だったからだろう、僕はまったく関心がなく、こうしてすっかり忘れてしまっていたのだ。しかしコンパスはたいそう不満で、まるでフランス人のナポレオン知らずを、アメリカ人のワシントン知らずをバカにするかのように、冷笑した。

「忘れたって？　まったく偉くなる人はお眼が肥えているんだから……」

「とんでもないです……僕は……」こう言いながら、僕は恐れをなして立ち上がっていた。

「それじゃあ、言わせてもらうわよ。迅《シュン》坊っちゃん、あんたは金持ちだ、運ぶったって重いからね、こんなガラクタお払い箱だろ、わたしが引き取ってあげるよ。わたしら貧乏人には、お役に立つんだよ」

「僕は金持ちなんかじゃないですよ。これを売って、その金で……」

「おやおやおや、あんたは知事様になっても金がない、って言うのかい。現に三人お妾囲って、お出かけには八人かきの轎《かご》だっていうのに、金がない？　フン、その手には乗らないよ」

僕は何を言っても仕方がないと思い、口を閉じると、無言で立っていた。

「あれあれあれ、金持ちほどけちん坊、けちん坊だからお金がたまる、とはよく言ったよ……」コンパスはプンプン怒って身体を回転させると、くどくど言いながら、ゆっくり外へと向かったが、ついでとばかりに母の手袋をズボンの腰のあたりに突っ込んで、出て行った。

その後には近所の一族や親戚も訪ねてきた。僕はその相手をしながら、閑《ひま》を盗んでは荷物をまとめる、そんな暮らしを三、四日続けていた。

ある日の底冷えする午後のこと、僕が昼ご飯を終えて、お茶を飲んでいると、外に誰か人が来た気配がするので、後ろを振り向いた。相手を見て、あっと驚き、急いで立ち上がり、迎えに出た。

この客こそ閏土《ルントウ》だった。ひと目で閏土《ルントウ》だとわかったが、僕の記憶の中の閏土《ルントウ》とも違っていた。彼の背丈は倍になり、昔の日焼けした丸顔は、すでに土気色《つちけいろ》に変じており、さらに深い皺が刻まれていた。目も彼の父親そっくり、周囲が真っ赤に腫《は》れているのは、海辺の農民の多くは、一日中海風に吹かれているので、こんな顔つきになってしまうからで、それは僕にもわかっていた。彼はボロボロの毛織り帽をかぶり、薄っぺらな綿入れを着ているだけで、縮こまって全身を丸めている。手には紙包みと長い煙管《キセル》を提げているが、その手も僕が覚えている丸々として温かい手ではなく、太く節くれ立ちひびだらけで、まるで松の木の皮のよう。

僕はこのときうれしさのあまり、何と言ってよいのかわからず、ひとことこう言った。

「わあ！　閏《ルン》兄ちゃん――いらっしゃい……」

続けて話したいことが山ほど、次々と湧き出てきた。角鶏、跳び魚、貝殻、猹《チャー》……しかし何かに邪魔されているようで、頭のなかをグルグル駆けめぐるばかり、言葉にならないのだ。

立ちつくす彼の顔には、喜びと寂しさの色が入り交じり、唇は動いたものの、声にならない。やがて彼の態度は恭しいものとなり、はっきり僕をこう呼んだのだ。

「旦那様！……」

僕は身ぶるいしたのではないか。僕にもわかった、二人のあいだはすでに悲しい厚い壁で隔てられているのだ。僕も言葉が出てこなかった。

彼は振り向いて「水生《シュイション》、旦那様に叩頭《こうとう》[4]のご挨拶だ」と言うと、彼の陰に隠れていた息子を引っぱり出したが、それこそまさに二十年前の閏土《ルントウ》であり、ただ顔色がやや黄色くやせ気味で、銀の首輪もかかっていなかった。「これは家《うち》の五男ですが、世間知らずで、ご挨拶もできません……」

母と宏児《ホンアル》が二階から降りてきたのは、僕たちの話し声が聞こえたからだろう。

「大奥様。お手紙はとっくに頂戴しました。俺も本当にうれしかったですよ、旦那様のお帰りだと知って……」閏土《ルントウ》が言った。

「なんだね、おまえさんたら遠慮なんかしちゃいけないよ。二人は昔は兄弟同様の仲だったでしょう。これまで通り、迅《シュン》坊っちゃんと呼んだらいいさ」母は機嫌よく言った。

「いやもう、大奥様は本当に……それじゃあ世の中の決まりはどうなっちまいます。あのころは子供で、道理もわきまえず……」閏土《ルントウ》はそう言いながら、水生《シュイション》に今度は拱手《きょうしゅ》[5]をさせようとしたが、その子はいっそう恥ずかしがり、父の背中にピタリと貼

4 跪《ひざまず》いて額を地面に打ちつける最敬礼。
5 右手の拳に左手の平を添えて胸の前で揺らす礼法。

り付いて離れようとしない。

「この子が水生《シュイション》かい？　五男坊だろう？　初めて会う人ばかりなんだ、はにかむのも無理はないさ。やっぱり宏児《ホンアル》がこの子と遊んでおあげ」と母が言った。

この言葉を聞いた宏児《ホンアル》が、水生《シュイション》に手まねきをしたので、水生《シュイション》はうれしそうに彼と一緒に出て行った。母は閏土《ルントウ》に椅子を勧めたが、彼は一度遠慮してから、ようやく腰掛け、長い煙管をテーブルに立てかけると、紙包みを差し出した。

「冬なもんで何もありません。これっぽっちの干し青豆ですが家で天日にさらしたものでして、旦那様に召し上がっていただこうと……」

僕は彼の暮らしぶりを聞いてみた。彼は首を振るばかり。

「とてもやっていけません。六男も畑仕事が手伝えるようになりましたが、それでも食うに事欠くありさまで……物騒な世の中で……どこへ行っても金を出せというし、決まりっていうものがなくなりました……それに不作で。育てた作物を、担いで売りに行けば、何度も税金を取られるんで、赤字だし、売りに行かなきゃ、腐るだけだし……」

閏土《ルントウ》はただ首を振るばかり、顔は皺だらけだが、その皺は微動だにせず、まるで石像のよう。彼はおそらく苦しい思いを味わうばかりで、それをうまく説明できないのだろう、しばらく黙り込んだのち、煙管を取り上げ黙って吸い始めた。

母の問いでわかったのだが、閏土《ルントウ》は家の仕事で忙しく、明日には帰らねばならないという。昼ご飯を食べていないともいうので、自分で台所に行きご飯を炒めて食べるようにと勧めた。

閏土《ルントウ》が出て行くと、母と僕とは彼の暮らしぶりに溜め息をついた――子だくさん、飢饉、重税、兵隊、盗賊、役人、地主、そのすべてが彼を苦しめ木偶人《でくのぼう》にしてしまったのだ。母が僕に言った――不要品はなるべく閏土《ルントウ》にあげよう、彼自身に好きなように選ばせたらいい。

午後、閏土《ルントウ》が選んだのは、長いテーブル二卓、椅子四脚、香炉と燭台ひと組、二人担ぎの大きな秤《はかり》だった。ほかにも藁《わら》の灰を丸ごと欲しい（この土地では炊事に稲藁《いなわら》を使い、その灰は、砂地の肥料になる）、僕ら一家の出発時に、船で来て運んでいくと言う。

夜には、僕らは再び世間話をしたが、それはみなどうでもいいような話で、翌日早朝、閏土《ルントウ》は水生《シュイション》を連れて帰っていった。

さらに九日が過ぎると、僕らの出発の日となった。閏土《ルントウ》は早朝にやって来たが、水生《シュイション》は同行せず、五歳の娘だけを連れてきて船の番をさせていた。僕らは一日中忙しく、もはやおしゃべりする閑はなかった。客も多く、お別れに来る者、物を取りに来る者、お別れと物取りとを兼ねる者、とそれぞれだった。夕方に僕らが乗船するときには、この古い家のオンボロにして大小長短の品々は、すっかり消えていた。

船が進むにつれ、両岸の青山《せいざん》は黄昏《たそがれ》の中で、濃い黛色《たいしょく》となり、次々と船尾へと消えていく。

宏児《ホンアル》は僕といっしょに船窓に寄りかかり、外の暗くなっていく風景を見ていたが、急にこんなことを聞いたのだ。

「伯父《おじ》さん！　僕たちいつ帰ってくるの？」

「帰ってくる？　まだ引っ越してもいないのにもう帰りたくなったのかい」

「だって、水生《シュイション》が家に遊びに来てって言うんだもん……」宏児《ホンアル》は黒い瞳を大きく見開き、考えごとに夢中になっている。

僕と母とはしばし茫然として、再び閏土《ルントウ》の話を始めた。母が言うには、例の豆腐西施の楊《ヤン》おばさんは、わが家の荷造りが始まると、毎日必ずやって来たが、一昨日に彼女は灰の山の中から、十数個ものお碗やお皿を掘り出し、議論の末、これは閏土《ルントウ》が埋めたもので、灰を運ぶとき、いっしょに持ち帰るつもりなのだ、という結論に達したという。楊《ヤン》おばさんはこの発見を、自分でもたいそうな手柄だと思い、犬じらし（これは僕らの土地の養鶏用の道具で、木の板の上に柵を立て、内側に餌を入れると、ニワトリは首を伸ばして啄《ついば》めるが、犬はそうはいかず、ただ見ているだけ、ジリジリしてくるのだ）を取ると、飛ぶように駆け出したが、彼女は纏足《てんそく》[6]の小さな足に高底《たかぞこ》の靴を履いているというのに、実に速く走ったそうだ。

古い家はますます遠くなった。故郷の山河も次第に遠ざかっていくが、僕は少しも名残り惜しいとは思わなかった。ただ僕のまわりに目に見えぬ高い壁ができて、僕一人が隔離されている気分で、ひどく落ち込んでいた。あのスイカ畑の銀の首輪の小さな英雄のイメージは、これまではとてもはっきりしていたというのに、今では急にぼやけてしまい、それも僕をひどく悲しませた。

母と宏児《ホンアル》はもう寝ている。

6　三、四歳のときから布で縛られ一〇センチほどに変形縮小させられた足。

僕も横になって、船底のさらさらという水の音を聞いていると、僕が自分の道を歩いていることに気づいた。僕は考えた——僕と閏土《ルントウ》とはこれほどまでにすっかり隔てられてしまったが、僕らより若い者はなおも仲間同士で、そもそも宏児《ホンアル》は今も水生《シュイション》に会いたがっているではないか。僕はあの二人が二度と僕のように、みんなから隔てられぬことを希望したい……だがそのいっぽうで彼らが仲間同士でありたいがために、僕のように苦しみのあまりのたうちまわって生きることを望まないし、彼らが閏土《ルントウ》のように苦しみのあまり無感覚になって生きることも望まず、そして彼らがほかの人のように苦しみのあまり身勝手に生きることも望まない。彼らは新しい人生を生きるべきだ、僕らが味わったことのない人生を。

僕は希望について考えたとき、突然恐ろしくなった。閏土《ルントウ》が香炉と燭台を望んだとき、僕が秘かに苦笑さえしたのは、彼はいつも偶像を崇拝していて、それを片時も忘れないと思ったからだ。いま僕の考えている希望も、僕の手製の偶像なのではあるまいか。ただ彼の願いは身近で、僕の願いは遥か遠いのだ。

ぼんやりとしている僕の目の前では、一面に海辺の深緑の砂地が広がり、頭上の深い藍色の大空には金色の満月がかかっている。僕は考えた——希望とは本来あるとも言えないし、ないとも言えない。これはちょうど地上の道のようなもの、実は地上に本来道はないが、歩く人が多くなると、道ができるのだ。

一九二一年一月

阿Q正伝

第一章　序

僕が阿Qのために正伝を書こうと思ったのは、二年以上も前のことである。しかし書きたいいっぽうで、後ろ向きに考えてしまい、このことからも僕が「不朽《ふきゅう》の言」を立てるような人ではないことがよくわかろうというもの、なぜなら古来不朽の筆は不朽の人を伝えるべきで、かくして人は文により伝わり、文は人により伝わる——となると、いったい誰が誰によって伝わるのか、しだいにわけがわからなくなり、結局は阿Qを伝えようということにたどり着くのだから、頭の中にお化けでもいるかのようである。

しかしこんな早く朽ちてしまう文章でも、いざ書こうとすると、非常な困難を覚える。第一に文章の題名である。孔子曰《いわ》く「名《な》正しからざれば則《すなわ》ち言順《げんしたが》わず」[1]と。これはもとより要注意とすべき点である。伝記の題名は数知れず、列伝、自伝、内伝、外伝、別伝、家伝、小伝……、しかも惜しいことにすべて不適切だ。「列伝」とするにも、この一篇が「正史」において有名人たちと並ぶわけではないし、「自伝」とするにも、僕は阿Qではない。「外伝」と言うのなら、「内伝」はどこにある？　仮に「内伝」としようにも、阿Qは神仙でもない。「別伝」とするにも、大総統が国史館[2]に阿Qの「本伝」作成を命じたことなどあろうはずもない——イギリスの正史には「博徒列伝」などないというのに、文豪ディケンズが『博徒別伝』[3]という本を書いたのは、文豪であるから許されるのであり、僕のような者には許されないことだ。その次は

1　『論語』「子路」篇の言葉。「一一《いちいち》の名称が正確でなければ、言語が妥当でなくなる。言語が妥当でなければ、事務は整備しない」という意味。
2　清朝から中華民国にかけて設置されていた機関で、王朝や国家の歴史を編纂する。
3　Rodney Stone の中国語訳だが、著者はディケンズではなくコナン・ドイルで、のちに魯迅自身が自らの誤りを正している。

「家伝」だが、僕は自分が阿Qと同族か否かを知らず、彼の子孫の依頼を受けたわけでもなく、「小伝」とも思ったが、阿Qにはほかに「大伝」があるわけでもない。要するに、本作は「本伝」となるところだが、自分の文章を考えると、文体が卑しく、「車を引きて豆乳を売る輩《やから》[4]」が話すような言葉で、とても「本伝」は使えず、そこでまともな人とはみなされなかった小説家のいわゆる「閑話休題《それはさておき》、言帰正伝《ほんすじにもどりまして》」という決まり文句から、「正伝」の二文字を取り出し、題名とするのだが、昔の人が書いた『書法正伝』[5]の「正伝《ただしいおしえ》」と紛らわしいが、そこまでは面倒見きれない。

第二に、伝記ではふつう「某《なにがし》、字《あざな》は某、某地《ぼうち》の人なり」などと書き出すものだが、僕には阿Qが何という姓であったかとんとわからぬ。あるとき、趙《チャオ》という姓らしいこともあったが、翌日にはあいまいになってしまった。それは趙《チャオ》の大旦那の息子が科挙の秀才[6]になったときのこと、銅鑼《どら》を打ち鳴らして合格の知らせが村に届くと、阿Qはちょうど地酒を二、三杯飲んだところ、躍り上がって喜ぶと、これは彼にとっても光栄だ、なぜなら彼と趙《チャオ》大旦那とは本来は同族で、細かく長幼の序を言えば彼は秀才よりも三代目上なのだ、と言ったのだ。そのときそばで聞いていた連中も粛然として襟を正したものである。ところが翌日になると、村の御用役が阿Qを趙《チャオ》大旦那のお屋敷へと連れて行き、大旦那が阿Qを見るなり、顔を真っ赤にして怒鳴りつけた。

「阿Q、このアホンダラ！　わしがおまえと親戚だと？」

　阿Qは黙っていた。

　趙《チャオ》大旦那はいよいよ怒り出し、ツツッと詰め寄るとこう言った。「よくもそんなでたらめを言いおって！　わしにおまえみたいな親戚があってたまるか。おまえの姓が趙《チャオ》だと？」

　阿Qは黙ったまま、あとずさりしようとしたが、趙《チャオ》大旦那は飛びかかり、平手打ちを食らわせた。

「おまえの姓が趙《チャオ》であるもんか！――おまえなんぞに趙《チャオ》を名乗る資格はない！」

　阿Qは自分の姓も確かに趙《チャオ》だと言い返すこともなく、左の頰をさすりながら、御用役と退出すると、外でも御用役にこっぴどく叱られ、お詫びに二〇〇文の心付けを

4　文語文による欧米文学の翻訳で名高い林紓《リンシュー》が口語文を提唱する文学革命派を非難した言葉。文学革命派を教授として招聘した蔡元培《ツァイユワンペイ》・北京大学学長の父の職業を当てこすってもいる。
5　清代の馮武《ふうぶ》の著。ここでは「教えを正しく伝える」という意味。
6　高級官僚選抜試験である科挙の予備段階試験合格者のこと。

支払うはめとなった。この噂を聞いて村人たちは阿Qがでたらめすぎる、自業自得だ、おそらく趙《チャオ》の姓ではないだろうし、たとえ本当にそうであっても、趙《チャオ》大旦那がおられるかぎり、そんなでたらめを言ってはならんのだ、と言い合った。それからというもの彼の親戚関係はまったく話題に上らなかったため、僕も阿Qの姓はいったい何なのかとうとう知らぬままである。

第三に、僕は阿Qの名をどう書くのかも知らないのだ。彼が生きていたころ、みな彼を阿Queiと呼んでいたが、死んでからは、ひとりとしてなおも阿Queiと呼ぶものはおらず、まして「これを竹帛《ちくはく》に著《あらわ》して後世に伝えん[7]」などとんでもない。「これを竹帛に著」すといえば、この文章が第一号ということになり、そのためまずこの第一の難問にぶつかったのだ。僕もじっくり考えたことがある——阿Queiとは阿桂《アークイ》それとも阿貴《アークイ》なのか？ もしも彼が月亭と号していたか、八月にお誕生会をしていたとすれば、きっと阿桂《アークイ》に違いないのだが、彼には号もなく——あったかも知れないが、誰もその号を知らない——誕生日祝いの言葉を請う挨拶状を配ったこともないのだから、阿桂《アークイ》と書くのは独断的すぎる。また彼に阿富《アーフー》という兄上か弟さんがいたとすれば、きっと阿貴《アークイ》に違いないのだが、またもや彼が単身であったため、阿貴《アークイ》と書くだけの証拠がない。そのほかのQueiという発音の難しい字は、さらに不似合いだ。以前、僕は趙《チャオ》大旦那の息子である秀才殿にたずねてみたが、博識なるこのお方さえ、返答に詰まって茫然とする始末、その結論とは、陳独秀《チエントウシウ》[8]が「新青年」を創刊して外国文字の使用を提唱したため、国粋文化が滅んで、調べようがない、とのことだった。僕の最後の手段はただ一つ、同郷の者に頼んで阿Qの犯罪調書を調べてもらうことだったが、八カ月後にようやく返事があり、調書には阿Queiと発音が似ている人はいない、ということだった。本当にいなかったのか、それとも調べなかったのか、僕にはわからないが、もはや手の打ちようがなかった。注音字母《ちゅういんじぼ》[9]はまだ普及していないので、「外国文字」を使わざるを得ず、イギリス流の綴り方で彼を阿Queiと書き、略して阿Qとしたい。これはむやみに「新青年」を真似ているようで、自分としても申し訳ないのだが、秀才殿さえ知らないのだから、僕にほかに名案などあろうはずもない。

7　古代、紙が発明され普及する以前には、竹の札や帛（絹布）に文字を書いた。
8　陳独秀《ちんどくしゅう》（一八七九～一九四二）は魯迅と同世代の新文化運動の旗手。陳が創刊した「新青年」に魯迅は「故郷」など多くの作品を寄稿している。
9　当時、小学校教育で使われ始めた中国語発音記号。

第四に、阿Qの本籍である。彼の姓が趙《チャオ》だとすれば、地方の名家を称したがる今の慣習に従い、『郡名百家姓』[10]の注釈により、「隴西天水《ロンシーティエンシュイ》［甘粛省甘谷県の南］の人なり」と言うこともできるのだが、惜しいことにその姓自体があまりあてにならないので、本籍も決めようがない。彼は未荘《ウェイチュワン》に長く住んでいたが、しばしばよそにも出ていたので、未荘《ウェイチュワン》の人とも言えず、そこを無理して「未荘《ウェイチュワン》の人なり」と言えば、やはり史学の道に背くことになる。

多少でも慰めとなるのは、「阿」という字だけはたいそう正確で、こじつけなどの欠点は決してないこと、学識経験者の批判にも耐えうるものであることだ。その他のことは、浅学非才の僕に穿鑿《せんさく》できることではなく、「歴史癖と考証癖」のある胡適《フーシー》之《チー》先生[11]の門下生たちが、将来多くの新事実を探し出してくださることをひたすら希望するものではあるが、そのときを待たずして僕のこの「阿Q正伝」はとっくの昔に消滅していることだろう。

以上を序としたい。

第二章　勝利の略歴

阿Qは姓名本籍がいささか曖昧であるばかりでなく、彼の「生前の品行」も曖昧なのだ。未荘《ウェイチュワン》の人々ときたら、阿Qに手伝いを頼むか、彼を笑いものにするかのどちらかで、彼の「生前の品行」など気にも留めなかったからである。そして阿Q自身も語ることなく、人と口げんかするときだけ、たまに目を剝《む》いてこう言ったものだ。

「俺んちは昔は……おまえなんかよりずっと金持ちだったんだ。それに引き替えおまえなんぞ何者だい！」

阿Qには家はなく、未荘《ウェイチュワン》の土地神様の祠《ほこら》に住んでおり、決まった仕事もなく、

10　各姓に古代の郡の名を注記して、その姓の豪族が古代どの地にいたかを示した本。

11　胡適《こてき》（一八九一〜一九六二）のこと。辛亥革命をはさんで七年間アメリカに留学。一九一七年の帰国後は口語文を基礎とする標準語が国民国家を創出するという文化戦略を展開、陳独秀・魯迅らと共に文学革命の旗手となった。一九二〇年作の「『水滸伝』考証」の中で「歴史癖と考証癖」があると自認している。

臨時雇いとなっては、麦刈りなら麦刈りを、米つきなら米つきを、舟こぎなら舟こぎをしていた。長めの仕事だと、そのときの主人の家に泊まるが、終われればすぐに帰された。そのようなわけで、村人は忙しくなると、阿Qを思い出すのだが、覚えているのは日雇い仕事であって、「品行」ではなく、閑になれば、阿Qのこともさっさと忘れてしまうのだから、まして「品行」など覚えてはいない。ただ一度だけ、ある爺さんが「阿Qは実に働き者だ！」と誉めたことがある。このときの阿Qは貧弱な上半身を裸にして、デレッと爺さんの前に立っていたのであり、この誉め言葉が本気なのか皮肉なのか、他人にはさっぱりわからなかったが、阿Qは大喜びしていた。

　阿Qはまた自惚《うぬぼ》れが強く、未荘《ウェイチュワン》の全住民のことが、まったく彼の眼中になく、なんと二人の「文童」[12]のことも歯牙にもかけぬという態度だった。そもそも文童といえば、将来おそらく秀才に変身するやもしれぬ者であり、趙《チャオ》の大旦那や銭《チエン》の大旦那が住民からおおいに尊敬されるのも、金持ちであることに加え、共に文童のお父さんであるためなのだが、ひとり阿Qは内心では格別の敬意を表すことなく、俺の息子ならもっと偉くなるぜ、と考えていた。そのうえ県城［県政府の所在地］に何度か行くことにより、阿Qはさらに自尊心を増長させていたのだが、彼は城内《まち》の者もひどく軽蔑しており、たとえば長さ三尺幅三寸の板で作った腰掛けを、未荘《ウェイチュワン》では「長発《チャントン》」と呼び、彼も「長発《チャントン》」と呼ぶのだが、城内の者は「条発《ティアオトン》」と呼ぶので、彼はそれは間違っとる、笑わせらあ！　と思うのだ。大頭魚《タートウユイ》の油焼きに、未荘《ウェイチュワン》ではみな長さ一、二センチのネギを載せるが、城内では千切りのネギを載せるので、彼は再びこう思う——それも間違っとる、笑わせらあ！　だが未荘《ウェイチュワン》の連中ときたらまったくの世間知らずでおかしな田舎者、やつらは城内の魚の油焼きも見たことがないんだぜ！

阿Qは「昔は金持ち」で、見識豊か、しかも「働き者」なので、本来は人としてほとんど「完璧」なのだが、惜しいことに体質上の問題があった。いちばんの悩みは頭の地肌にあり、いつのころからか疥癬《かいせん》あとのハゲが幾つもできていることだった。これは阿Qの身体の一部とはいえ、阿Qの考えによれば、やはり高貴なものとは思えぬようすで、それが証拠に彼は「ハゲ」という言葉とそれに近い発音をすべて忌み嫌ったので、しまいには禁句の範囲を押し広げて、「光る」もダメ、「明るい」もダメ、さらには「灯り」や「ロウソク」までもが禁句となった。ひとたびその禁句を口にする

12　科挙予備段階試験を受験勉強している学生。

者がいれば、わざとであろうが知らずであろうが、阿Qはすべてのハゲを真っ赤にして怒り出し、相手を見て、口べたなら怒鳴りつけるし、弱そうなら殴りつけるのだが、どういうわけか、いつもたいてい阿Qの方がやられてしまうのだ。そこで彼は次第に方針転換して、いつも睨みつけることに改めた。

予期せぬことに阿Qが睨みつけ主義を採用すると、未荘《ウェイチュワン》の閑人《ひまじん》どもはいっそう彼をからかいだした。会えば必ず驚いたふりをして「おや、明るくなったぞ」と言うのだ。

阿Qは例によって怒り出し、相手を睨みつける。

「なんだここにランプがあったんだ」彼らは気にしない。

阿Qはしかたなく、ほかに言い返す言葉がないか考えざるを得ない。

「おまえなんかに……」このとき、彼が頭上に頂くのは高尚にして光栄なるハゲであり、ふつうのハゲではないかのような気がしていたのだが、前に述べたように、阿Qは見識豊かなので、すぐにこれが禁句であることに気づき、途中で言葉を止めた。

閑人どもはそれでは終わらず、からかい続けるので、ついには殴り合いになる。阿Qは形式上は打ちのめされて、相手に赤茶けた弁髪[13]を掴まれ、壁を相手に四、五回頭突きをさせられ、こうして閑人がようやく満足し勝利の凱歌とともに去っていくと、その場にしばし立ち尽くして、阿Qは胸の内でこう考える。「結局俺は息子に殴られたようなもの、今の世の中、間違っとるよ……」こうして彼も満足し勝利の凱歌とともに去っていくのだ。

胸の内で思ったことを、阿Qがのちにはつい口に出すものだから、阿Qをからかう連中は、ほとんどみな彼にこんな精神的勝利法があることを知ってしまい、それからは彼の赤茶けた弁髪を摑むたびに、先手を打ってこう言い聞かせるのだ。「阿Q、これは息子がオヤジを殴るんじゃないぞ、人間様が犬畜生を殴るんだ。自分で言ってみろ、人間様が犬畜生を殴るんだ、ってな」

すると阿Qは両手で自分の弁髪の付け根を押さえ、首をねじってこう答える。「虫けらを殴る、これでいいか？　俺は虫けらだ——早く放してくれよ」

だが虫けらであっても、閑人は放しちゃくれず、あいかわらず手近な塀に彼の頭を

13　男子の頭髪の前半分を剃り落とし、残りを編んで後ろに垂らしたもの。満州民族が明朝を滅ぼして清朝を建国した際に、自らの弁髪の習俗を漢民族に強制した。

五、六回ぶち当てなくては、満足し勝利の凱歌とともに去ろうとしないのは、今回こそ阿Qを懲らしめてやろう、と考えているからだ。しかし十秒とたたないうちに、阿Qも満足し勝利の凱歌とともに去って行くのは、自分で自分が自己軽蔑の第一人者であり、「自己軽蔑」を取ってしまえば、残るのは「第一人者」であると思っているからだ。状元[14]だって「第一人者」だろうが？　「それに引き替えおまえなんぞ何者だい⁉」

阿Qはかくの如くさまざまな奇計で怨敵《おんてき》に打ち勝つと、楽しそうに酒屋へ行ってお碗で二、三杯の酒を飲み、ほかの客をからかい、口喧嘩をして、またもや勝利を得ると、楽しそうに土地神様の祠に戻り、ひっくり返って寝てしまうのだ。もしもお金があると、彼は博打《ばくち》を打ちに行き、大勢の人が地面にしゃがみ込んでいる中、阿Qが満面汗を流しながら、いちばん大きな声でこう叫ぶのだ。

「青竜《せいりゅう》に四〇〇！」

「ソーレ、開けたァー！」胴元が壺の蓋を開けると、やはり満面汗を流しながら唱《うた》うような調子で叫ぶ。「天門《てんもん》じゃー、角《かく》は戻しィー！　人《じん》と穿堂《せんどう》は外れェー。阿Qの銅銭頂きィー！」

「穿堂に一〇〇……一五〇！」

阿Qのお金はこんな歌を聞くうちに、しだいに別の満面汗を流した男の腰の袋へと消えていく。彼はついに群衆の外へと押し出され、後ろに立って見物し、他人の賭けにヤキモキし、お開きになると、後ろ髪を引かれる思いで祠に帰り、翌日は腫れた目で仕事に出かけるのだ。

しかしまさに「人間万事塞翁が馬《にんげんばんじさいおう》」と言うように、阿Qは不幸にも一度は勝ったというのに、結局はほとんど敗北で終わったのである。

それは未荘《ウェイチュワン》の祭りの夜のことだった。この夜にはいつものように芝居がかかり、舞台の近くには、やはりいつものように多くの賭場が開かれた。芝居の銅鑼や太鼓の音も、阿Qの耳には十里も遠くに聞こえ、聞こえるのは胴元の歌ばかり。彼は勝ちに勝ち続け、銅銭は十銭銀貨に、十銭銀貨は一円銀貨へと変わり、一円銀貨は山と積まれていった。彼はすっかり有頂天となっていた。

「天門に円銀貨二枚！」

誰かと誰かが喧嘩を始めたものの彼にはその理由を知りようがなかった。怒鳴り声

14　科挙最終試験の合格者である進士の中でもトップ合格者。

に殴り合い、足を踏みならす音、しばらく大混乱が続き、彼が這《は》い上がって起きたときには、賭場は消え、群衆も消え、身体のあちこちが痛むのは、殴られたり蹴飛ばされたりしたからだろうが、数人の者がふしぎそうに彼を見ている。彼は呆然自失のありさまで祠に戻ったが、落ち着いて考えると、彼の銀貨の山が消えたことがわかった。祭りに来る胴元の多くはよそ者なので、どこに行って事情を聞けと言うのだ。

白く光る銀貨の山！　しかも自分のもの——それが今消えてしまったのだ！　息子に持って行かれたと言っても、やはり気が滅入るし、自分は虫けらだと言っても、あいかわらず気が滅入る、というわけで彼は今回こそ敗北の苦痛を味わった。

だが彼はただちに負けを転じて勝ちとした。彼が右手を振り上げ、力いっぱい自分の顔を二、三発殴ると、カッと熱い痛みが走り、その後には、気持ちも落ち着いてきたのは、殴ったのは自分で、殴られたのはもうひとりの自分のようだが、やがて自分が他人を殴ったかのような気持ちになったからで——まだカッと熱い痛みが残っていたのだが——阿Qは満足し勝利の凱歌とともに横になった。

こうして彼は眠りに入ったのである。

第三章　続 勝利の略歴

阿Qは常に勝ち続けたとはいえ、趙《チャオ》大旦那より顔面に一発お見舞いされてからのち、ようやく有名になったのだ。

彼は御用役に二〇〇文の心付けを支払うと、プンプン怒って横になり、しばらくしてからこう考えた。「今の世の中、間違っとるよ、息子がオヤジを殴るんだ……」ふとこのように偉そうにした趙《チャオ》大旦那が、今では彼の息子になったかと思うと、自分でも次第に得意になってきたので、起きあがると「若後家さんの墓参り」[15]を唱いながら酒屋へと向かった。このときには、彼は再び趙《チャオ》大旦那が皆の者より一段偉い人と思っている。

おかしな話だが、この一件以来、はたして村人たちも阿Qを何やらことのほか敬うようになった。阿Qとしては、彼が趙《チャオ》大旦那の父親だからと思っていたかもしれな

15　当時流行していた紹興地方劇の一幕。

いが、実はそうではないのだ。未荘《ウェイチュワン》の慣例では、もし阿七《アーチー》が阿八《アーパー》を殴ったり、李四《リースー》が張三《チャンサン》を殴っても、もともと事件とはみなされず、趙《チャオ》大旦那のような名士と関わりがあってこそ、村人の噂にのぼるのだ。ひとたび噂にのぼれば、殴った方が有名なのだから、殴られた方もおかげをこうむって有名になる。阿Qが悪いという点に関しては、当然言うまでもない。その理由はいかに？　つまり趙《チャオ》大旦那が悪いはずがないからである。では阿Qが悪いにもかかわらず、なぜ村人たちは彼を何やらことのほか敬うようになったのか？　これは難問であり、こじつけがましいが、あるいは自分は趙《チャオ》大旦那の一族だ、と阿Qが言ったからかもしれず、殴られたとはいえ、村人はひょっとして本当かもしれないと思い、念のため敬意を表しておこうという気になったのかもしれない。さもなければ、孔子廟《こうしびょう》お供えの牛のようなもので、豚や羊と同様に、共に畜生なのだが、聖人が箸を付けたがために、後世の儒者たちも軽挙妄動は差し控えているのだ。

いずれにせよ阿Qはその後何年ものあいだ自慢気であった。

ある年の春のこと、彼がほろ酔い気分で通りを歩いていると、塀の下の日だまりで、上半身裸になりシラミを取っているヒゲの王《ワン》の姿が目に入り、彼も突然むずがゆくなってきた。このヒゲの王《ワン》は、ハゲにしてヒゲがあるので、他人はハゲヒゲの王《ワン》と呼んでいたが、阿Qはハゲという一句を削除しており、それにもかかわらずこの男をひどくバカにしていた。阿Qの考えによれば、ハゲというのは奇とするに足らざるものの、このもじゃもじゃのヒゲだけは、あまりに突飛で、とても見られたものではない、というのだ。そこで彼は隣に座ることにした。もしもこれがほかの閑人《ひまじん》どもであれば、阿Qも座るなどという野望は抱かなかったろう。だがヒゲの王《ワン》の隣なら、彼は何を恐れようか。正直言って、彼が座ってやれば、ヒゲの王《ワン》の格が上がるというものだ。

阿Qもボロの袷《あわせ》の上着を脱ぎ、ひっくり返して調べてみたが、洗い立てのためか集中力に欠けるためなのか、長いことシラミ取りをしても、三、四匹しか捕まらない。ヒゲの王《ワン》はと見ると、一匹また一匹、二匹また三匹と捕まえては、口の中に放り込み、ピチピチプツプツと音を立てて嚙みつぶしている。

阿Qは最初はがっかりしていたが、そのうちに怒り始めた。とても見られたものではないヒゲの王《ワン》でさえあんなに多いというのに、自分のはこんなに少ない、これはなんという大失態か！　彼はぜひとも二、三匹大きいのを捕まえたかったが、どうしても見あたらない、やっと捕まえたのは中くらいで、此奴《こいつ》め、と厚い唇の中に押し込み、思い切り咬《か》んだところ、ピチッと鳴るだけ、またもやヒゲの王《ワン》の音には及ばない。彼はすべてのハゲを真っ赤にして、服を地面に叩きつけると、ペッとツバを吐いて言った。

「この毛虫め！」

「ハゲ犬め、誰に悪態《あくたい》ついてるんだい？」ヒゲの王《ワン》は軽蔑のまなざしで答えた。

最近の阿Qは人から多少の敬意を受け、自分でもいっそう自慢気だったとはいうものの、あの乱暴な閑人どもに会えばやはり臆病風に吹かれていたのだが、今回だけはたいそう勇ましかった。こんな顔中ヒゲだらけの奴に、生意気なこと言わせるもんか。

「察しの悪い野郎だぜ！」阿Qは立ち上がると両手を腰に当てた。

「おまえこそ殴られたいのかい？」ヒゲの王《ワン》も立ち上がり、服を着ながら言った。

阿Qは彼が逃げ出すだろうと思い、飛びかかって一発お見舞いした。だがその握り拳が相手に届かぬうちに、ヒゲの王《ワン》に取られてしまい、グイッと引っ張られたので、阿Qはヨロヨロと倒れかかり、たちまちヒゲの王《ワン》に弁髪を摑まれ、壁まで引きずられいつものように頭突きをさせられそうになった。

「君子は口を動かすとも手は動かさず！」阿Qは首をねじってこう言った。

ヒゲの王《ワン》は君子にあらざるようすで、聞く耳を持たず、続けざまに五回も阿Qの頭を壁に打ち付け、さらに思い切り阿Qを二メートルも突き飛ばしたのち、満足そうに去っていった。

阿Qの記憶において、これがおそらく人生最初の屈辱となったのは、ヒゲの王《ワン》ときたらあのもじゃもじゃのヒゲという弱点により、いつも阿Qにバカにされていたのであり、ヒゲの王《ワン》が彼をバカにしたことなどなく、まして手を出すことなどなかったからだ。ところが奴が今日ついに手を出したとは、まことに意外、まさに世間で言っているように、皇帝が科挙をやめたので[16]、秀才も挙人[17]もいらなくなり、このため趙《チャオ》家の威光に影が差し、それゆえ奴らも彼を見下すようになったのか？

阿Qは茫然として立ち尽くしていた。

そこに遠くからやって来たのは、またもや彼の敵だった。これも阿Qが最も嫌っている男で、銭《チエン》の大旦那の長男である。彼はまず県城に行って西洋式の学校に入り、

---

16 一九〇五年、清朝政府は体制改革の一歩として科挙の試験廃止を決定した。

17 秀才は科挙の予備試験合格者、挙人は科挙の本試験第一段階試験の合格者。

次にはなぜか日本に行き、半年後に帰ってきたときには、曲がっているべき膝が毛唐《けとう》のように伸びており、弁髪もなくなっていたので、母親は十何回も愁嘆場を演じ、かみさんは三度も井戸に飛び込んだ。その後、母親があちらこちらで弁解するには、
「弁髪は悪い奴に酒を飲まされ酔ったところを切られてしまってね。本来ならお役人様になるところだけど、今は髪が伸びてくるのを待ってるんだよ」しかし阿Qは疑い続け、いつまでも彼を「にせ毛唐」と称し、「外国と内通している奴」と呼んでおり、彼を見るたびに、必ず腹の中で秘かに罵倒していた。

阿Qがとりわけ「深く悪《にく》んでこれを痛絶[18]」していたのが、彼のかつらの弁髪だった。弁髪が偽物なら、人間たる資格はなく、奴のかみさんが三度で飛び込み自殺をやめたのも、まともな女ではないからだ。

その「にせ毛唐」が近づいてくるのだ。
「ハゲ頭。阿呆……」阿Qはこれまでは腹の中で悪態をつくだけ、声に出したことはなかったが、今回はむしゃくしゃしており、仕返ししたかったので、うっかり小さいながら声が漏れてしまったのだ。

はからずもこの坊主頭は漆塗りのステッキ——阿Qに言わせれば葬式棒[19]を持って大

股で近づいてきた。阿Qはその瞬間、殴られそうだと察し、急いで身体を硬くし、首をすくめて待ちかまえていると、はたして、パンッと音がするので、確実に自分の頭に打ち込まれたようだった。

「あいつのことだよ!」阿Qは近くの男の子を指して、弁解した。

パンッ! パンパンッ!

阿Qの記憶において、これはおそらく人生第二の屈辱であろう。幸いにもパンパンッと音がすると、彼にとっては一件落着のようなもの、かえってリラックスし、しかも「忘却」という先祖伝来の美質も効いて、彼がゆっくり歩きながら酒屋の入口にさしかかるころには、とっくに機嫌はなおっていた。

ところがそこに静修庵の若い尼さんがやって来たのだ。阿Qはふだんでも、彼女を見れば必ず罵倒するのだから、屈辱のあととなればなおさらだ。そこで彼の記憶がよ

18 清末の変法維新派の康有為が革命派の唱える「自由」を激しく嫌って言った言葉で、これに対し康の高弟であった梁啓超が自由とは中国人の奴隷性を批判するものであると弁護した。
19 父母の出棺を送るとき、息子は悲痛に耐えかねる身体を支えるために杖を持つ。

みがえり、敵愾心《てきがいしん》もよみがえった。

「なんで今日はついてないかと思ったら、こいつに会ったからだ！」彼は考えた。近寄ると、彼は音を立ててツバを吐いた。

「カアーッ、ペッ！」

若い尼さんはまったく相手にせず、うつむいたまま過ぎていく。阿Qは彼女のそばに近づくと、突然手を伸ばして彼女の剃りたての頭を撫で、ヘラヘラ笑って言った。

「ツルツル頭！とっとと帰れ、和尚が待っとるぞ……」

「痴漢みたいなことしないでよ……」尼さんは顔を真っ赤にして言いながら、大急ぎで逃げていく。

酒屋の客はみんなして大笑い。阿Qは自分の功績が認められ、いよいよ上機嫌となった。

「和尚のお手付き、俺では手は付けられんのか？」彼は女の頬をギュッとつねった。

酒屋の客はみんなして大笑い。阿Qはいっそう得意になって、さらにこれらの観衆たちを満足させようと、再び力いっぱいつねってから、ようやく手を放した。

彼はこの一戦で、すっかりヒゲの王《ワン》を忘却し、にせ毛唐も忘却し、今日のすべての

「ツイテナイ」ことに対し仇《あだ》を返したようで、しかも奇妙なことに、パンパン音がしたときよりも全身がさらに軽くなり、フワフワと飛んで行ってしまいそうなのだ。

「罰《ばち》当たり、子孫《こまご》が絶える阿Q！」遠くから若い尼さんが泣きながら叫ぶ声が聞こえてきた。

「ハッハッハー！」阿Qは十分得意気に笑った。

「ハッハッハー！」酒屋の客たちは九分《くぶ》ほど得意気に笑った。

第四章　恋愛の悲劇

こう言う人がいる――勝者の中には、敵が虎の如く、鷹の如くして、はじめて勝利の喜びを感じる人がおり、羊の如く、ひよこの如くでは、かえって勝利の喜びを味わえない、と。また勝者の中には、一切を征服し、死ぬ者は死に、降参する者は降参し、「臣《しん》は畏《おそ》れ多くも上奏申し上げたく」となると、彼には敵がいなくなり、ライバルがいなくなり、友人もいなくなり、ただ自分だけが最上位におり、ひとりで、孤独で、わびしく、寂しく、かえって勝利の悲哀を感じる人もいる。ところがわれらが阿Qはそんな能なしではなく、彼は永遠に得意気で、これが中国精神文明が世界に冠たる証拠なのかもしれない。

見よ、彼はフワフワ飛んで行ってしまいそうなのだ！

だがこのたびの勝利は、いささかようすが違っていた。彼はほとんど一日中フワフワ飛んだので、土地神様の祠に舞い降りると、例によってひっくり返ってそのまま高鼾《たかいびき》をかくはずだった。ところがこの夜は、どうしても寝付けず、自分の親指と人差し指がなんだか怪しく感じられ、ふだんよりスベスベしているようなのだ。若い尼さんの顔にスベスベしたものがあってそれが彼の指に付いたのか、それとも彼の指が尼さんの顔で磨かれてスベスベしているのだろうか。

「罰当たり、子孫が絶える阿Q！」

阿Qの耳の中ではまたもやこの言葉が聞こえる。彼は考えた——そうだ、女がいるんだ、子や孫が絶えたら誰も茶碗一杯のご飯もお供えしちゃあくれない、……女がいるんだ。そもそも「不孝に三あり、後《あと》なきを大《だい》と為《な》す」〔『孟子』〕と言い、「子孫絶えたる亡魂となりて飢えん」〔『左伝』〕というのも人生の大いなる悲哀であり、それゆえ彼の考えは、実は聖人賢者の教えにぴたりと一致しているのだが、惜しいことにその後いささか「その放心《じぶんかって》を収むる能《あた》わず」［『尚書』］となってしまったのだが。

「女、女だ！……」と彼は考えた。

「……和尚のお手付き……女、女！……女だ！」と再び考えた。

この夜の阿Qがいつごろ高鼾をかきはじめたか僕たちにはわからない。おそらくこれ以来いつも指がちょっとスベスベすると感じ、そのためいつもちょっとフワフワして、「女……」と彼は考えるのだ。

このことからも、僕たちにも女が人間にとって有害な物であることがわかるだろう。中国の男というのは、本来大半が聖人賢者になれるのだが、惜しいことにすべて女によってダメにされてしまうのだ。殷《いん》は妲己《だっき》[20]に滅ぼされ、周は褒姒《ほうじ》[21]に潰され、秦は……歴史にははっきり書かれていないにしても、僕たちがそれも女のために、と仮定してもまったくのまちがいではないだろうし、董卓《とうたく》［漢の将軍］は確かに貂蝉《ちょうせん》［董卓の美姫］のために殺されたのだ。

20　殷の紂《ちゅう》王の妃。美しい妃の望むままに王が暴虐の限りを尽くし、殷は滅亡したとされる。

21　周の幽《ゆう》王の妃。笑わない妃の笑顔見たさに王が政治を疎かにしたことで周は滅亡した。

阿Qも本来は正人君子《せいじんくんし》［品行方正な人格者］であり、彼がかつてどんな大先生の教えを受けたか僕たちは知らないものの、「男女の別」にはこれまでも非常に厳しく、若い尼さんやにせ毛唐の類《たぐい》に対し異端排斥の正気をおおいに持っていた。彼の学説とは以下の通りである――およそ尼さんたるもの、必ずや和尚と不倫し、女が外を歩くとは、必ずや不良男を誘惑しているのであり、男と女が二人で話しているのは、必ずや悪事を企んでいるのだ。奴らを懲らしめるために、彼はしばしば睨みつけたり、大声で「偏見と独断」の言葉を叫び、人気《ひとけ》のないところであれば、後ろから小石を投げるのだ。

ところが「而立《じりつ》」[22]の歳にさしかかって、ついに若い尼さんに毒されフワフワになってしまった。このフワフワした精神は、儒教の教えではあってはならぬものであり――だから女はまことに憎むべきもの、もしも若い尼さんの顔がスベスベしていなかったら、阿Qが毒されることもなかったろうし、また若い尼さんの顔に布を一枚被《かぶ》せていたら、やはり阿Qが毒されることもなかったろう――彼は五、六年前、村芝居の舞台の下の人混《ご》みで女の太股《ふともも》をつねったことがあったが、ズボンの上からだったので、その後もフワフワにはならなかった――ところが若い尼さんだとフワフワしてしまうのだから、このことからも異端者の憎むべきことがよくわかろうというものだ。

「女……」と阿Qは考える。

彼は「必ずや不良男を誘惑している」と想定される女に対し、常に注意して観察するのだが、彼に向かって笑いかける者はいなかった。彼は自分と話をする女に対しては、常に注意して聞き耳を立てるのだが、何やらの悪事を持ちかける者はいなかった。ああ、これもまた女の憎むべき点で、奴らはみな「猫をかぶって」いるのだ。

この日、阿Qは趙《チャオ》大旦那のお屋敷で一日かけて米をつき、夕食を食べると、台所で腰掛けて煙管《キセル》を吸った。よその家では、夕食を食べたら帰っていいのだが、趙《チャオ》家では夕食が早く、ふだんは明かりをつけるのは許されず、食後はすぐに寝てしまうとは言うものの、たまに例外もあり、その一つは趙《チャオ》の若旦那がまだ秀才に合格していなかった時期で、ランプを点《つ》けての勉強が許されており、もう一つが、すなわち阿Qの日雇い仕事で、ランプを点けての米つきが許されていた。この例外規定により、阿

22 『論語』「為政」篇で、孔子が三十歳で学問的に自立したことを述べる「三十而立」（さんじゅうにしてたつ）から出た言葉。

Qは米つきに取りかかる前に、台所で腰掛けて煙管を吸っていたのだ。

呉媽《ウーマー》は趙《チャオ》家ただひとりの女中で、食後の洗い物が終わったので、やはり長椅子に腰掛け、しかも阿Qと世間話をしていた。

「奥さまがこの二、三日ご飯を召し上がらないのは、大旦那さまがお妾さんを入れようとして……」

「女……呉媽《ウーマー》……この若後家さん……」と阿Qは考えていた。

「家《うち》の若奥さまには八月に赤ちゃんが生まれるって……」

「女……」と阿Qは考えていた。

阿Qは煙管を置くと立ち上がった。

「家の若奥さまは……」呉媽《ウーマー》はなおもブツブツ話している。

「二人で寝よう、俺とおまえで寝よう！」阿Qはいきなり迫っていくと、彼女の前で跪《ひざまず》いた。

一瞬シーンとなった。

「キャー！」呉媽《ウーマー》はしばしポカンとしていたが、急に震え出すと、叫びながら外に飛び出し、走りながらわめき、それはやがて泣き声まじりとなった。

阿Qは壁に向かって跪いたままぼんやりとしていたが、ようやく誰もいない椅子に両手をついて、ゆっくりと立ち上がったが、まずいぞと気づいてはいるようすだ。このときの彼はたしかにちょっとオドオドしており、慌てて煙管を腰の帯に差し込むと、米つきに行こうと考えた。ゴツンと音がして、頭に重いものが落ちてきたので、彼が急いで振り返ると、例の秀才が太い竹の天秤棒を持って目の前に立っている。

「とんでもない奴だ……おまえという奴は……」

天秤棒がまたもや頭上に振り下ろされた。阿Qは両手で頭を庇《かば》ったので、まさに指の関節にあたり、これはひどく痛かった。彼は台所から飛び出したが、背中にも一発お見舞いされたようだった。

「大バカ野郎！」秀才が背後から官僚言葉で罵っている。

阿Qは米つき場に飛び込むと、一人で立っていたが、指の痛みとともに、「大バカ野郎」の言葉を思い出していたのは、これは未荘《ウェイチユワン》の田舎者が使ったためしがなく、もっぱらお役所に出入りするお偉方が使う言葉で、そのためとくに恐ろしく、とくに印象深かったのだ。だがこのときには、彼の「女……」という考えも消えていた。しかも殴られ罵倒されて、すでに一件落着のようす、かえって何の気がかりもなくなったので、腕を働かせて米つきにとりかかることにした。しばらく米をつくと、熱くなったので、手を休めて服を脱いだ。

服を脱いだそのとき、外が騒がしくなったので、阿Qは日頃の野次馬根性を発揮し、声のする方へと向かった。声を追っていくと趙《チャオ》大旦那の中庭にたどり着き、夕暮れどきではあるが、みなの顔の見分けはつき、この二、三日ご飯を召し上がらない奥さまを含め趙《チャオ》一家が勢揃い、さらに隣の鄒七嫂《ツォウチーサオ》や本当の一族である趙白眼《チャオパイイエン》や趙司晨《チャオスーチエン》もいる。

そこに若奥さまが呉媽《ウーマー》の手を引きこう言いきかせながら、女中部屋から出てきた。

「外に出るのよ、……自分の部屋に隠れて思い詰めたらダメ……」

「あんたの身持ちが固いことはみんな知ってるよ……死のうなんて思っちゃいけないよ」と鄒七嫂《ツォウチーサオ》も脇から口を挟んだ。

だが呉媽《ウーマー》は泣くばかり、時々話す言葉も、よく聞きとれない。

阿Qはこう考えた。「フン、おもしろいぞ、この若後家さん何を騒いでいるんだろう?」彼はようすをたずねようとして趙司晨《チャオスーチエン》に近づいた。このとき彼に向かって突進してくる秀才の若旦那の姿がパッと目に入り、しかも手には太い天秤棒を握っている。阿Qはこの太い天秤棒を見てハッと気づいたのは、この騒ぎは自分が先ほど殴られたことと、関係がありそうだということだった。彼は身を翻してその場を去り、米つき場に逃げ帰ろうと思ったが、図らずもこの天秤棒が彼の退路を塞いだので、彼は再び身を翻してその場を去り、自然と裏門から出て、まもなく土地神様の祠に戻っていた。

阿Qが座っていると、鳥肌が立ち、寒さを感じたのは、春とはいえ、夜間はかなり冷えており、まだ裸ではいられないからだ。上着を趙《チャオ》家に置いてきたことを思い出したものの、もし取りに行けば、また秀才の天秤棒にやられそうだ。そこに御用役が入ってきた。

「阿Q、このこん畜生め！　趙《チャオ》家の使用人にまでちょっかいを出したとなれば、それは謀叛だ。この俺まで夜も眠れず迷惑している、こん畜生め！……」

かくかくしかじかの長い説教に対し、阿Qにはもちろん返す言葉もない。終わりに、夜なので御用役に支払う心付けは二倍の四〇〇文とのこと、阿Qには現金がないので、毛織りの帽子を抵当にし、さらに五条件を取り決めた。

一、明日、一対の赤いロウソク――重さ一斤サイズ――と線香一袋を持って、趙《チャオ》家にうかがい謝罪すること。
二、趙《チャオ》家では道士を招いて首吊り幽霊のお祓いをするが、費用は阿Qが負担すること。[23]
三、阿Qは今後趙《チャオ》家の敷居《しきい》を跨《また》いではならない。
四、呉媽《ウーマー》に今後不測の事態が生じれば、阿Qひとりの責任である。
五、阿Qは日雇い賃金と上着とを請求してはならない。

阿Qはもちろんすべて承知したが、残念ながら金がない。幸いすでに春で、掛け布団が不要なので、これを銅銭二〇〇〇文で質入れして、五条件を履行した。上半身裸のままで叩頭《こうとう》してお詫びしたのち、少しは金も残ったが、彼はもはや毛織りの帽子を請け出そうともせず、みな酒代に回してしまった。だが趙《チャオ》家でも線香を焚きロウソクを点《とも》すこともなかったのは、奥さまが仏様を拝むときに使えるので、備蓄に回したからだ。ボロの上着の大半は若奥さまが八月に産む赤ちゃんのオムツとなり、一部は呉媽《ウーマー》の靴底用に回された。

第五章　暮らしの問題

阿Qはお詫びしたのち、例によって土地神様の祠に戻ると、太陽が沈んでいき、しだいに世の中が少し変な感じがした。よくよく考え、ついに悟った――なんと原因は自分の裸の上半身にあるのだ。彼はボロの袷《あわせ》の上着があることを思い出し、それを羽織ると、横になり、次に目を覚ましたときには、なんと太陽はすでに西の壁の上の方を照らしていた。彼は起きあがりながら、「こん畜生め……」と言った。

起床後は、やはりいつもどおりに町をぶらついたところ、裸のときほどの身を切られるような痛みはなかったが、しだいに再び世の中が少し変だと思い始めた。この日から、未荘《ウェイチユワン》の女たちが突然みな恥ずかしがり屋になり、阿Qを見ると、門の中に隠れてしまうのだ。はなはだしきは五十近い鄒七嫂《ツォウチーサオ》まで、ほかの女と一緒に逃げま

23　呉媽は貞節を守ったことを証明するため首を吊るふりをしており、人が首吊りをするのは首を吊って死んだ幽霊が身代わりにしようとしてそそのかしたから、と中国では信じられていた。

どい、そのうえ十一歳の娘にまで家の中に入れと言うのだ。阿Qはとてもふしぎに思ったうえ、こう考えた。「此奴《こいつ》らはどうやら突然お嬢さまの真似を始めたんだ。この娼婦どもめ……」

だが彼がさらに世の中は少し変だと感じるのは、幾日ものちのことだった。第一に、酒屋がつけで飲ませなくなった。第二に土地神様の祠の番をしている爺さんが、グチャグチャ言い出したのは、彼に出て行ってほしいらしい。第三に、阿Qは何日経ったかはよく覚えていないが、長いこと誰も彼に日雇い仕事を頼まなくなっているのは確かだった。酒屋がつけで飲ませないのは、我慢すればよいのだし、爺さんの催促は、聞き流しておけばいいのだが、誰も仕事を頼んでこないので、阿Qは腹を空《す》かすことになり、これは確かにひどく「こん畜生」なことである。

阿Qは我慢しきれず、お得意先を訪ねて回ったところ、——ただし趙《チャオ》家の敷居を跨《また》ぐことだけはできなかったが——状況はすっかり様変わりしており、必ず男が出てきて、いかにも毛嫌いしている顔つきで、物乞い相手のようにシッシッと手を振りこう言うのだ。

「仕事なんかない！　帰った、帰った！」

いよいよ阿Qは奇妙だと思った。お得意さんたちはこれまで多くの手伝いを必要としていたのに、今になって急に仕事がなくなるはずがない、その裏に何かうさんくさい事情があるに違いない。彼がよくよく聞いてみると、なんとお得意先は用事があるとみな小《シアオ》Donに頼んでいることが分かった。この小Dというのは、ケチな若僧で、痩せっぽちで仕事の要領が悪く、阿Qから見ればヒゲの王《ワン》の下に位置するというのに、なんとこの小僧が彼の飯のタネを掠《かす》め取っていたのだ。そのため阿Qの怒りはふだんとはたいそう異なり、怒り狂って歩いていると、突然腕を振り上げ、叫んだのだ。

「わが手に取りたる鉄の鞭《むち》、汝《なんじ》めがけて打ちおろさん！……」[24]

数日後、彼はついに銭《チエン》家門前の目隠し壁の前で小Dに遭遇した。まことに「仇同士は互いにめざとい」で、阿Qが向かっていくと、小Dも踏みとどまった。

「畜生め！」目を怒らせた阿Qが叫ぶと、口からツバが飛び散った。

24　当時の紹興地方劇で、宋朝を開いた太祖の趙匡胤（ちょうきょういん、九二七〜九七六）を主人公とする「竜虎の闘い」の一句。

「俺は虫けらだ、これでいいだろう？……」と小Dが応じる。

そんな謙遜ぶりがかえって阿Qの怒りの火に油を注いだが、その手には鉄の鞭を持たぬので、しかたなく飛びかかっていき、手を伸ばして小Dの弁髪を取った。小Dが片手で自分の弁髪の根元を握って守り、片手で阿Qの弁髪を取ったので、阿Qも空いている手で自分の弁髪の根元を握って守りを固めた。かつての阿Qにとって、小Dはそもそも歯牙にもかけぬ相手なのだが、最近の彼は空腹のため、痩せて力がない点では小Dに劣らず、このため勝負は互角、四本の手が二つの頭を取り合ってがっぷり四つに組み、腰を引いた二人の影が、銭《チエン》家の白い壁に黒い虹型のアーチ模様を映し出してから、およそ三十分が経過した。

「もういい、もういい！」と見物人が言うのは、おそらく仲裁しているのだろう。

「いいぞ、いいぞ！」と見物人が言うのは、仲裁なのか、称讃なのか、それとも扇動なのかわからない。

いずれにせよ二人とも聞く耳を持たない。阿Qが三歩進めば、小Dが三歩下がって、両人立ち止まり、小Dが三歩進めば、阿Qが三歩下がって、両人立ち止まる。おそらく三十分も——未荘《ウエイチユワン》では時計などめったにお目にかかれないので、何とも言えず、二十分だったかもしれない――二人の頭から湯気が立ちのぼり、額からは汗が流れ落ち、阿Qの手が緩むと、その一瞬に、小Dも手を緩めたので、同時に上体を起こし、同時に後ろに引いて、共に人混みを掻き分けて出ていった。

「覚えてろよ、こん畜生……」阿Qが振り向いて言った。

「こん畜生、覚えてろよ……」小Dも振り向いて言った。

この「竜虎の闘い」の一戦は勝敗も定まらず、観客の満足度もわからず、とくに評判にもならなかったが、阿Qにはその後も誰も仕事を頼まなかった。

ある暖かい日、そよ風が吹きわたりおおいに夏を思わせる天気であったが、阿Qはむしろ寒気を覚えたくらいで、それはまだ我慢できるにしても、いちばんの問題は空腹だった。掛け布団に、毛織りの帽子、上着はとっくになくなっており、次に綿入れの上着を売ったが、今穿《は》いているズボンは、決して脱いではならないし、ボロの袷の上着もあるものの、靴底用に人にくれてやるのが関の山、とても売り物にはならない。道ばたにお金でも落ちていないかと早くから探していたが、今に至るまで見つからず、自分のあばら屋から突然お金が出てこないか、キョロキョロと家中を探してみたが、ガランとした祠の家では一目瞭然であった。こうして彼は食を求めて遠出することにした。

彼は道々歩きながら「食を求め」たが、馴染みの酒屋を見ても、馴染みの饅頭《マントウ》を見ても、彼はひたすら通り過ぎるだけ、足も止めぬばかりか、欲しいとさえ思わなかった。彼が求めていたのはこんなものではなかったが、それでは何を求めているかというと、彼自身にもわからなかった。

未荘《ウェイチュワン》はもともと大きい村ではなく、少し歩くと村のはずれまで来てしまった。このあたりには水田が多く、見渡す限り新緑の柔らかな苗で、その中で丸くて黒いものがいくつか動いており、それは田を耕す農夫である。阿Qがこんな田園の楽しみを味わうことなく、ひたすら歩き続けたのは、それが彼の「食を求め」る道から遥か遠く離れていることを直感していたからだ。それでも彼はついに静修庵の塀まで来た。

静修庵のまわりも水田で、白壁が新緑の中にせり出し、裏の低い土塀の中は野菜畑である。阿Qはしばらく迷ったが、周囲を見ても、誰もいない。そこで彼はこの低い塀をよじ登ろうとして、何首烏《ドクダミ》の蔓につかまったものの、泥はなおもボロボロと崩れ、阿Qの足もガクガクと震えたが、ついに桑の木の枝につかまることができて、内側に飛び降りた。内側にはたしかに草木が青々と茂っているが、地酒に饅頭《マントウ》その他、飲み食いできるものはなさそうだった。西側の塀付近は竹林で、地面には竹の子がたくさん生えているが、残念ながら煮てあるわけではなく、油菜《あぶらな》はとっくに種ができており、芥子菜《からしな》は花が咲きかけ、小白菜もとうが立っていた。

科挙の予備段階試験に落ちた文童のように恨めしい思いで、阿Qがゆっくりと畑の入口へと近づいたところ、ひと目でそれが大根畑とわかったので、途端に大喜びした。彼はしゃがみこんで大根を抜き始めたが、入口から突然まん丸の頭が顔を出したかと思うと、また引っ込んだので、ひと目でそれが若い尼さんだとわかった。若い尼の類など阿Qはもとより無視していたが、この世は何事も「一歩退《ひ》いて考えよ」で、彼は大急ぎで大根四本を引き抜くと、緑の葉をもぎ取って、懐《ふところ》に突っ込んだ。だが年寄りの尼様が早くも姿を現していたのだ。

「ああ仏様、阿Qよ、おまえがこの畑に忍び込み大根を盗むとは！……ああ、罰当たりな、ああ仏様！……」

「俺がいつあんたの畑に忍び込み大根を盗んだってんだい？」阿Qは逃げながら振り返って言った。

「たった今だよ……ほれそうじゃろう？」尼様は彼の懐を指差した。

「これがあんたのものかい？　それならあんたが呼べば返事をするのかい？　あんたが……」

阿Qが言い終わらぬうちに、さっさと逃げ出したのは、とても大きな黒犬が追いかけてきたからだ。この犬はいつもは表門にいるのだが、いつの間にか裏の畑に来ていた。黒犬はワンワン吼《ほ》えながら阿Qに追いつき、今にも足に嚙みつくところであったが、運よく懐から大根が一本落ち、驚いた犬がしばし立ち止まったので、阿Qはその隙に桑の木に登り、土塀を跨いで、大根もろとも塀の外に転がり落ちた。あとにはなおも桑の木に向かって吼える黒犬と、念仏を唱える尼様が残されただけだった。

阿Qは尼様が再び黒犬をけしかけるのではないかと恐れ、大根を拾うと逃げ出し、途中で小石を数個拾っておいたが、黒犬は二度と現れなかった。阿Qはそこで石を捨て、歩きながら大根を食べ、ここには求めるものは何もない、県城に行った方がましだ……と考えていた。

大根三本を食べ終えたとき、彼はすでに県城行きの決意を固めていたのだった。

第六章　中興から末路まで

未荘《ウェイチュワン》で再び阿Qの出現を目にする時期とは、その年の中秋を過ぎてすぐのころだった。村人たちは驚いて、阿Qが帰ってきたと噂し、そこでまた昔に遡って思い出し、彼はどこに行ってたのかと考えた。阿Qがこれまで何回か県城に出かけたときは、行く前から自慢気に触れ回るのが常であったが、このたびはそんなことはしなかったので、誰一人気にもかけていなかった。あるいは彼は土地神様の祠の爺さんには言い残していたのかもしれないが、未荘《ウェイチュワン》の習慣では、趙《チャオ》大旦那に銭《チエン》大旦那、そして秀才旦那が県城に出かけてこそ話題になるのだ。にせ毛唐さえもそんな大物とは見なされないのだから、阿Qなど言うまでもなく、このため爺さんも宣伝しなかったので、未荘《ウェイチュワン》の社会では知りようがなかったのだ。

それにしても今回の阿Qの帰還は、以前とは大違いで、たしかに驚くに値した。宵闇迫るころ、寝ぼけまなこで酒屋の前に現れ、カウンターに近づいた彼が、腰から手を出すと、銀貨や銅貨を鷲づかみにしており、これをバラバラッとカウンターにばら撒くと「現金だ！　酒をくれ！」と叫んだのだ。着ているのは新品の袷の上着で、見れば腰には巾着まで提げており、ズシリと重いようすで腰帯が大きい弧を描いて垂れている。未荘《ウエイチユワン》の習慣では、少しでも人目を引く人物に対しては、冷遇ではなく礼遇するもので、このばあい相手が馴染みの阿Qとわかっていても、ボロの袷を着ていた阿Qとはちょっと違うので、古人曰《いわ》く「士《し》別れて三日《さんじつ》なれば即ち当《まさ》に刮目《かつもく》して相い待つべし」[25]なので、給仕も、主人《おやじ》も、客も、通りがかりの者も、自ずと半信半疑ながら敬意を表したのだ。主人がまずうなずいてみせ、それから声をかけた。

「ホホウ、阿Q、お帰りですかい！」

「ああ、ただいま」

「景気も良さそうで何よりなんだが――おまえさんどこで……」

「県城に行ってたのさ！」

このニュースは、翌日には未荘《ウエイチユワン》全村に知れ渡っていた。村人はみな現金と新品上着の阿Q中興の歴史を知りたがり、酒屋で、茶館で、そしてお寺の軒下で、探りが入れられた。その結果、阿Qには新たな敬意が払われるようになったのである。

阿Qによれば、彼は挙人旦那の家で働いていたという。このひと言に、聞く者はみな粛然として襟を正した。この旦那様とは白《バイ》という姓だが、県城中探しても挙人[26]は彼一人なので、わざわざ白《バイ》の姓を冠することもなく、挙人と言えば彼のことなのだ。これは何も未荘《ウェイチュワン》に限ったことではなく、百里四方すべてでそうなのであり、人々はほとんど彼の姓名を挙人旦那と錯覚していた。そのお方のお屋敷で働いていたのだから、敬意を払って当然である。ところが阿Qによれば、彼は二度と働きたくない、それというのもこの挙人旦那は実にとんでもない「こん畜生」だからである。このひと言に、聞く者がみな溜め息をつきながらもスカッとしたのは、阿Qには本来挙人旦那のお屋敷で働く資格などないものの、しかしこんな働き口を断わるというのも惜しいことであるからだ。

阿Qによれば、彼の帰還は、城内の者に対し不満だったからとのことで、彼らが「長凳《チャントン》」を「条凳《ティアオトン》」と呼び、魚の油焼きに千切りネギを載せるためであり、これに加えて最近の観察で知り得た問題点は、女が道を歩くのに腰をくねらせてけしからん

25 『三国志』から出た言葉で、男子の常に向上するたとえ。「刮目」は目を拭《ぬぐ》うこと。
26 科挙の第一段階の試験の合格者。

ということだった。しかしたまにはおおいに感心する点もあり、たとえば未荘《ウェイチュワン》の田舎者ときたら三十二枚の竹牌《ちくはい》「賭博用具の一種」しか打てず、「麻醤《マーチアン》」[27]ができるのはにせ毛唐ぐらいのものだが、城内ではガキだって手慣れたもの。にせ毛唐なんか城内の十代のガキの手にかかったら、たちまち「閻魔大王の前に出た小鬼」だぜ。このひと言に、聞く者はみな恥じ入った。

「おまえ達、首切りなんか見たことないだろう？」と阿Qは語る。「そりゃもう、おもしろいんだ。革命党の首を切る。まったく、おもしろいったらありゃしない……」彼は首を振り振り、正面の趙司晨《チャオスーチエン》に向かってつばきを飛ばす。このひと言に、聞く者はみな緊張した。だが阿Qは周囲を見渡し、突然右手を挙げると、首を伸ばして聞き惚れていたヒゲの王《ワン》の盆《ぼん》の窪《くぼ》めがけ、「バサッ」と振り下ろしたのだ。ヒゲの王《ワン》はびっくりして飛び上がると同時に、電光石火の如く首を縮めたので、聞く者はみな身の毛がよだつとともに喜んだ。その後ヒゲの王《ワン》は幾日も頭がぼうっとして、しかも二度と阿Qのそばには近寄らなかったし、ほかの村人たちも同様だった。

このときの阿Qが未荘《ウェイチュワン》の村人の眼中に占める地位は、趙《チャオ》大旦那を超えるとは言えないまでも、大差なかったと言っても、おそらく語弊《ごへい》はあるまい。

しかしまもなく、この阿Qの高名は未荘《ウェイチュワン》中の深窓のご婦人方にもアッと言う間に広まった。未荘《ウェイチュワン》には銭《チエン》と趙《チャオ》との二つのお屋敷があるのみで、その他の九割方のあばら屋では深窓も何もあったものではないが、婦人とは結局は家の奥深くの部屋に住んでいるのだから、噂が広まるとは珍奇なことといえよう。それは女同士顔を合わせれば必ず、鄒七嫂《ツォウチーサオ》が阿Qから紺色の絹のスカートを買ったところ、古着は古着だが、たったの九〇銭だった、と噂し合ったからである。さらに趙白眼《チャオパイイエン》の母——一説には趙司晨《チャオスーチエン》の母とも言うが、現在調査中——も子供用の真っ赤な船来綿布の上着を買ったが、七割方は新品だったのに、わずか銅銭三〇〇だった。こうして彼女たちは血眼《ちまなこ》になって阿Qを探し、絹スカートのないものは彼から絹スカートを買おうと思い、船来綿布の上着が欲しいものは彼にキャラコ織りの上着を売ってと頼もうとし、遠くから彼を避けるどころか、道行く阿Qを後ろから呼び止めて追いつき、こうたずねるのだ。

「阿Q、絹スカートはまだあるかい？　もうない？　綿布の上着も欲しいんだけど、

27　半可通の阿Qによる「麻将《マーチアン》」すなわち麻雀《マージャン》の言い間違え。

どうだい？」

やがてこの騒ぎはあばら屋からお屋敷の深窓へと伝わった。それというのも鄒七嫂《ツォウチーサオ》が調子に乗って、自慢の絹のスカートを趙《チャオ》大旦那の奥さまの鑑賞に供し、趙《チャオ》奥さまも夫の大旦那になかなかの品だったと話したからだ。そこで大旦那は夕食の食卓で、秀才旦那と討論し、阿Qは実はいささか怪しいので、わが家も用心して戸締まりせねばならんが、あいつの品は、まだ残っているだろうか、お買い得の品かもしれんぞ、と話し合った。これに加えて趙《チャオ》奥さまもちょうど安くてきれいな革製のチョッキが欲しかった。こうして一家で決議し、鄒七嫂《ツォウチーサオ》に頼んでただちに阿Qをたずねてもらい、さらにこのため新たに第三の例外的措置を講じることとした――この夜はランプ点灯を特別許可する。

ランプの油はどんどん減るというのに、阿Qはまだ来ない。趙《チャオ》邸の一族はみなジリジリとして、あくびをしたり、阿Qは当てにならんと怒ったり、鄒七嫂《ツォウチーサオ》がグズグズしていると恨んだりしていた。奥さまは春の出入り差し止めのため阿Qが来られないのかと心配したが、趙《チャオ》大旦那は心配無用、それというのもこの「わし」が奴を呼んでいるのだから、と考えていた。はたして、趙《チャオ》大旦那のお考えどおりで、阿Qはついに鄒七嫂《ツォウチーサオ》に連れられてやって来た。

「この人はないないと言うばかりなんで、あたしはそれなら自分で直接お言いと言っても、この人はそれでもないないない言うんで、それほど遠慮するなら、あたしは……」鄒七嫂《ツォウチーサオ》はフーフー言いながら歩いていた。

「大旦那様！」阿Qは笑うような笑わぬような顔でご挨拶申しあげると、軒下で立ち止まった。

「阿Q、おまえは外で大儲けしてきたとか」趙《チャオ》大旦那は彼に近づき、その全身を舐《な》めるように見ながら、声をかけた。「結構、結構、おおいに結構。ところで……おまえは古着をいくらか持っているとか……ちょっと持ってきて見せてくれんか……というのもほかでもない、わしにも欲しいものが……」

「鄒七嫂《ツォウチーサオ》に言いました。売り切れなんです」

「売り切れた？」趙《チャオ》大旦那は不覚にも叫んでしまった。「なんでそんな早くに売り切れるんだ？」

「品物は友だちのもんで、もともと少ししかなかったんで。ほかの人が買ったし……」

「それでも少しは残っているだろう」

「今では暖簾《のれん》一枚残っているだけなんで」

「それじゃあ暖簾を見せてちょうだい」奥さまが慌てて言った。

「そういうことなら、明日持ってくればよろしい」趙《チャオ》大旦那の方は熱が冷めてきた。

「阿Q、今後はなにか手に入ったら、わが家に真っ先に見せてくれ……」

「買値もよそより安くはしないぞ！」秀才が言った。秀才のおかみさんは、阿Qの顔をチラリと見て、彼の反応を探った。

「わたしは革のチョッキが一枚欲しいの」奥さまが言った。

阿Qは承知したものの、ノロノロ立ち去るようすからは、わかったかどうか判断のしようもない。趙《チャオ》大旦那はひどく失望し、怒りと不安で、あくびするのも止めてしまった。秀才も阿Qの態度に対したいそう不満で、この大バカ野郎め気をつけろ、いっそ御用役に言いつけて、未荘《ウェイチュワン》から追い出してやろうか、と言った。だが趙《チャオ》大旦那は同調せず、それでは恨みを買ってしまう、そもそもこの筋の者はふつう「鷹は巣の下の餌食は食わず」と言うから、この村も心配することもあるまいが、とりあえずわが家が夜を警戒すればよろしい、と言った。秀才はこの「庭訓《ちちのおしえ》」を聞いて、深く納得し、即座に阿Q追放の提案を撤回し、鄒七嫂《ツォウチーサオ》にくれぐれも今の話は他人に漏らさぬよう、言い含めた。

しかし翌日になると、鄒七嫂《ツォウチーサオ》が例の紺色のスカートを黒く染めに出し、ついでに阿Qの怪しい点を言いふらした――もっとも秀才が彼を追放しようとした話には確かに触れなかった。それでもこれはすでに阿Qにとってはたいそう不利である。第一に、御用役がやってきて、彼の暖簾を取り上げたので、阿Qがそれは趙《チャオ》奥さまにご覧にいれるものだと言っても、御用役は返そうとせず、そのうえ毎月の付け届けの金額まで申し渡す始末。第二に、村人の彼に対する敬意は打って変わり、無礼とまではいかぬまでも、関わりたくないという態度が見え見えで、しかもこの態度は以前に彼の首切り「バサッ」を避けていたときとも異なり、「鬼神を敬してこれを遠ざける」[28]の要素が多かった。

それでも閑人《ひまじん》どもだけは阿Qの事情をとことん追求したがった。阿Qも隠しだてせず、偉そうに自分の経験を話した。こうして閑人どもは、阿Qが小者に過ぎず、塀を

28　『論語』「雍也」篇の言葉。「死者の霊魂である『鬼』と天や自然界の神に対しては、尊敬しながらも距離を置け」という意味。

登れぬばかりか、穴から入ったわけでもなく、単なる穴の外に立って盗品を受け取る役にすぎなかったことがわかってきた。ある夜、彼がひと包み受け取り、本職がもう一度忍び込むと、まもなく、中で大騒ぎが始まったので、阿Qは大急ぎで逃げ出し、夜の内に城外に抜け出し、未荘《ウェイチユワン》に逃げ帰ったのであり、今後は二度とやりたいとは思わない。だがこの話が阿Qにとって更に不利となったのは、村人の阿Qに対する「鬼神を敬してこれを遠ざける」態度とは、本来恨みを買うのを恐れてのことであり、まさか彼が二度と盗みを働かぬこそ泥にすぎないとは思いもよらなかったのである。これこそまさに「これまた畏《おそ》るるに足らず」〔『論語』〕なのだ。

第七章　革命

宣統三年九月一四日[29]——すなわち阿Qが巾着を趙白眼《チャオパイイエン》に売った日だ——の夜も更けた午前一時すぎ、一艘の大きな黒い苫船《とまぶね》が趙《チャオ》家の船着き場に着いた。この船は真っ暗闇の中を漕ぎ進んできたので、熟睡していた村人たちは、だれも気づかなかったが、帰って行ったのは明け方近くだったので、何人もの者がこれを目撃した。そして詮索好きの調査により、それが挙人旦那の船だとわかったのだ！

この船は未荘《ウェイチュワン》にパニックを引き起こし、正午前には、村中の人が動揺していた。船の任務について、趙《チャオ》家は本来極秘にしていたが、茶館や酒屋ではみんなが、革命党が県城に入ってくるので、挙人旦那はこの田舎に逃げてきたのだと言っていた。ただ鄒七嫂《ツォウチーサオ》だけが別意見として、古い衣装箱を何個か載せていただけで、挙人旦那は趙《チャオ》大旦那に預けようと思ったが、戻されてしまった、というのだ。実は挙人旦那と趙《チャオ》家の秀才はふだんから仲が悪いので、「艱難辛苦《かんなんしんく》を共にする」ほどの付き合いはなく、しかも鄒七嫂《ツォウチーサオ》は趙《チャオ》家のお隣で、間近で見聞きしているのだから、おそらくこの一件は彼女が正しいのだろう。

ところが噂に尾ひれがつき、挙人旦那御大《おんたい》のお出ましはなかったものの、長文の手紙が届けられ、趙《チャオ》家との「遠い親戚」関係に触れていたという。趙《チャオ》大旦那はじっくり考えて、自分にとっても悪くはないと思い、箱を預かることにしたので、今では奥

29　西暦一九一一年一一月四日、辛亥革命の口火を切った武昌蜂起より二十五日後で、この日に革命軍が杭州府を占領し、紹興府も同日に革命支持を宣言している。

さまのベッドの下にしまい込まれているともいう。革命党をめぐっては、今夜にでも県城に入城し、全員白い兜《かぶと》に白鎧《しろよろい》、崇正《すうせい》皇帝[30]の喪に服しているともいう。

阿Qの耳にも、本来早くから革命党という名は聞こえていたし、今年はその目で革命党を殺すところも見ていた。だがどこで聞きつけたのか、革命党は謀叛であり、謀叛は彼にとっても具合が悪いと阿Qは考えており、これまで「深く悪《にく》んでこれを痛絶」していた。ところが百里四方に名高き挙人旦那もこれほど恐れているとは思いもよらぬこと、阿Qも多少の「憧れ」は禁じがたく、まして未荘《ウェイチュワン》の阿呆どもが慌てふためくようすに、阿Qはスカッとした。

「革命もいいな」と阿Qは考えた。「このこん畜生どもの命《いのち》を革《あらた》めてやるんだ、この憎たらしい、嫌な奴らの命をな！……俺だって、革命党に降参しようじゃないか」

最近の阿Qはやり繰りが苦しく、おそらく多少の不平を抱いていたところに、昼ごろの空きっ腹に酒をふた碗も飲んだので、酔いの回りが早く、こんなことを考えながら歩いていると、またもやフワフワしてきた。そして何かのきっかけで、突然革命党とは自分のことであり、未荘《ウェイチュワン》の者はみな彼の捕虜であるかのような気がしてきた。彼は得意になって、思わず大声で叫びだした。

「謀叛だぞ――！　謀叛だぞ――！」

未荘《ウェイチュワン》の人々はみな恐怖のまなざしで彼を見た。そんな哀れなまなざしを、阿Qはこれまで見たこともなく、ひと目見ると、真夏に氷水を飲んだような良い気分になった。彼はいっそう愉快になって歩きながら叫んだ。

「よっしゃ、……欲しいものは俺のもの、好きな相手も俺次第。

ドンドン、ジャンジャン！

取り返しのつかぬこと、酔った弾みで鄭《てい》賢弟を切ったとは

取り返しのつかぬこと、ヤヤヤヤー……

ドンドン、ジャンジャン、ドン、ジャンリンジャン！

わが手に取りたる鉄の鞭、汝めがけて打ちおろさん！……[31]」

趙《チャオ》家の父子と二人の本当の親戚も、表門の前に立ち革命の行方を議論していた。

30　明朝最後の皇帝崇禎《すうてい》帝の名前が訛ったもの。清朝に対する復讐が反乱の名目とされることがよくあった。白は伝統中国の喪服の色。

31　当時の紹興地方劇で、宋朝を開いた太祖の趙匡胤を主人公とする「竜虎の闘い」の一句。鄭賢弟とは趙匡胤の部下で猛将であった鄭子明を指す。

阿Qは目にも留めず、上を向いて唸りながら過ぎて行く。

「ドンドン、……」

「Qさん」趙《チャオ》大旦那はこわごわと彼に向かって小さく声をかけた。

「ジャンジャン」の阿Qは自分の名前に「さん」付けされるとは思ってもみなかったので、自分とは無関係、別の話だと思い、ひたすら歌い続けていた。「ドン、ジャン、ジャンリンジャン、ジャン！」

「Qさん」

「取り返しのつかぬこと……」

「阿Q！」秀才はついにいつも通りにこの名前を呼ばざるを得なかった。

これで阿Qもようやく立ち止まり、首をかしげてたずねた、「何だい？」

「Qさん、……今は……」だが趙《チャオ》大旦那にも話はなく、「今は……景気はいいかね？」

「景気？　当たり前だ。欲しいものは俺のもの……」

「阿……Q兄さん、うちらのような貧乏人仲間は大丈夫だよな……」趙白眼《チャオパイイエン》が不安そうにたずねたのは、革命党の考えを探ろうと思ってのことだろう。

「貧乏人仲間？　あんたはいつだって俺より金がある」と阿Qは言いながら、ズンズン進んだ。

残された者たちは憮然として、黙ってしまった。趙《チャオ》大旦那の父子は帰宅すると、夜も灯《ひ》を点して相談していた。趙白眼《チャオパイイエン》は帰宅すると、腰から巾着を外し、妻に渡して箱の奥に隠させた。

阿Qはフワフワ飛び回ったので、土地神様の祠に戻ると、すでに酔いもすっかり醒めていた。この夜は、番人の爺さんが思いがけなく親切にも、お茶を勧めてくれるので、阿Qは焼餅《シャオピン》を二、三個所望し、それを食べ終えると、さらに使いかけのロウソク一本と燭台を所望し、灯を点すと、自分の小屋の中で一人横になっていた。彼は何とも言えない新鮮な気持ちになってうれしく、ロウソクの灯は元宵節《げんしょうせつ》〔旧暦正月一五日〕の夜のようにパチパチ跳びはね、彼の考えも弾け始めた。

「謀叛？　おもしろい……白い兜に白鎧の革命党がやって来る、みんなの手には青竜刀に鉄の鞭、爆弾に鉄砲、三尖両刃《さんせんりょうじん》の刀に鎌槍を持ち、土地神様の祠を通ってこう叫ぶ『阿Q、一緒に行こう！』そこで一緒に行くんだ……」

「このときの未荘《ウェイチュワン》の阿呆どもときたら傑作だ、跪《ひざまず》いてこう叫ぶ、『阿Q、お助けを！』誰が助けてやるものか！　まずやっつけるのは小Dと趙《チャオ》大旦那、それに秀才、そしてにせ毛唐……救う命はいくつある？　ヒゲの王《ワン》は助けてやっても良かったんだが、もうやめた。……

分捕り品は……一気に押し入り箱を開けろ、馬蹄銀に銀貨、キャラコの上着……秀才のかみさんの寧波《ニンポー》製のベッドをまず土地神様の祠に運び、ほかにも銭《チエン》家の椅子とテーブルも持ってくる——それとも趙《チャオ》家のヤツにするか。自分じゃあ手を出さない、小Dに運ばせる、とっとと運べ、ノロノロしてたらひっぱたくぞ……

趙司晨《チャオスーチエン》の妹はひどいブスだ。鄒七嫂《ツォウチーサオ》の娘はまだ四、五年早い。にせ毛唐のかみさんは弁髪なしの男と寝るなんて、ペッ、ろくな奴じゃあない！　秀才のかみさんは瞼に傷跡がある。呉媽《ウーマー》には長いこと会っていないが、どこにいるんだろう——纏足《てんそく》を怠けて大足なのがイマイチだ」

阿Qは考えがまとまらないまま、鼾《いびき》をかき始めたものの、ロウソクは一センチほど燃えただけ、赤い炎が彼のアングリ開いた口を照らしている。

「ホオホオ！」阿Qは突然叫びだし、焦って顔を上げてあたりを見渡したが、ロウソクを見るとまたもや横になり寝入ってしまった。

翌日大寝坊した阿Qが、通りに出てみると、何もかも従来通りである。彼もあいかわらず腹ぺこで、少し考えてみたものの、何も思いつかなかったが、突然何か考えがまとまったようすで、ゆっくり歩き出すと、なんとなく静修庵まで来ていた。

尼寺は春のころと同様静まりかえっており、白い壁に黒い門で囲まれている。少し考えてから、彼が近づいて門を叩くと、犬が一匹内側で吼えている。彼は急いでレンガのかけらを二、三個拾い、また近づいてさらに強く門を叩いたが、黒門にたくさん斑点ができるころになって、開門に来る足音が聞こえた。

阿Qは急いでレンガを握りしめ、身を斜めに構え、黒犬との戦いに備えた。だが尼寺の門には細い隙間ができただけ、黒犬が中から飛び出してくることもなく、中を覗くと年寄りの尼様の影が見えるだけだった。

「おまえさんがまたおいでとは何事だね？」彼女はひどく驚いていた。

「革命なんだ……知ってるだろ？……」阿Qの言い方はたいそう曖昧だった。

「革命革命って、もうお革《あらた》めになったよ……あんた達はわたしらをどう革めようというんだい？」尼様は両目を真っ赤にして言った。

「何だって？……」阿Qにはわけがわからない。

「知らないのかい、あの人達がやってきて、もう革命しちゃったんだよ！」

阿Qにはますますわけがわからない。
「誰だって?……」
「秀才と毛唐だよ!」

阿Qはあまりの意外さに、思わずうろたえてしまい、尼様は彼の気勢が削《そ》がれたのを見ると、アッと言う間に門を閉めたので、阿Qがもう一度押したときには、もはやビクともせず、再び叩いても何の返事もなかった。

それはまだ朝方のことだった。趙《チャオ》家の秀才は早耳で、革命党が夜の間に入城したと聞くや、弁髪を頭のてっぺんにグルグル巻きして、夜明けと同時にこれまで仲が悪かった銭《チエン》家の毛唐を訪ねたのだ。今や「皆とともに御一新《ごいっしん》」のときなので、二人は話がピタリと合い、たちまち意気投合した同志となって、革命せんと約束しあった。二人はよくよく考えた末、静修庵に「皇帝万歳万万歳」と書いた木牌があり、これはただちに革めねばならんと思いつき、そこで尼寺での革命に急行したのだ。尼様がその邪魔をしてあれこれ言うので、二人は彼女を清朝政府側と見なし、その頭にステッキと拳骨をたっぷりお見舞いした。尼様は二人が引き揚げたのち、気を鎮めて調べてみると、木牌が地面で粉々に砕かれていたのは当然としても、観音様の前から宣徳年間の香炉[32]も消えていた。

事後になって阿Qはこれを知ったのだった。彼は朝寝坊したことをひどく後悔したが、二人が自分を誘いに来なかったことを非常にけしからんとも思った。彼は一歩退いてこうも考えた。

「まさか奴らは俺がすでに革命党に降参したことをまだ知らんのか？」

第八章　革命禁止

未荘《ウェイチュワン》の人心は日ごとに落ち着いていった。県城から伝わってくる噂によれば、革命党は入城したものの、とくに大きな変化はないという。県知事さまは元の職に留《とど》まり、ただ職名が何とかに変わっただけ、しかも挙人旦那も何とか官におなりで――こういった官職名を、未荘《ウェイチュワン》の人はきちんと言えないのだ――兵隊を指揮しているのも以前の隊長さんである。ただ一つだけ恐ろしいことにはほかに何人か不良革命党が紛れ込んで騒ぎを起こし、二日目には弁髪切りを始め、隣村の船頭の七斤《チーチン》が彼らの

32　明の宣宗の宣徳年間（一四二六～三五）製作の、やや高級な小型の銅製香炉。

罠にはまって、見苦しい姿に変わってしまったという。しかしこれで未荘《ウェイチュワン》がパニックにならなかったのは、村人は元々めったに県城には行かなかったし、たまたま行こうとしていた者も、ただちに計画を変更し、こんな危険は避けたからだ。阿Qも本来県城に行き旧友を訪ねるつもりだったが、こんな報《しら》せを聞いては、取りやめにするしかなかった。

それでも未荘《ウェイチュワン》にも改革がなくはなかった。数日後、弁髪のてっぺんグルグル巻きが次第に増え始め、すでに述べたように、最初はもちろん秀才殿で、その次が趙司晨《チャオスーチェン》と趙白眼《チャオバイイエン》で、それに続いたのが阿Qだった。もしも夏であれば、みんなが弁髪を頭のてっぺんでグルグル巻きしたり結んだりするのは、何のふしぎもないが、今は晩秋なので、この「季節外れの」情景は、弁髪グルグル巻き派にとっては大英断と言わざるを得ず、かくして未荘《ウェイチュワン》も改革なしですんだとは言えないのである。

趙司晨《チャオスーチェン》が首筋をすっきりしてやって来ると、見物人は大騒ぎした。

「ホレ、革命党が来たぞ！」

阿Qはこれを聞いて羨ましい限りである。早くから秀才が弁髪グルグル巻きとなった一大ニュースを聞いていたが、自分にもその真似ができるとは思いもよらず、今になって趙司晨《チャオスーチェン》のこんな姿を見て、真似してやろうという心境になり、実行の決意を固めたのだ。彼は一本の竹の箸で弁髪を頭のてっぺんに巻き上げると、さんざんためらったのち、ようやく度胸を据えて外に出た。

彼が通りを歩いていくと、村人たちも彼を見るのだが、何も言わず、阿Qは当初はひどく不愉快で、やがてひどく怒り始めた。彼が最近すぐ怒りっぽくなったのは、実は暮らし向きが、謀叛の前より苦しくなったということではなく、むしろ村人たちは彼に対し気遣いを見せたたし、店でも掛け売りをしてくれた。それでも阿Qは自分があまりに不遇だ、命を革めたというのに、こんな程度のことであっていいのか、と感じていたのだ。ましてや小Dを見たときなどは、さらに怒り狂った。

小Dも弁髪を頭のてっぺんでグルグル巻きしており、しかもなんと竹の箸を使っているのだ。阿Qは奴にこんな真似ができるとは思いもよらなかったし、自分も奴には決してこんな真似はさせんぞ！　小Dなんてどこの馬の骨だ？　彼はその場で奴を捕まえ、竹の箸をへし折って、弁髪グルグル巻きを止めさせ、さらにビンタの三つ四つも張ってやり、身の程を忘れて、図々しくも革命党になった罪を罰してやりたかった。だが阿Qは結局許してやり、ただ睨みつけ「ペッ」とツバを吐くだけに留めておいた。

この数日間、県城に行ったのはにせ毛唐ひとりだけだった。趙《チャオ》家の秀才は本来預かりものの箱のご縁を頼って、自ら挙人旦那を訪問したいのだが、弁髪を切られる危険があるため、中止したのだ。彼はひどく格式張った手紙を書き、にせ毛唐に託して県城まで届けてもらい、さらに彼に紹介を依頼し、自由党《ツーヨウタン》に入ったのだ。にせ毛唐が戻ってくると、秀才に銀貨四元を請求し、秀才はこうして銀製の桃の実を胸にぶら下げたので、未荘《ウェイチュワン》の人々は恐れ入って、これが柿油党《シーヨウタン》[33]の官帽の飾りだ、翰林《アカデミー》さまに相当すると噂し、このため急に趙《チャオ》大旦那は息子が初めて秀才に合格したときよりも遥かに羽振りが良くなり、なにものも眼中になく、阿Qに会っても、まったく目にも入らぬようすだった。

阿Qはまさに怒っており、時々刻々《じじこっこく》と没落を感じており、この銀桃の噂を聞くと、彼はただちに自らの没落の原因を悟った――革命するには、単に革命の陣営に下るだけ、ではだめであり、弁髪グルグル巻き、でもだめなのであり、第一にやはり革命党とお近づきになるべきなのだ。彼がこれまで知っている革命党は二人しかおらず、県城のひとりはとっくに「バサッ」と殺されており、今残っているのはにせ毛唐ひとりだけなのだ。彼としては急いでにせ毛唐と相談するよりほかに、手だてはなかった。

銭《チェン》家の表門がちょうど開いていたので、阿Qは恐る恐る音も立てずに入って行った。中に入るや、驚いたことに、にせ毛唐がひとり庭の中央に立っているのが見え、全身黒ずくめなのはおそらく外国服だからだろう、その上には銀桃を付けており、手にはかつて阿Qに教えを与えたステッキを持ち、すでに三〇センチほどに伸びた弁髪はほどいて肩に垂らし、ボサボサの髪はまるで仙人のようだった。その前にピンッと立っているのは趙白眼《チャオパイイエン》と三人の閑人《ひまじん》どもで、恭しく話を聴いているところである。

阿Qはそうっと近づくと、趙白眼《チャオパイイエン》の背後に立ち、気持ちとしては挨拶したいのだが、何と言って良いのやら分からない――彼をにせ毛唐と呼ぶのはもちろんダメで、外人も良くないし、革命党も良くない、あるいは外国先生と呼ぶべきなのか。

外国先生が彼に気づかないのは、まさに白目を剝いて熱っぽく語っていたからだ。

「私は気が短いので、二人で会うと、私はいつもこう言っております。洪《ホン》君[34]！　我

33　「自由党《ツーヨウタン》」という言葉がわからず、似た音の「柿油党《シーヨウタン》」と解釈したもの。

34　武昌蜂起後の湖北革命軍の指導者になった軍人に黎元洪《リーユワンホン》がいる。

らは行動を起こすべし！　すると彼はいつもＮｏ！　と答える——これは外国語なので諸君にはわからんでしょう。さもなくばとっくに成功していたのであります。しかしながらこれはまさに彼の用心深さの現れなのです。彼は繰り返し私に湖北に来るよう頼んできますが、私はまだ承知いたしません。誰がこんな小さな県城で働くものですか……」

「えーと……あのう……」阿Ｑは彼の話の切れ目を待って、ついに最大限の勇気を奮って口を開いたのだが、なぜかわからないが、またもや彼を外国先生と呼び損ねてしまった。演説を聴いていた四人が驚いて阿Ｑの方を振り向いた。外国先生もようやく気づいた。

「何だ？」

「俺……」

「出て行け！」

「俺、革命党に……」

「失《う》せろ！」外国先生が葬式棒を振り上げた。

趙白眼《チャオパイイエン》と閑人どもが怒鳴った。「先生が失せろとおっしゃったのに、おまえには聞こえんのか！」

阿Qは手で頭を覆うと、知らぬ間に門外に逃げ出しており、外国先生も追いかけてはこなかった。彼は六十歩ほど走ってから、やっとゆっくり歩き出したが、胸の内は辛かった——外国先生が彼の革命を禁止したので、もうほかに道はなく、今後は白い兜に白鎧の人たちが彼を呼びにくる希望は持てず、彼のあらゆる抱負も、計画、希望、前途もすっかり消されてしまった。閑人どもの噂やら、小Dやらヒゲの王《ワン》の輩《やから》に笑われるのは、たいしたことではない。

彼がこんな味気ない思いを経験したのは初めてのことだろう。彼は自分の弁髪グルグル巻きも、なんだか無意味で軽蔑すべきことに思われて、復讐のため、その場で弁髪を垂らしてやろうかと思ったが、結局は垂らしはしなかった。彼は日が暮れるまでブラブラしてから、酒を二、三碗つけで買い、グッと飲んで腹に収めると、しだいに上機嫌になり、頭の中に白い兜に白鎧の断片が再び現れるようになった。

ある日、彼は例によって夜更けまでふらつき、酒屋も看板の時刻になってから、土地神様の祠に戻った。

パン、パーン！

突然異様な物音が聞こえたが、爆竹ではない。阿Qにはもともと野次馬根性があり、余計なことに首を突っ込む癖があるので、闇の中を音のする方へと直進した。すると前方から足音が聞こえ、彼がオヤッと思っているところへ、正面からパッとひとり逃げてくる者がいる。阿Qは見るなり、向きを変えてその者のあとを追いかけた。その者が曲がったので、阿Qも曲がり、曲がったところで、その者が立ち止まったので、阿Qも立ち止まった。彼は振り向いたが背後では何事もなく、その者を見ると小Dだった。

「なんだい？」阿Qは怒り出した。

「趙《チャオ》……趙《チャオ》家で略奪だ！」小Dはハアハア息を切らして言った。

阿Qの心臓はドキドキと高鳴っていた。小Dはそう言うと歩き出したが、阿Qは逃げては立ち止まることを二、三度繰り返した。だが彼は「この道の商売」をしたことがあり、ことのほか肝が太かったので、こっそりと角を出て、ジッと耳を澄ますと、なにやら叫び声がするので、さらによくよく見ると、白い兜に白鎧の者が大勢、次々と箱を担ぎ出し、道具類も担ぎ出し、秀才のかみさんの寧波《ニンポー》ベッドも運び出したようすだが、それでもはっきりせず、近づいてよく見ようと思ったが、足が言うことを聞かなかった。

この夜は月が無く、未荘《ウェイチュワン》は闇の中で静まりかえっており、伏羲《ふっき》[35]の時代のように太平だった。阿Qは立ち見しているうちに自分でもイライラしてきて、あいかわらず先ほどと同様に、あちらでは行ったり来たりして運んでいるようす、箱も担ぎ出し、道具類も担ぎ出し、秀才のかみさんの寧波《ニンポー》ベッドも運び出し……そんなようすに自分で自分の目がちょっと信じられなくなったのだ。だが彼はこれ以上近づくのはやめにして、自分の祠に帰って行った。

土地神様の祠はさらに真っ暗闇で、彼は戸口をしっかり閉めると、手探りで自分の部屋に入って行った。長いこと横になっていると、気持ちも落ち着き、自分について考えられるようになってきた――白い兜に白鎧の人たちはたしかにやってきたというのに、自分に何の挨拶もなく、上物《じょうもの》をごっそり運んだというのに、自分の分け前はない――これはすべてにせ毛唐が憎たらしくも、俺の謀叛を禁止したためであり、さもなければ、今回どうして取り分さえないのか？　阿Qは考えれば考えるほどに怒り

35　伝説上の古代の帝王で、その時代はかつて「太平盛世」と形容されていた。

が増し、腹の中が煮えくりかえり、憎らしそうにうなずいた。「俺の謀叛は禁止し、自分にだけ謀叛を許すのか？　こん畜生め、にせ毛唐——ヨッシャ、おまえは謀叛した。謀叛は首切りの刑だから、俺が必ず訴えてやり、おまえが県城に引っ張られ首をはねられるのを見てやるさ——そうなりゃ一族みな殺しさ——バサバサバサッとな」

第九章　大団円

趙《チャオ》家が略奪にあったことで、未荘《ウェイチュワン》の人々の多くは痛快にして恐ろしく、阿Qも痛快にして恐ろしかった。だが四日後、阿Qは夜中に突然逮捕され県城に連行された。それはまさしく闇の夜、一隊の兵士に、一隊の自警団、一隊の警官、それに五名の探偵が、秘かに未荘《ウェイチュワン》に至り、闇に乗じて土地神様の祠を包囲し、戸口に向かって機関銃を設置したのだが、阿Qは飛び出してこない。長いあいだ動きがなく、隊長は苛立ち、銅銭二〇貫の懸賞金を掛けたところ、二人の自警団員が危険を冒して、垣を越えて進入、内外呼応して、一気に突入、阿Qを捕まえたのだが、祠の外の機関銃の近くまで引っ立てられたところで、阿Qはようやく目が覚めたのだった。

県城に着いたのは、すでに正午で、阿Qにも自分が粗末な役所に連れ込まれ、五、六度曲がってから、小さな部屋に押し込められるのがわかった。彼がよろけた瞬間に、丸太で作った柵の門が彼の真後ろで閉まり、ほかの三面は壁で、よく見ると、隅にもう二人いた。

阿Qはいささか不安であっても、苦しいとは思わなかったのは、土地神様の祠の寝室でも、この部屋ほど立派ではなかったからだ。同室の二人は田舎の者らしく、しだいに彼と口をきくようになり、ひとりは祖父の代に未払いだった土地代を払えと挙人旦那から迫られており、もう一人は何のためかわからないという。二人も阿Qにたずねたので、阿Qはさっそうと答えた。

「俺が謀叛を企てたからさ」

彼は午後には再び柵の門から引き出され、大広間に着くと、上座には頭をツルツルにそり上げた爺さんが座っていた。阿Qは和尚さんではないかと疑ったが、下座には兵士が一列に並び、両側には十数人の長衫《チャンシャン》姿の人々が立っており、その中にもこの爺さんのように頭をツルツルにそり上げた者もおり、にせ毛唐のように三〇センチほどの髪を肩に垂らしている者もおり、一様に凶悪な人相で、彼を睨みつけているので、彼にもこの人物はお偉いさんに違いないとわかり、すると膝の関節が勝手に緩んでしまったので、そのまま跪《ひざまず》いた。

「立って話せ！ 跪くな！」長衫の人物たちが怒鳴った。

阿Qにもその意味はわかったようだが、やはり立っていられず、身体が言うことを聞かぬままにしゃがんでしまい、ついにはそのまま跪く姿となってしまった。

「奴隷根性！……」長衫の人物が再び蔑《さげす》むように怒鳴ったが、今度は立てとは言わなかった。

「包み隠さず白状すれば、痛い思いをせずにすむ。わしにはとうにわかっておる。白状したら許してやろう」そのツルツル頭の爺さんは阿Qの顔をジイーッと見ながら、静かにはっきりと話した。

「白状せよ！」長衫の人物も大声で言った。

「俺はもともと……自分から降参したいと……」阿Qはわけのわからぬままに考えてから、途切れ途切れに話した。

「それでは、なぜ来なかったんだね？」爺さんは穏やかにたずねた。

「にせ毛唐が許さなかったんだ！」

「でたらめ言うな！　今ごろ言っても、もう遅い。今おまえの仲間たちはどこにおる？」

「なんですかい？……」

「あの晩に趙《チャオ》家を略奪した仲間だ」

「連中は俺を呼びに来なかった。連中は自分で運んでいっちまった」阿Qはこの話になると怒り出した。

「どこに運んだんだね？　それを話したらおまえをここから出してやるぞ」爺さんはさらに穏やかになっていた。

「知りません……連中は俺を呼びに来なかったんで……」

それなのに爺さんが目配せしたので、阿Qはまたもや柵の門の中に連行された。次に彼が柵の門から連れ出されたのは、翌日の午前だった。

広間のようすに変わりはない。上座にはあいかわらず頭ツルツルの爺さんが座り、阿Qもあいかわらず跪いた。

爺さんは穏やかにたずねた。「ほかに何か話すことはあるかね？」

阿Qはしばし考えてみたが、何もなかったので、こう答えた。「ありません」

すると長衫の人物のひとりが一枚の紙を取り、筆と一緒に阿Qの眼前に差し出し、筆を彼の手に握らせようとした。このときの阿Qがひどく驚き、ほとんど「魂が飛んでなくなる」ところだったのは、彼の手が生まれて初めて筆と関わりを持ったからである。彼は筆の握り方さえ知らないというのに、その男は一箇所を指差して彼に署名させようとした。

「お……俺……字なんて知らない」阿Qは筆を鷲づかみにして、恐れ入りかつ恥じ入って答えた。

「それなら、簡単に、丸でも書け！」

阿Qは丸を書こうとしたが、その手は筆をつかんだままブルブル震えるだけだった。そこで男が阿Qのために紙を地面に広げてやったので、彼はかがみ込み、渾身の力を振り絞って丸を書いた。彼は人に笑われまいとして、丸く書くぞと志を立てたのだが、この憎たらしい筆はひどく重いばかりか、言うことを聞かず、ブルブル揺れてようやく一周を終えようとするときに、外に跳ねてしまい、スイカの種のような形になってしまった。

阿Qがまん丸く描けなかったことを恥じているのに、男はそんなことにお構いなく、さっさと紙と筆を取り上げたので、大勢の者が阿Qを再び柵の門の中に連行して行った。

またもや柵の中に入ったとき、彼は深刻に悩みはしなかった。人はこの世に生まれたからには、もとより柵の出入りをさせられることもあるだろう、紙に丸を書かされることもあるだろう、と彼は考えたが、丸がまん丸に描けなかったことだけは、彼の「生前の品行」における汚点である。だがまもなくこう思えば釈然とした――孫息子ならまん丸の丸を描けるようになってるさ。こうして彼は眠りについた。

だがこの夜、逆に挙人旦那が眠れなかったのは、彼は隊長に腹を立てていたからだ。挙人旦那は盗品捜査を第一にと主張したが、隊長は犯人の公開処刑を第一にと主張したのだ。隊長は最近挙人旦那をひどく軽んじており、机を叩き椅子を蹴飛ばしてこう言った。「一罰百戒だ！　良いか、わしが革命党になってから二十日もたたんというのに、強盗事件は十数件、すべて未解決で、わしの面子《メンツ》はどうなるんだ？　犯人逮捕に至れば、あんたが来て足を引っ張る。だめだめ！　これはわしの管轄なんだ！」挙人旦那は困ってしまったが、それでも自説を堅持し、盗品捜査をしないのなら、自分はただちに民政補佐の職務を辞すると言った。ところが隊長は「ご自由になされ！」などと答えるものだから、挙人旦那はその夜は眠れなかったのだが、翌日になっても辞職しなかったのは、彼にとって幸運だった。

阿Qが三度目に柵の門から連れ出されたときとは、挙人旦那が眠れなかったその夜の翌朝午前のことである。阿Qが広間に着くと、上座にはあいかわらずツルツル頭の爺さんが座り、阿Qもあいかわらず跪いた。

爺さんが穏やかにたずねた。「ほかに何か話すことはあるかね?」

阿Qはしばし考えてみたが、何もなかったので、こう答えた。「ありません」

大勢の長衫や短い上着の人物たちが、突然彼に舶来綿布の白いチョッキを着せたところ、それにはなにやら黒い字が書かれている。阿Qが困ってしまったのは、それが喪服みたいで、喪服とは縁起が悪いからだ。しかしそれと同時に彼の両腕も後ろ手に縛られてしまい、また同時にそのまま役所の外へと連行された。

阿Qは幌なしの車に担ぎ上げられ、数名の短い上着の人物も彼と一緒に座った。この車はただちに動き始め、前では兵士と自警団員の一隊が鉄砲を背負っており、両脇では大勢の見物人が口を開けており、後ろはどうかと言えば、阿Qには見えなかった。それでも彼はハッと気づいた——これは首切りに行くんじゃないのか? 彼は焦って、目の前が真っ暗になり、耳がワーンと鳴り出して、気を失いそうだった。しかし彼は完全に気を失うことはなく、焦るいっぽう、平然としており、彼の意識の内では、人はこの世に生まれたからには、もとよりときには首を切られることもあるだろう、という気がしていた。

彼はさらに道まで知っていたので、ふしぎに思った——処刑場の方向とは違うのはなぜなんだ? これが見せしめのための引き回しであることを、彼はわかっていなかったのだ。もっともわかっていても同じことで、彼はただ人はこの世に生まれたからには、もとよりときには見せしめのため引き回されることもあるだろう、と思うだけなのだ。

彼も悟った——これは遠回りして処刑場へと至る道であり、きっと「バサッ」と首を切られに行くのだ、と。彼がぼんやりと左右を見渡すと、すべて車のあとを付いてくる蟻のような人々で、無意識のうちに、道ばたの群衆の中に呉媽《ウーマー》を発見していた。久しぶりだ、彼女はなんと城内で働いていたんだ。阿Qは突然意気地なしの自分が恥ずかしくなった——芝居の文句も唸れないとは。すると彼の思いが頭の中を旋風のように一巡りしたかのよう——「若後家さんの墓参り」ではショボショボしているし、「竜虎の闘い」の「取り返しのつかぬこと……」ではつまらない、やっぱり「わが手に取りたる鉄の鞭、汝めがけて打ちおろさん」だろう。彼は同時に手を振り上げようとも思ってみたが、両手は元々縛られていることを思い出したので、「わが手に取りたる鉄の鞭」もやめにした。

「二十年経《た》てば再び男一匹……」大慌ての阿Qは、「自己流」で言ったこともない言葉を半分まで言った。

「いいぞ！」群衆の中から、狼の吼えるような声が掛かってきた。

車は止まることなく進んで行き、阿Qは喝采の中で、キョロキョロと呉媽《ウーマー》を探したが、彼女は最初から彼のことなど見てはいないようすで、兵士たちの背中の鉄砲に見とれていただけなのだった。

そこで阿Qは再び喝采する人々の方を見た。

その瞬間、彼の思いは再び頭の中を旋風のように一巡りしたかのようだった。四年前のこと、彼は山麓で飢えた狼に出会ったことがあり、狼はいつまでも近からず遠からずの距離であとをつけ、彼の肉を食おうとしていた。そのときの彼は死ぬほど恐かったが、運良く手に鉈《なた》を一丁握っていたので、肝っ玉を太くして、未荘《ウェイチュワン》まで持ちこたえたものだが、あの狼の眼は永遠に忘れられない——凶暴にして臆病な、二つの鬼火《ひのたま》のように光り、遠くから彼の肉体を突き刺すような眼。そして今再び彼はその後見たこともないさらに恐ろしい眼を見たのであり、それは鈍くまた鋭利で、彼の言葉を嚙み砕いてしまっただけでなく、彼の肉体以外のものをも嚙み砕こうとしており、いつまでも遠からず近からずの距離であとをつけてくるのだ。

これらの眼は一体化したかのようで、すでにそこで彼の魂に食らいついていた。

「助けて……」

だが阿Qは口に出さなかった。彼はとっくに眼の前が真っ暗となり、耳はガーンと響き、全身があたかも粉みじんに飛び散ったかのような気がしていた。

このときの影響はといえば、最大だったのは挙人旦那で、ついに盗品捜査も行われなかったので、一家を挙げて号泣した。その次は趙《チャオ》家で、秀才が県城に行きお上に訴え出たので、不良革命党に弁髪を切られてしまい、そのうえ二〇貫の懸賞金まで払わされたので、一家を挙げて号泣した。その日以来、趙《チャオ》家からはしだいに旧王朝の遺臣の気配が漂い始めた。

世論はといえば、未荘《ウェイチュワン》では異論があるはずもなく、みなは当然こう言った――阿Qが悪い、銃殺刑がその悪い証拠であり、悪くなかったらどうして銃殺などされようか？　だが城内の世論は芳《かんば》しくなく、多くの人が不満だった――銃殺は首切りほどおもしろくないし、あの死刑囚ときたら何たるお笑い種《ぐさ》だ、長い引き回しだったというのに、芝居の文句も唸れなかった、ついて回ってくたびれもうけだ。

一九二一年一二月

端午の節季

方玄綽《ファンシュワンチュオ》が最近愛用する言葉は「似たり寄ったり」、これはほとんど口癖になっており、しかも言うだけではなく、彼の頭の中にすっかり根を生やしてしまっていた。当初彼が言っていたのは「みんな同じ」だったが、その後おそらくこれでは不穏当だと思ったのだろう、「似たり寄ったり」に改め、これを現在に至るまで使っている。

彼はこの平凡な警句を発見して以来、多くの新たな感慨を覚えたが、同時にたくさんの新たな慰めをも得ていた。たとえば老人が青年を力ずくで押さえつけるのを見ても、以前はおおいに怒ったものだが、今では将来この若者が息子や孫息子を持てば、おそらくこのように威張るだろうと考えを変えると、もはや不平などは消えてしまうのだ。また兵隊が人力車夫を殴るのを見ても、以前はおおいに怒ったものだが、今では逆にもしもこの車夫が兵隊になり、兵隊が人力車を引いていたら、おそらくこんなふうに殴るだろう、と考えを変えると、もはや気にならないのだ。彼がこのように考えるとき、自分に社会悪と闘う勇気がないので、自分を騙してわざと逃げ道を作ったのではないか、「是非の心なし」[1]にとても近い、改めるに越したことはない、とたまには疑うこともある。それでもこの考えが、彼の頭の中ではどうしても大きくなっていくのだ。

彼がこの「似たり寄ったり説」を最初に公表したのは北京首善学校[2]の教室で、そのときにはおそらく歴史上の事件を話題にしており、そこで「古今《ここん》、人、相遠《あいとお》からず」[3]に言及し、各種の人々の「性相近《せいあいちか》し」[4]にも言及し、ついに学生と官僚自身のことまで引っぱり出し、おおいに議論してこう述べたのだ。

「現代社会の流行として官僚の悪口がどこでも言われており、とくに学生が厳しく悪口を言っております。ところが官僚とは生まれついての特殊な人種ではなく、平民が変化したものなのです。今では学生出身の官僚も多くなりましたが、古株の官僚と何が異なることでしょうか。『地を易《か》うればすなわち皆然《みなしか》り』[5]なのでして、思想言論行動品格においてみなとくに大きな違いはありません……学生団体が新たに始めたさまざまな事業にしても、すでに弊害は避けがたく、大半は雲散霧消したではありませんか。似たり寄ったりなのです。しかし中国の将来の憂うべき点はまさにここにありまして……」

教室のここそこに座っていた二十数名の聴講者のうち、憮然としている者は、その通りだと思ったのであろうし、怒っている者は、神聖なる青年を侮辱したと思ったのであろうし、数名の者が微笑を浮かべていたのは、この話は彼の自己弁護だと思ったからであろう――方《ファン》玄《シュワン》綽《チュオ》こそ官僚を兼職しているからだ。

ところがすべては誤解である。これは彼の新たな不平にすぎず、不平と言っても、彼の分に安んじた空論にすぎないのである。彼自身は怠け者であるため、あるいは

1　『孟子』「公孫丑《こうそんちゅう》」篇に「是非の心なきは、人に非ざるなり」という言葉がある。「善悪を弁別する心を持たない者は、人間ではない」

2　首善とは天下の模範を意味し、転じて首都を「首善之地」と称することから、首善学校からは北京大学が連想される。

3　「昔も今も人情に変わりはない」という意味。

4　『論語』「陽貨」篇の言葉。「性相い近き也。習い相い遠き也（人の先天的な性質は似通っているが、後天的な習慣は異なっている）」

5　『孟子』「離婁《りろう》」篇の言葉。「居場所を変えれば、みなそうなってしまう」

無用者であるためかわからないが、ともかく自分が腰の重い、ひどくおのれの本分を守る人間であると考えている。大臣が彼を神経衰弱と馬鹿にしても、自分の地位に変動がない限り、沈黙を守っているし、教員の給料が半年以上も未払いになっても、別に役所の給料がある限り、彼はやはり沈黙を守っている。沈黙を守るばかりか、教員が連合して給料支払い要求をしたときには、秘かに、大騒ぎするとは浅はかな、と思っていたし、役所の同僚が教員たちをひどく皮肉ったときには、さすがにいささかの感慨を抱いたものの、その後に考えが変わり、これもあるいは自分は教員給料未払いの目にあっているものの、他の官僚は教員を兼業していないからだと思い返しては、納得したのだった。

彼は給料未払いでも、教員の団体に入会したことはなかったが、みんながストライキを決議すると、授業には行かなかった。政府が「授業をしたら金をやる」と言ったので、ようやく彼もそれでは果物で猿を操るようだと怒ったし、ある教育畑の大家が「教員が片手で鞄を持ち片手で金を要求するとは品がない」と言ったので、彼は自分の妻に向かって正式に文句を付けた。

「オイ、どうしてふた皿しかないんだ?」「品がない説」を聞いた日の夕食時に、彼はおかずを見ながらこう言ったのだ。

二人は新教育[6]を受けておらず、妻には学名[7]も雅号もないので、ほかに呼びようもなく、昔ながらに「女房殿」と呼んでも良いのだが、彼は保守的すぎるのも避けたくて、それで「オイ」という言葉を発明したのだ。妻は彼に対し「オイ」という言葉さえ持たず、彼の方を向いて話せば、慣習により、彼もそれが自分に向かって発せられた言葉であると理解している。

「でも先月いただいたお月給の一割五分はもうなくなったし……昨日のお米も、やっとのことで付けにしてもらったんですよ」彼女はテーブルの脇に立ち、彼に向かってこう言った。

「それ見ろ、それでも教員の給料要求を卑しいと言うんだからな。こんな奴らには人は飯を食わねばならん、飯は米から炊かねばならん、米は金で買わねばならんなんて

6　一九世紀末の清朝末期に始まった「洋学堂」と称される近代的欧米式学校による教育を指す。
7　学校に上がる際に付ける名前で、これが本名となる。

簡単なことさえわかっとらんようだ……」

「そうですよ。お金がないのにどうしてお米が買えますか、お米がないのにどうしてご飯が……」

彼がプーッとふくれっ面になったのは、妻の答案が正に彼の意見と「似たり寄ったり」で、ほとんど人の尻馬に乗っていることに腹を立てたからであろうし、続けて顔を背けたのは、慣習によれば、討論中止を宣告する表現なのである。

その冷たい風雨の日まで待ち続けた教員たちは、政府に給料の支給を要求し、新華門[8]前のぬかるみで国軍に顔から血が流れるまで殴られたのち、思いがけなくも給料の一部が支給された。方玄綽《ファンシュワンチュオ》は腕の一本も振り上げることなくお金を受け取り、古い借金を返したが、それでも多額の借りが残ってしまったのは、役所の給料もかなり未払いになり始めていたからだ。このころには、たとえ清廉《せいれん》なる官吏たちも次第に給料要求もやむを得ずと考え始めていたので、ましてや教員兼業の方玄綽《ファンシュワンチュオ》は、当然教育界にこれまで以上に同情し始め、みながストライキ継続を主張したときには、彼も依然として議論の場には行かないものの、スト開始後には自ら進んで公共の決議を固く守った。

ところが政府はまたもや金を払い、学校も授業再開となった。だが数日前のこと、学生大会[9]が政府に要望書を提出し、「もしも教員が授業をしなければ、未払い分の給料を払う必要はない」と書いていたので、そんな要望は効果がないものの、方玄綽《ファンシュワンチュオ》はふっと前回に政府が言った「授業をしたら金をやる」との言葉を思い出し、「似たり寄ったり」の影が彼の目の前でヒラヒラとして、しかも消えないので、彼は教室でこの説を公開するに至ったのだ。

かくの如く、「似たり寄ったり説」を悪意にとれば、当然一種の私心を交えた不平と判定できるのだが、もっぱら自分が官僚であることを弁解するものとは言えない。ただこういうときに、彼はしばしば好んで中国の将来の運命といった問題を引っぱり出し、気をつけないと、自分までもが憂国の志士であると思いこんでしまうが、人はみな「自知之明《じぶんをただしくしるちから》[10]」を欠くがために苦しむのだ。

---

8 北京・中南海にある北洋政府総統府の正門で、西長安街に面している。

9 一九一九年、反日反軍閥の五・四運動をきっかけに北京大学はじめ各大学に学生連合会が組織され、その全国組織として全国学生連合会が成立している。

10 『老子』に「人を知る者は智、自らを知る者は明」という言葉がある。

だがまたもや「似たり寄ったり」の事実が生じるに、政府は当初はいつもの頭痛の種の教員を相手にせず、その後はついに痛くも痒《かゆ》くもない官吏まで相手にしなくなり、未払いに未払いを重ね、その挙げ句には以前に教員の給料要求を皮肉った善良な官僚を追いつめたために、多くの官吏が給料要求大会の闘士となった。それでも数紙の新聞紙上では彼らを皮肉る文章が派手に掲載されていた。方玄綽《ファンシユワンチユオ》がふしぎとも思わず、まったく気にもしなかったのは、彼は自らの「似たり寄ったり説」に依拠してこう理解していたからだ——新聞記者はまだ原稿料が未払いになっておらず、万が一、政府あるいはお金持ちが手当を停めたら、彼らの過半数も大会を開こうとするに違いない。

彼は教員の給料要求に同情したからには、当然同僚の俸給要求にも賛成するのだが、彼はあいかわらず役所の椅子に呑気《のんき》に座り続け、これまで通り一緒に支払い要求に行くことはなかった。孤高を持する彼に不審を抱く者もいるが、それは誤解にすぎないだろう。彼自身こう言っていた——自分は生まれて以来、人から借金の催促を受けたことはあっても、人に貸金の返済督促をしたことはないので、この方面は「不得手《ふえて》」なのだ。しかも彼は経済の実権を握る人物に会うのが最も苦手で、この種の人は実権を失ったのち、『大乗起信論』［大乗仏教の入門書］を奉じて仏教を講義するときには、いつもよりたいへん「和気藹々《わきあいあい》」となるのだが、なおも高い地位にあるあいだは、いつも閻魔大王のような顔、他人を奴隷扱いして、おまえら貧乏人どもを生かすも殺すも思いのままと考えているもの。こんな理由で彼はこういう連中には会う度胸もないし、会いたくもないのだ。こういう性格を、ときには自分でも孤高と思うが、同時に実は無能なだけではと疑うこともしょっちゅうである。

人々は右往左往して、毎度の節季[11]をなんとか越してきたのだが、以前と比べて、方玄綽《ファンシュワンチュオ》はどうにもお金に困るようになり、雇いの使用人や贔屓《ひいき》の商店はもとより、妻さえ彼に示す敬意がしだいに薄くなっていることは、彼女が最近あまり彼に同調しないばかりか、しばしば独自の意見を出したり、無礼な態度を示すことからも、察せられよう。陰暦五月四日の昼前、帰宅した彼の鼻先に、彼女が請求書の束を突きつけたのも、かつてなかったことである。

11　当時は旧暦で五月五日の端午、八月一五日の中秋、大晦日の三回が掛け売りの決済日で、節季といった。

「全部で一八〇元ないと払えません……出たの？」彼女は夫から視線をそらして言った。

「フン、明日役所を辞めてやる。小切手は出てるんだが、給料要求大会の代表が握っていて、最初は要求に行かなかった者には渡さないと言いおって、その後も奴らのところに出向いて行かなけりゃ渡さんと言っておる。奴らは今日小切手を握っただけで、閻魔様に豹変しおって、僕はこういう連中に会うのはまったく苦手で……もう金もいらん、役人も辞める、こんなのは卑屈極まる……」

妻はめったに見ない夫の義憤に、少し驚いたが、すぐに冷静になった。

「わたしね、やっぱり出向いて受け取ってきた方がいいと思うの、そんなことなんでもないでしょ」彼女は彼の顔を見て言った。

「僕は行かん！　これは給料で、ご祝儀じゃない、いつものように会計課から届けてくるべきなんだ」

「でも届けて来ないんだからしょうがないでしょ……そう、ゆうべ言い忘れたけど、子供たちの話では例の学費、学校からは矢の催促で、これ以上滞納すると……」

「アホッ！　親父の仕事や授業には金を寄こさんで、息子のちょっとばかりの勉強には金を出せっていうのか」

彼女は夫がもはや理性を失いかけ、自分を校長に見立てて八つ当たりしている、相手になってもしょうがないと思い、黙ってしまった。

二人は沈黙したまま昼ご飯を食べた。彼は考えごとをしていたが、思い悩んで出かけて行った。

この数年の慣例によれば、端午の節季や大晦日の前日は、彼は必ず夜中の一二時にようやく帰宅すると、家に入るなり、片手で懐を探り、大声で叫ぶのだ。「オイ、貰ってきたぞ！」そして彼女に真新しい札束を渡し、得意満面の顔つきとなるのだ。ところが今年の五月四日は例になく、彼は七時前には帰宅したのだ。妻はとても驚き、彼がすでに辞職したのではないかと心配したが、こっそり顔色をうかがうと、とくに鬱《ふさ》ぎ込んだようすでもない。

「どうしたの……こんなに早いなんて……」彼女はじっと彼を見つめて言った。

「支給が遅れて、受け取れず、銀行が閉まってしまったので、八日まで待たなくては」

「受け取りに行ったの？……」彼女は不安そうにたずねた。

「受け取りに行く件も、結局取り消しになり、やはり会計課から各自に届けるそうだ。しかし銀行は今日はもう閉店してしまい、三日間はお休みだから、八日の朝まで待たなくては」彼は腰掛けると、視線を床に落とし、お茶を一口飲んでから、再びゆっくりと口を開いた。「幸いなことに役所では何の問題もなくなって、たぶん八日には必ず金が入るだろう……ふだんは付き合いのない親戚や友人に借金しに行くのは、まったく面倒なことだね。午後に面の皮を厚くして金永生《チンヨンション》を訪ね、しばらく話していたんだが、奴は最初は僕が給料要求に行かなかった、受け取りにも行かなかった、孤高の士として大したもんだ、人はまさにこうでなくてはいかん、とお世辞を言うんだが、僕が奴に五〇元貸してくれと頼みに来たと知ると、まるで僕が奴の口に塩の塊を押し込んだみたいに、顔中あらん限りの皺を寄せて、家賃がどうにも集まらないだの、商売がどんなに赤字かだの、同僚のところまで受け取りに行くったって、どうということないだの言いおって、たちまち僕を追い出しにかかったよ」

「こんなに節季が押し迫ってからでは、誰もお金は貸してくれませんね」淡々とこう語る妻には、とくに怒ったようすも見られない。

方玄綽《ファンシュワンチュオ》はうなだれて、これも道理だ、自分だって金永生《チンヨンション》とはそもそも付き合いはないのだ、と思っていた。続けて思い出したのは去年の大晦日のこと、あのときある同郷の者が一〇元借りに来たのだが、彼はすでに役所の支払い通知を受け取っていたというのに、その男が将来必ずお金を返すとは限らないと心配になり、演技で困った顔をして、役所の俸給は出ないうえに、大学も給料未払いで、実は「お役に立ちたいのはやまやまですが」と、男を手ぶらで帰していたのだ。彼は自分がどんな顔をしていたか見てはいないが、そのときはひどく心苦しく、唇をかすかに震わせ、首も振っていた。

それでもしばらくすると、彼はふと悟ったかのように使用人にすぐに街へ出て蓮花白《リエンホワバイ》[12]ひと瓶をつけで買って来るよう命じた。お店では明日には少しでも多く掛け売り代金を払ってほしいので、掛け売りしないわけにはいかないだろうし、もしつけがきかなかったら、明日は一銭たりとも払ってやらない、そのくらい懲らしめてやって当然だ。

12　北京の銘酒、コーリャン白酒をベースに、五加皮《ごかひ》・広木香《こうもっこう》などの薬草を加えた五〇度の薬酒。

蓮花白が首尾良くつけで買えたので、彼は二、三杯飲み、青白い顔を赤く染めて、食事を終えるころには、なかなかいい気分になった。そこで太巻きの哈徳門《ハートーメン》タバコに火をつけ、机から『嘗試《しょうし》集[13]』を手に取り、ベッドで寝ながら読むことにした。

「それなら、明日お店にはなんと言うんですか？」妻が追いかけて来て、ベッドの前に立ち、彼の顔を見ながら言った。

「店？……連中には八日の午後に来てもらえ」

「わたしにはとてもそんなこと言えません。信じてくれないし、承知してもくれないし」

「何が信じないんだ。連中も聞きに行ったらいい、役所中で誰も貰ってないんだ、みんな八日なんだ」

彼は人差し指を立てるとベッドのカーテンの中で宙に半円を描いたので、妻も指先に従い半円の軌跡を見ていたが、彼の手は『嘗試集』のページをめくっただけだった。

この情理にもとる横暴な態度を見て、妻はしばらく口をきけなかった。

「わたし、こんなんじゃあやっていけないと思うの、これからは何か考えて、ほかのこともしてみるとか……」彼女はついに活路をほかに見つけ出して、こう言った。

「どんなことだい？　僕は『文は清書係に及ばず、武は消防隊に及ばず』なんで、ほかに何をするんだい？」

「上海の本屋さんに原稿を書いたことがあるじゃないですか」

「上海の本屋？　原稿料を払うのに一字一字数えて、空欄は数に入れないんだぞ。僕があそこに書いた口語詩は、空欄が多いから、値段も一冊わずか銅銭三〇〇だろう。印税の受け取りも半年も音沙汰なしで、『遠き水、近き火を救うあたわず』[14]さ、やれやれ」

「それなら、この街の新聞社に……」

「新聞社？　この街の大新聞で、編集をしている教え子のコネを頼みにしたって、千字書いてもはした金にしかならないんだ、朝から晩まで書いたって、おまえたちを養えるものかい？　そもそも僕のお腹にはそんなにたくさん文章は詰まっちゃいな

13　胡適の口語詩集、一九二〇年発行。五・四時期新文学運動のバイブルともいうべき書。
14　遠くの親類より近くの他人、という意味。『韓非子・説林《ぜいりん》上』に「遠水は近火を救わざるなり」という言葉がある。

いよ」

「それなら、節季を越したらどうするんですか？」

「節季を越したら？——やっぱり役人を続ける……明日お店がつけの代金を取りに来たら、八日の午後に来いとだけ言えばいいんだ」

彼はまた『嘗試集』を読もうとした。妻はこの機会を逃してはなるものかと、急いでつっかえながら言った。

「わたし節季を越して、八日になったら、うちも……宝くじを買ったらいいと思うの……」

「アホッ！　よくもそんな無教育なこと言えるな……」

このとき、彼はふっと金永生《チンヨンション》に追い返されたあとのことを思い出した。そのときの彼がぼんやりと稲香村《タオシアンツン》［北京の有名な食品店］の前を通ると、店の入口に大きく書かれたたくさんの広告が立ち「一等何万元」と書いてあったので、気持ちが動いたのか、足取りも多少は遅くなったようだったが、革の財布にわずかに残った六〇銭が惜しかったので、結局は断固として通り過ぎたのだ。彼の表情が一変したので、妻は彼が彼女の無教育を怒っているのかと思い、大慌てで退散したので、先は言わずじまいとなった。方玄綽《ファンシュワンチュオ》も最後まで言わずじまいで、背伸びをすると、アーアーウーウーと『嘗試集』を読むのであった。

一九二二年六月

あひるの喜劇

ロシアの盲目の詩人エロシェンコ[1]さんは例のギターを提《さ》げて北京にやってくるとまもなく、僕にこう訴えた。

「寂しい、寂しい、砂漠にいるように寂しい」

これは真実には違いないが、僕はこれまでそんなふうに思ったことはなく、長いあいだ住んでいると、「芝蘭《しらん》の室《しつ》に入り、久しくして其の香《か》を聞かず[2]」となり、ひどく騒々しいと思うばかりなのだ。もっとも、僕の言う騒々しさこそ、彼の言う寂しさなのかもしれないが。

それでも北京には春も秋もないような気はしている。長いあいだ北京にいる人は、大地の霊気の流れが北にずれたのだ、昔はここはこんなに暖かくなかった、と言う。ともかく僕には春も秋もないように思われ、冬の終わりと夏の始まりとが連続しており、夏が去ると、冬が始まるのだ。

そんな冬が終わり夏が始まるある日のこと、しかも夜中に、たまたま暇のできた僕は、エロシェンコさんを訪ねることにした。彼はずっと仲密《チョンミー》さん〔魯迅の弟・周作人《チョウツオレン》のペンネーム〕の家に住んでおり、このときには家中の人が寝てしまい、この世はたいそう静かだった。彼はひとり自分のベッドにもたれていたが、高い額にかかる長い金髪のあいだの眉にかすかに皺がよっているのは、かつて訪れたことのあるビルマ、その夏の夜を思い出しているのだろう。

「こんな夜には」と彼は言う。「ビルマではどこもかしこも音楽。家の中でも、草むらでも、木の上でも、どこでも虫が鳴いて、いろいろな鳴き声の合奏となって、とても神秘的です。そこにしょっちゅう『シューッ、シューッ』という蛇の鳴き声が入るんですが、それがまた虫の声によく合ってね……」物思いに耽《ふけ》っている彼は、そのと

1　一八九〇～一九五二年。大正期の日本で、日本語とエスペラント語で音楽家、童話作家として活躍。一九二一年、危険思想家として日本から追放、北京大学エスペラント語講師を務めた。

2　『孔子家語』の言葉。「芝蘭の室」は香草のある部屋。「環境の良い所も中にいてはその良さがわからない」の意。

きの光景を思い出そうとしているようすである。

僕は何も言えなかった。そんな不思議な音楽は、たしかに北京では聞いたこともなかったので、たとえいかに僕に愛国心があろうとも、弁護のしようもなく、そもそも彼は眼こそ見えないものの、耳は聞こえるのだ。

「北京ではカエルの鳴き声もない……」彼はまたもやため息をつく。

「カエルの鳴き声ならあります！」彼のため息が、かえって僕を勇敢にさせ、抗議することになったのだ。「夏が来て、大雨が降ると、カエルの大合唱が聞こえましてね、それもみなドブの中から、北京はどこもドブだらけですから」

「ほう……」

数日後、僕の言葉が証明されたのは、エロシェンコさんが十数匹のオタマジャクシを買ったからだ。彼は買ってきたオタマジャクシを自室の窓に面した中庭中央にある小池に放した。その池は長さ一メートル、幅六〇センチ、蓮を植えようとして、仲《チョン》密《ミー》さんが掘った蓮池である。この池には蓮の花はひとつも咲かなかったが、カエルを飼うには恰好《かっこう》の場所であった。

オタマジャクシは群れをなして水中を泳ぎ、エロシェンコさんも足繁く通った。あるとき、子供が彼にこう教えた。「エロシェンコ先生、オタマジャクシに足が生えました」すると彼はうれしそうに微笑んで言った。「ほう！」

だが池の音楽家の養成は、エロシェンコさんの仕事の一つにすぎなかった。彼は以前から自立した暮らしを主張しており、女性は家畜を飼い、男性は畑を耕すべし、とつねづね説いていた。そこで親しい友人に出会えば、中庭に白菜を植えるといいと勧め、仲密《チョンミー》夫人にも蜜蜂を飼いなさい、ニワトリを飼いなさい、豚を、牛を、ラクダを飼いなさい、と繰り返し勧めていた。しばらくすると仲密《チョンミー》家には果たしてひよこが溢れ、庭中をとびまわり、松葉ぼたんの若芽をすっかり食べ尽くしてしまったが、これも彼の忠告の結果なのだろう。

それ以来ひよこ売りのお百姓がよくやって来たのは、行商のたびに何羽か売れるからで、ひよこは消化器系の病気になりやすく、滅多に長生きせず、しかもそのなかの一羽はエロシェンコさん北京滞在中ただ一つの小説「ひよこの悲劇」[3]の主人公にもなった。ある日の昼近く、例のお百姓が思いがけなくピイピイ鳴いているあひるの雛《ひな》を持ってきたところ、仲密《チョンミー》夫人はいらないと断った。エロシェンコさんが飛び出してきたので、皆が一羽を彼の両手の中に置いてあげると、あひるの雛は彼の両手の中でピイピイと鳴く。彼にはそれがとてもかわいくて、買わずにはいられなくなり、一羽八〇文、全部で四羽を買った。

あひるの雛というのもたしかにかわいいもの、全身黄色で、地面に置くと、よちよち歩き、互いに呼び合い、いつも一緒にいた。明日ドジョウを買ってきて食べさせよう、と皆の相談も決まる。エロシェンコさんは「そのお代も僕に出させて下さい」と言った。

それから彼は授業に出かけ、皆もその場を離れた。まもなく、仲密《チョンミー》夫人が餌に残飯をあげようとやってくると、遠くで水の跳ねる音がするので、急いで見に行くと、例の四羽のあひるの雛が蓮池で水浴びをしており、そればかりか真下に首を突っ込んでは何か食べている。雛を岸に追い上げたが、池はすっかり濁っており、しばらくして水が澄んでも、泥の中には細い蓮の根が数本見えるだけ。そして足の生えていたオタマジャクシはもはや一匹も見つからなかった。

「エロシェンコ先生、いなくなっちゃった、カエルの赤ちゃんが」夕方、子供たちは帰宅してきた彼を見つけるや、いちばん小さい子が大急ぎで言った。

「えっ、カエル？」

仲密《チョンミー》夫人も出てきて、あひるの雛がオタマジャクシを平らげてしまった顚末を報告した。

「ああ、あ！……」と彼は声をあげた。

あひるの雛の産毛が抜け替わるころ、エロシェンコさんは突然彼の「母なるロシア」が恋しくなり、急いでチタ[4]へと去って行った。

あたりがカエルの鳴き声だらけになるころには、あひるの雛も成長して、二羽が白、二羽がぶちの羽となり、しかももはやピイピイと鳴くのではなく、いつも「ガーガー」と鳴く。蓮池もあひるたちを遊ばせるにはもう小さすぎたが、さいわい仲密《チョンミー》

3　日本語口述による童話、あひるの池に入り溺れ死ぬひよこが主人公。一九二二年七月、魯迅が中国語に訳した。その後北京に戻ったエロシェンコは、「愛という字の傷」「赤い花」の二篇の童話を書き、魯迅がこれを中国語訳している。

4　ロシア南東部、シベリア・ザバイカル地方の中心都市。ロシア革命後の一九二〇年から二二年まで極東共和国の首都。北京からロシアに入るビザは、チタで発給された。

さんの家は土地が低く、夏の雨がひと降り来ると、中庭いっぱいに水が溜まり、あひるは大喜び、泳いだり、潜ったり、羽ばたいたりしては「ガーガー」と鳴くのである。

今再び夏の終わりから冬の始めへの変わり目がめぐってきたが、エロシェンコさんはあいかわらずまったく消息がなく、いったいどこにいるかわからない。ただ四羽のあひるが、今も砂漠で「ガーガー」鳴いているばかりである。

一九二二年一〇月

朝花《ちょうか》夕拾《せきしゅう》

お長《ちょう》と『山海経《せんがいきょう》』

長《チャン》おばさんとは、すでに話したように、ずっと僕の世話をしていた召使いで、もったいぶって言えば、僕の養育係である。僕の母をはじめ大勢の者は、多少の敬意を込めてこう呼んでいたようだ。祖母だけがお長《ちょう》と呼んでいた。僕はふだんは「おばさん」と呼んでおり、「長」の字さえ付けなかったが、彼女が憎たらしいとき――たとえば僕の例の小鼠を殺したのは実は彼女であったと知ったときなど、お長《ちょう》と呼んだ。[1]

家《うち》の方では長《チャン》という姓はなく、彼女は浅黒くて肥満体で背が低く、「長」は形容詞でもなかった。そして名前でもない――彼女が自分で自分の名前は何々ちゃんだと言ったことを覚えているからだ。何ちゃんか、僕は今ではもう忘れてしまったが、ともかく長ちゃんではなく、結局何という姓かもわからずじまいである。彼女が昔この名前の由来を話してくれたことも覚えている――ずっとずっと昔のこと、わが家に一人の召使いがおり、とても背が高かったので、それこそ本物のお長《ちょう》であった。その後彼女は故郷に帰って行き、わが何々ちゃんがその後任となったが、みんなは呼び慣れていたので、言い換えることもなく、彼女はそれから長《チャン》おばさんとなったのだ。

陰で人の善《よ》し悪《あ》しをあれこれ言うのはよくないことだが、もしも僕の本音を言えと言われたばあい、こう答えるしかないだろう――彼女の人柄にはあまり感心できない、と。一番嫌なのは、いつもヒソヒソと小声で何か人に向かって話していることで、人差し指まで突き出しては、宙に向かって上下に振ったり、相手や自分の鼻先に当てていた。わが家になにかもめごとが起きると、なぜか僕はこの「ヒソヒソ話」に関係があるのではないかと疑っていた。そして僕が動き回るのを許さず、草を抜いたり、石をひっくり返したりするたびに、いたずらはお止め、お母さまに言い付けるよ、と言うのだ。夏が来ると、就寝時の彼女は両手両足を広げ、ベッドのまんなかで「大」の字になるので、僕はきつくて寝返りもできず、ゴザの隅で長いこと寝ていると、熱が籠《こ》もってひどく暑い。彼女は押しても動かず、呼んでも起きないのだ。

「長《チャン》おばさんはけっこう肥《ふと》っているから、きっと暑がりなんでしょう。夜の寝相も、あまりいいもんじゃないんだろうね？……」

母は僕が何度も文句を言うので、こんなふうに彼女にたずねたことがある。これが僕に少し場所を空けてやっておくれという意味だということは僕にもわかった。彼女は返事をしなかった。だが夜になり、僕が暑くて目が醒めると、あいかわらずベッドいっぱいの「大」の字で、片腕は僕の首に乗っかっていた。これではまったくどうにもならない、と僕は思った。

それでも彼女は多くの決まりをわきまえており、その決まりときたら、ほとんどが僕には耐え難いものなのだ。一年中で一番楽しいのは、もちろん大晦日の夜である。年送りのあと、目上の人たちからお年玉をもらうが、それは赤い紙で包まれており、枕元に置き、一夜明ければ、好きに使っていいのだ。床に入って、赤い包みを見ながら、明日買うつもりの小太鼓や、刀と鉄砲、泥人形、飴細工《あめざいく》の菩薩さま……のことを考える。ところが彼女が入ってきて、福のミカン[2]を枕元に置く。

「坊っちゃん、しっかり覚えとくんだよ！」彼女はたいそう真剣な口調だった。「明

1 短篇集『朝花夕拾』収録の本作の前の作品では、幼年期にペットの小鼠がお長に踏み殺されたときの怒りが綴られている。

2 福建《フーチェン》省産のミカンで、浙江《チョーチアン》省では縁起を担いで元日の朝にこれを食べた。

日は正月元日だから、朝になって目が醒めたら、最初の言葉はわたしに『おばさん、おめでとうございます！』って言うんだよ。わかったかい。よく覚えとくんだよ、これは一年の運勢に関わることなんだから。ほかのことを言ったらいけないよ！　そう言ったあとには、福のミカンを食べなくては」彼女は再び例のミカンを取り上げると僕の目の前で二、三回揺らした。「そうすれば、来年一年、良い年で……」

夢の中でも元日のことを覚えていたので、翌日はとくに早く目が醒めてしまい、目が醒めるや、上半身を起こそうとした。ところが彼女はすぐに腕を伸ばし、グイッと僕を押さえつけた。驚いて彼女を見ると、不安そうに僕を見つめるだけなのだ。

さらに彼女は何かしてほしそうに、僕の肩を揺さぶる。僕はふと思い出した――

「おばさん、おめでとう……」

「おめでとうございます！　みなさんおめでとう！　ほんとにお利口さん！　おめでとうございます！」彼女はたいへんうれしそうで、笑い出すと同時に、なにやら冷たいものを、僕の口に押し込んだ。僕はびっくりしたが、すぐにそれがいわゆる福のミカンであり、これで元旦早々の苦しみも、どうにか終わり、ベッドを出て遊びに行けると思った。

彼女からはほかにもたくさんの教えを受けており、たとえば人が死んでも、「死んだ」とは言ってはならず、「老い去った」と言わねばならなかったり、人が死んだり、子供が生まれた部屋には入ってはならなかったり、ご飯粒を落としたら、必ず拾え、そして食べてしまうのが一番よいとか、ズボンを乾かす物干し竿の下は、絶対にくぐってはいけないとか……。ほかのことは、今ではほとんど忘れてしまったが、元旦の奇妙な儀式だけははっきり覚えている。要するに、すべてがとても面倒くさくて、今思い出してもひどくややこしいことばかりなのだ。

それでも僕は彼女に対して空前の敬意を表していた時期がある。彼女はよく「長髪賊」の話をしたからだ。彼女が言う「長髪賊」には洪秀全《ホンシウチュワン》[3]の軍隊だけでなく、その後の匪賊《ひぞく》や強盗の一切を含んでいたようだが、革命党が除外されていたのは、当時はまだ存在しなかったからだ。彼女が話す長髪賊は非常に恐ろしく、彼らの言葉は聞い

3　一八一四～六四年。太平天国の創始者。満州民族が明朝を滅ぼし清朝を建国した際に、男子の頭髪の前半分を剃り落とし、残りを編んで後ろに垂らす弁髪の習俗を漢民族に強制した。太平天国軍はこれに抵抗して弁髪をやめ全体の頭髪を長く残したため、「長毛（長髪賊）」と称された。

てもわからない。その昔長髪賊が城内《まち》に入ったときには、長《チャン》おばさんの一家は全員海辺に逃げて、門番と年老いた飯炊き女だけを留守番役に残した。するとはたして長髪賊が門から入ってきたので、飯炊き婆さんは「大王さま」と挨拶し——長髪賊の前ではこう呼ばねばならぬらしい——自分はひもじくてたまらないと訴えた。長髪賊が笑って言うには「それなら、こいつを食ったらいいさ」と、まん丸いものを投げて寄こしたが、それには弁髪も付いており、なんと例の門番の首だったのだ。飯炊き婆さんはそれ以来肝を抜かれてしまい、その後もこの話になるたびに、顔から血の気が引いて、自分でトントンと胸を叩きながら「あれまあ、恐い話はやめとくれ、恐い話は……」と言ったものである。

当時の僕が恐がらなかったのは、それは僕とは関係ないこと、僕は門番ではない、と思っていたからだ。長《チャン》おばさんはおそらくそれを察したのだろう、なおもこう言うのだ。「おまえみたいな子供でも、長髪賊は捕まえて長髪賊の子にしてしまうんだよ。それからきれいな娘さんも、捕まえてしまう」

「それじゃあ、おばさんは大丈夫だね」僕は長《チャン》おばさんが最も安全だと思った——門番でもなく、子供でもなく、またきれいでもないうえに、首の周りはお灸のあとだらけだからだ。「とんでもない！」長《チャン》おばさんは深刻な口調で言った。「わたしらに用がないだって？　わたしらだって捕まってしまうんだ。城外に軍隊が攻めてくると、長髪賊がわたしらにズボンを脱がせ、城壁の上に一列に立たせると、城外の大砲は撃てなくなってしまうし、それでも撃とうとすると、大砲が破裂してしまうんだよ！」

これは思いもよらぬこと、驚かずにはいられない。それまで僕は長《チャン》おばさんのお腹には面倒な礼儀作法がいっぱい詰まっているだけと思っていたのだが、彼女にはほかにもこんな偉大な神通力があったとは。それ以来彼女に対し特別な敬意が生じ、それははかり知れぬほど深いもので、夜中に手足を伸ばしてベッドを占領しても、当然それは許されるべきこと、僕のほうこそ譲るべきなのだ。

このような敬意は、しだいに薄れていくとはいえ、まったくなくなったのは、おそらく長《チャン》おばさんが僕の小鼠を殺したと知ってからのことだろう。そのときには手厳しく問いつめたばかりか、面と向かってお長《ちょう》と呼び捨てにした。僕が本当に長髪賊の子になったわけでもなく、城攻めに行ったり、大砲を撃ったりするわけもなく、さらには大砲が破裂する心配もないのだから、彼女なんて恐くない！　と考えたのだ。

しかし小鼠を哀悼し、その復讐をするいっぽうで、僕は絵入りの『山海経《せんがいきょう》』が欲しくてたまらなかった。欲しがったのは遠縁の大叔父の影響である。彼は肥った、穏やかな老人で、茶蘭《ちゃらん》やジャスミンなどの花を育てるのが好きで、ほかにも北方から持ち帰ったという、めったに見られない合歓《ねむ》の木も持っていた。ところがその奥方は正反対で、まったく理解がなく、物干し竿を茶蘭の枝に掛けて、その枝を折ってしまっても、プンプンして「役立たず！」と罵ったことさえある。老人が孤独だったのは、誰も話し相手がいなかったからで、そのため子供たちの相手をするのが好きで、僕たちのことを「小さなお友達」と呼ぶことさえあった。一族が集まって住んでいる屋敷の中では、老人だけが大量の本を持っており、しかも珍しい本が多かった。科挙受験用の詩や文の書物も当然あったが、陸璣《りくき》の『毛詩草木鳥獣虫魚疏《もうしそうもくちょうじゅうちゅうぎょそ》』[4]があったのは、老人の書斎だけであり、ほかにも見たこともない題名の本がたくさんあった。当時の僕が一番愛読していたのは『花鏡《かきょう》』[5]で、それにはたくさんの挿し絵があった。老人は僕にこう話してくれた——昔は絵入りの『山海経』も持っており、それには人面の獣、九つの頭のある蛇、三本脚の鳥、翼の生えた人、頭がなくて左右のお乳を目にしている怪物……などが描かれていたが、惜しいことに今ではどこかに紛れてなくなってしまった。

僕はそんな絵を見たくてしょうがなかったが、老人にぜひとも探して欲しいとは頼みにくい――彼はあまりにものぐさだった。ほかの人に聞いても、だれもまじめに答えてはくれない。お年玉はまだ何百文も残っているが、買うにしても、よい機会がなかった。書店のある大通りは家からたいそう遠く、僕は一年中で正月のときだけそこに遊びに行けたが、そのときには二軒の本屋はどちらも固く門を閉ざしている。

遊んでいるあいだは何でもないのだが、一度座ると、僕は絵入りの『山海経』を思い出していた。

おそらくいつもいつも思い続けていたためだろう、お長《ちょう》までが『山海経』とはいったい何かとたずねてきた。それまで僕が彼女にこのことを話さなかったのは、彼女は学問をしたことがなく、言っても無駄だと思っていたからだが、聞かれたからには、彼女にも話してやった。

十数日後、あるいはひと月後だったろうか、僕は今でもよく覚えているが、彼女が休暇をもらって実家に帰ってから四、五日後のこと、新品の藍布の長衫《チャンシャン》を着て戻ってきて、僕を一目見るなり、本の包みを手渡してくれて、うれしそうにこう言ったのだ。

4　陸璣《りくき》は三国時代の呉出身。『毛詩……』は『詩経』中の動植物の名称を解説した書物。
5　清の杭州《ハンチョウ》出身の陳淏子《ちんこうし》が著した園芸書。

「坊っちゃん、ほら絵入りの『サンホン経』、買ってきてあげたよ！」

僕は雷に打たれたかのように、全身が震えだし、いそいで受け取り、紙包みを開けると、中には四冊の小さな本が入っており、パラパラとめくると、人面の獣、九頭の蛇……やっぱり全部載っている。

このことで僕が新たな敬意を抱いたのは、ほかの人はやりたがらず、あるいはできないことを、彼女がみごとに成し遂げたからだ。たしかに神通力があるんだ。小鼠殺しの恨みは、それ以後きれいさっぱり消え去った。

この四冊こそ、僕が最初に手に入れ、一番大事にしたお宝の本である。

本の造りは、今でも目に浮かぶ。だが今も目に浮かぶこの本の造りと言えば、刷りもひどくお粗末なのだ。紙は黄ばんでおり、絵も下手くそで、ほとんどすべて直線を組み合わせて彫っており、動物の目さえみな長方形なのだ。それでもこれが僕の最愛のお宝本であり、ページをめくれば、たしかに人面の獣、九頭の蛇、一本足の牛がおり、袋のような帝江鳥、頭がなくて「乳を目とし、臍《へそ》を口とし」、さらに「干戚《たてとおの》を執《と》って舞う」刑天《けいてん》がいるのだ。

その後の僕はさらに絵入りの本を集めたので、石印版の『爾雅音図《じがおんず》』[6]と『毛詩品物図考』[7]を手に入れ、さらに『点石斎叢画』[8]と『詩画舫《しがぼう》』[9]を手に入れた。『山海経』も別の石印版を購入しており、それは巻ごとに解説があり、緑の挿し絵に、字は赤く、あの木版刷りよりもずっと精密だった。これは一昨年まで持っており、清の学者、郝《かく》懿行《いこう》の註付きの縮刷本である。木版の方はいつなくしてしまったのか今では覚えていない。

僕の養育係、長《チャン》おばさんことお長《ちょう》が、この世を去ってから、おそらく三十年になるだろう。僕はついに彼女の姓名も、彼女の経歴も知らぬままで、養子の息子が一人いたのを知るばかり、彼女はおそらく若くして夫に先立たれた後家さんだったのだろう。

恵み深くして暗黒なる母なる大地よ、願わくはあなたの胸に抱かれて彼女の霊魂が永久《とわ》に安らかなることを！

三月一〇日

6 漢代の字典に宋の人が発音の註と挿し絵を付けた書物。
7 日本の岡元鳳《おかげんぽう》が一七八四年に刊行した『詩経』の挿し絵入り注釈書。
8 一八八五年に上海で刊行された清末風俗画家の作品集。
9 明代の画集で、一八八五年に上海で復刻された。

百草園《ひゃくそう》から三味書屋《さんみしょおく》へ

わが家の裏には大きな庭があり、代々百草園と呼ばれていた。今ではとっくに家もろとも朱子《しゅし》様の子孫に売ってしまったので、最後のご対面からでもすでに七、八年も経っており、たしか草茫々《ぼうぼう》だったと思うのだが、当時は僕の楽園だった。

青々とした野菜畑に、ツルツル滑る石の井戸、大きなサイカチの木、紫のクワの実のことは言うまでもなく、セミが木の上で鳴き続け、丸々とした足長蜂が菜の花にとまり、軽やかな告天子《ヒバリ》が不意に草むらから飛び出して空高く飛び去るのも言うまでもない。ぐるりと囲んだ低い土塀の一帯だけでも、楽しみは限りなかった。そこでは鈴虫の低い歌声が響き、コオロギたちもそこで琴を弾いていた。割れたレンガをひっくり返すと、ムカデにお目見えすることもあり、さらに斑猫《ハンミョウ》もいて、指でその背中を押すと、プッと音がして、お尻からガスを吹き出すのだ。ツルドクダミの蔓と薜荔《オオイタビ》の蔓とが絡み合い、薜茘《オオイタビ》には蓮の実のような果実が生《な》り、ツルドクダミにはゴツゴツした根が生えた。ツルドクダミの根には人の形をしているものがあり、これを食べれば仙人になれるというので、僕は何度もそれを引っこ抜こうとして、どこまでも掘り続けたもので、このため土塀を壊してしまったが、人によく似た根っ子などついに見つからなかった。棘《とげ》さえ気にしなければ、木苺摘みもでき、小さな珊瑚の玉をかき集めたような小球形で、甘酸っぱく、色も味もクワの実よりもずっと素敵だった。

生い茂った草むらに入ってはならないのは、この庭に大きな赤棟蛇《ヤマカガシ》がいるという言い伝えがあったからだ。

長《チャン》おばさんはこんな話をしてくれたことがある——むかし、むかし、ある読書人が古いお寺で勉強しており、夜になって、庭で夕涼みをしていると、突然彼を呼ぶ声がする。返事をし、周囲を見渡すと、壁の上から美しい女の顔が現れ、彼に向かってニッコリ微笑んだのち、フッと消えてしまったのだ。彼はすっかりうれしくなったが、夜のおしゃべりにやって来る老僧がそのからくりを見破ったのだ。そなたの顔には妖気が漂っておる、さしずめ「美女蛇」に出会ったに違いないが、これは人の顔をして胴体は蛇という怪物で、人の名前を呼ぶのだが、もしもひと言でも答えたら、夜中にやってきてその人の身体の肉を食べてしまうのじゃ。もちろん読書人は死ぬほど驚いたが、老僧は心配には及ばぬと言って、小さな箱を渡し、枕元に置きさえすれば、安心して眠れましょうぞ、と語るのだ。彼は言われた通りにしたものの、一晩中眠れなかった——眠れなくて当然だろう。夜更けともなると、やっぱり出た、シューシューシュー！　と外では嵐が吹いているかのよう。彼が震えて小さくなっていると、ヒュッと音がして、一筋の金色の光が枕元から飛びだすと、外ではすべての音が消えてしまい、例の金色の光も戻ってくると、箱の中に収まった。その続きは？　といえば、のちに、老僧が語るには、これは空飛ぶムカデ、蛇の脳髄を吸うので、「美女蛇」もこれに退治されたのじゃ。

結びの教訓——それゆえ聞き覚えのない声に名前を呼ばれても、絶対返事してはなりませぬ。

この話は僕に生きることの難しさを考えさせ、夏に夕涼みをしていても、いつも何か心配で、塀を見るのも憚《はばか》られ、そのうえ老僧のあの空飛ぶムカデのような箱が欲しくてたまらなかった。百草園の草むらに近寄るときにも、いつもそんなことを考えていた。だが今に至るまで、結局手には入らず、それなのに赤棟蛇《ヤマカガシ》にも美女蛇にも会えなかった。聞き覚えのない声が僕の名前を呼ぶことはしばしばあるのは当然だが、どれも美女蛇ではなかったのだ。

冬の百草園はそれほど楽しくはないのだが、雪が降るや、一変する。雪男の人型をとったり（自分の全身で雪の上に跡を作ること）雪だるまを作ったりするには見物客が必要だが、ここは廃園、人は滅多に近寄らない、ということでそれが駄目なら、鳥を捕まえるしかない。うっすら積もった雪では、うまくいかず、雪が地面を覆いつくすほどに積もって一両日、野鳥の食べ物がどこでもすっかり消え失せたところがチャンスなのだ。少し雪かきして地面が露出したところで、短い棒で大きな竹のざるを支え、その下に屑籾《くずもみ》を撒き、棒には長縄を結んで、遠くまで伸ばし、野鳥が餌をめがけて降り立ち、大ざるの下まで来たところを、サッと縄を引くと、鳥は大ざるの中というわけである。もっとも捕れるのは雀が多く、頰の白い「鶺鴒《セキレイ》」も捕れるのだが、暴れ回って一晩と生きられない。

これは閏土《ルントウ》［小説「故郷」の語り手「僕」の幼馴染みで小作人の子」の父から伝授されたやり方だが、僕はあまり上手ではなかった。鳥がたしかに入ったのを見てから、縄を引くのだが、駆け寄ってみると、中は空っぽ、半日かけても、捕まるのはわずか三、四羽なのだ。閏土《ルントウ》の父は短時間で何十羽も捕まえて、麻袋に詰め込みピイピイバタバタさせていた。僕がこの違いについて聞いてみたところ、彼は静かに笑って、坊っちゃんは焦りすぎ、鳥が中に入るまで待てないからですよ、と言っていた。

　こんな僕をなぜ家の者は塾に、しかも街で一番厳しいと言われる塾に入れたのだろうか。ツルドクダミを引っこ抜いて土塀を壊したからか、それとも割れたレンガを隣の梁《リアン》家に投げ込んだからか、あるいは井戸の石囲いの上から飛び降りたからか……すべて知る由もない。いずれにせよ、僕はいつも百草園で遊んでいるわけにはいかなくなったのだ。Ade《さようなら》、わがコオロギたちよ！ Ade、わが木苺たち薜荔《オオイタビ》たちよ！

　門を出て東に向かい、二、三〇〇メートルも行かないうちに、石橋を渡ると、そこが僕の先生の家だった。黒塗りの竹の門から入って、三番目の部屋が書斎である。壁の真ん中には三味書屋[1]と書かれた額がかかっており、額の下には掛け軸があって、丸々と肥えた白斑点の鹿が古木の下で伏せている画だった。孔子の位牌がないので、僕たちはその額と鹿とに向かってお辞儀をしたものだ。[2]一度目は孔子に、二度目は先生にお辞儀したことになる。

二度目のお辞儀の際には、先生も脇でにこやかに答礼なさる。先生は背が高く痩せた老人で、ひげも髪も白髪まじりで、そして大きな眼鏡を掛けていた。僕が恭しく接していたのは、先生はこの街でも有数の高潔にして、質朴で、博学な方《かた》と聞いていたからだ。

どこで聞いたのやら、東方朔《トンファンシュオ》[3]もたいへん博識で、「怪哉《アヤシイカナ》」という名の恨みで化けた虫も、酒をかけると消えてしまうと知っていたという。僕はこの話をもっとくわしく知りたかったが、お長《ちょう》はやはり博識ではなかったので、知ろうはずもなかった。今こそ好機到来、先生に聞けるのだ。

「先生、『怪哉』というのは、どんな虫なんですか？……」僕は最初のテキストを暗

1　魯迅の弟の周作人によれば、三味書屋の名前は、書物には三種の味わいがあり、『論語』など儒教の経典である経部の書はご飯のよう、『史記』など歴史書である史部の書はおかずのよう、文語文小説など子部の書は調味料のよう、という言い方に由来するという。

2　主に儒教の経典を教えていた塾には、孔子像などが掲げられていた。

3　前一五四～前九三年、漢の武帝の侍臣。博識で諷刺を好み、彼をめぐっては古来さまざまな伝説が語られている。

唱し、自分の席に戻るときに、急いでたずねた。

「知らん！」先生はひどく不機嫌で、怒ったような顔つきをしていた。

僕は初めて学生たるものこんなことを聞いてはならず、勉強だけしていればよい、と知った——というのも先生は博識の大儒者で、知らぬようなことはあろうはずもなく、それ故に知らぬとは、言いたくないのだ。僕より年配の人には、よくいるタイプで、僕も何度も出会ったことがある。

そこで僕はもっぱら勉強し、正午には習字、夜には対句の練習をした。先生は最初の数日は僕にたいへん厳しく、やがて優しくなったのだが、僕に与えられる勉強の本はだんだん増えていき、対句もだんだん字数を増やされて、三字から五字へ、そして最後には七字となった。

三味書屋の裏にも庭があり、小さいながら、そこでも花壇によじ登って蠟梅《ろうばい》の枝を折ったり、地べたやモクセイの木からセミの抜け殻を探したりできた。最高の仕事と言えばハエを捕まえてアリの餌にすることで、これなら静かで音もしない。ところが庭に行く塾生たちが多くなり、その時間が長くなりすぎると、まずいことになり、先生が書斎で叫び出すのだ。

「皆どこに行ったんじゃ⁉」

　すると塾生たちが一人ずつ戻るのだが、それはいっぺんに戻るのも拙《まず》いからだ。先生は戒尺《かいしゃく》[4]を手にしていたが、あまり使わず、跪《ひざまず》かせる罰則もあったが、やはりあまり使わず、ふだんはジロリと睨みつけて、こう叱るだけだった。

「勉強せい！」

　そこでみんなが声を張り上げ本を読むので、実にワイワイと賑やかになる。「仁《じん》遠からんや我仁を欲《ほっ》すれば斯《ここ》に仁至る」[5]と読む者、「人の歯の欠けたるを笑いて狗竇《くとう》おおいに開くと曰《い》う」[6]と読む者、「上九《じょうきゅう》潜龍用うる勿《なか》れ」[7]と読む者、「厥《そ》の土は下の上

4　塾の教師が体罰として学生の手の平を叩くのに用いた細長い板。
5　『論語』「述而」篇。「仁（人の道）は遠くにあるのだろうか。いや、そうではなく、自分が仁を欲求すれば、仁はやって来るのだ」という意味。
6　『幼学瓊林』。他人の歯が欠けているのをからかって、犬のくぐり穴が大きく開いたという。
7　『周易』の言葉で、本来は「初九、潜龍用うる勿かれ」で、「陽気発揚のとき」には「淵に潜む竜のように隠忍自重して、実力を蓄積し、直ちに実行してはならぬ」という意味。（赤塚忠訳、平凡社刊、中国古典文学大系第一巻『書経・易経（抄）』より）

上錯《じょうさく》する厥の貢は苞茅橘柚《ほうぼうきつゆう》[8]」と読む者とさまざまだ。先生も自ら朗読なさる。やがて僕たちの声は小さくなり、静かになるが、先生だけがなおも大声で朗読なさっているのだ。

「鉄の如意《にょい》、指揮は倜儻《てきとう》、一座は皆驚くーウーウーウー、金の巨羅《さかずき》、顛倒淋漓《てんとうりんり》ィ、千杯未《いま》だ酔わずーウーウーウー……」[9]

これはすごく面白い文章ではと僕が怪しんだのは、ここまで読むと、先生は必ず微笑を浮かべ、しかも天を仰いで、首をダラリと背に倒し、左右に振り続けていたからだ。

先生が夢中で朗読しているのは、僕たちには好都合。紙の兜《かぶと》を指に嵌《は》めて人形劇を始める者もいる。僕にとっては絵描きの時間で、「荊川紙《けいせん》」という紙で、習字のときの敷き写しのように、小説の挿し絵に重ねて次々と描き写すのだ。読んだ本が多くなると、描いた絵も多くなり、本の読みは上達しなかったが、絵の成果は相当なものとなり、一番まとまっていたのが『蕩寇志《とうこうし》』[10]と『西遊記』の挿し絵で、どちらも分厚いものとなった。のちにお金欲しさに金持ちの塾生に売ってしまった。彼の父は紙銭《しせん》の店を経営しており、今では自分が店を継いでおり、すぐにも街の有力者の座を占めそうだとのこと。あの画集もとっくに消え失せたことだろう。

九月一八日

8　『尚書』「禹貢」の揚州一帯の水土を描いた一節を誤読したもの。正しくは「厥《そ》の田は惟《こ》れ下の下なり。厥の賦は下の上にして、上錯《じょうさく》す……厥の包《ほう》は橘《きつ》・柚《ゆう》なり。錫貢《せきこう》□□」で「その田は下の下である。その賦は下の上（第七級）で、あるいは中の上を錯《まじ》える。……その苞《つと》は橘と柚とである。□□を錫貢する」という意味で、□□は脱文と推定されるという。（加藤常賢著、明治書院刊『新釈漢文大系第二五巻　書経（上）』より）

9　清末の劉翰《りゅうかん》の作「李克用、酒を三垂崗に置く賦」の一節。この賦は五代の後唐の李克用《りこくよう》父子を称揚したもの。王先謙《おうせんけん》編集の『清嘉集初稿』巻五に見える。「鉄の孫の手をふるって、いきなり指図をすれば、一座のものみなびっくり。金杯を傾け、すっかり飲み干し、千杯飲んでもまだ酔わない」という意味。

10　清の兪《ゆ》仲華《ちゅうか》の長篇小説で、別名を『結水滸伝』と言い、『水滸伝』の続篇の一種。

父の病

おそらく十年以上も前のこと、S市である名医の話がおおいに噂されたことがある——

彼の往診料は本来一元四角、急患は一〇元、深夜はその倍、市外になるとさらにその倍だった。ある晩、市外の家のお嬢さんが急病になり、この医者を頼んだが、彼はそのときにはすでに金持ちで面倒くさがり、一〇〇元でなくては行かないと言う。一家は言い分に従うしかなかった。名医は出かけていっても、ざっと診察するだけで、「ご心配なく」と言い、処方箋を書き、一〇〇元を受け取ると帰っていった。その患者の家は裕福だったようで、翌日もまた往診を頼んできた。医者が着くと、ひとり主人が笑顔で出迎えて、こう言うのだ、「昨夜は先生の薬を飲みますと、とても良くなりましたので、もう一度往診願った次第です」そして前回同様部屋に案内し、婆《ばあ》やが病人の腕を帳《とばり》の外へと引き出した。ところが医者が手首に触れると、ひんやりとして、すでに脈も止まっていたので、ふむふむとうなずきながらこう言った。「ウン、この病のこと承知いたしました」医者はなおも落ち着き払ってテーブルまで進むと、処方箋用紙を取り出し、筆を執ってこう書いた。

「本状と引き替えに銀貨壱百元也お支払いいたします」そして署名し、書判《かきはん》した。

「先生、この病はひどく重いようなので、処方もそんなに軽くてはすまんのでは」と主人が背後から口を出した。

「よろしい」と医者は答えた。そしてもう一枚の用紙を出すと、

「本状と引き替えに銀貨弐《に》百元也お支払いいたします」そして再び署名し、書判した。

倍額に追加されると、主人もこの処方を受け入れ、丁重に医者を送り出したのだった。

僕がこの名医と丸々二年間もおつき合いしたのは、彼が一日置きに父の病を往診していたからだ。当時すでにたいへん有名であったとはいえ、こんなに面倒くさがるほどの金持ちではなかったのだが、診察料はすでに一元四角だった。今日の都会では、診察料一〇元というのも珍しくないが、当時は一元四角でも大金で、調達は容易でなく、まして一日置きなのだ。彼は確かに変わっていたようで、世論によれば、処方の

薬がほかの医者とは異なるというのだ。僕には薬のことはわからないが、「補助薬」探しの苦労は印象に残っており、処方が変わるたびに、ひと苦労した。先に薬を買ってから、補助薬探しとなるのだ。「生薑《しょうが》」二片に、先端を落とした竹の葉十片、などは使おうとしない。少なくとも葦《あし》の根なので、川岸まで掘りに行かねばならず、三年霜にあたったサトウキビとなると、探し出すのに二、三日はかかった。もっともふしぎなことに、やがて大体なんでもお金で買えるようになったのだが。

世論によれば、絶妙さはここにあるのだ。そのむかしある病人は、百薬も効果がなかったが、葉天士《ようてんし》［清の乾隆時代の名医］先生とやらが現れ、古い処方に補助薬一種——梧桐《あおぎり》の葉——を加えた。するとただの一服で、スカッと治ってしまったのだ。「医は意なり」である。ときに季節は秋にして、梧桐は秋の気を先に知る。以前は百薬が合わずも、今は秋の気を以《もっ》てこれを動かし、気を以て気を感ぜしめ、ゆえに……。僕にはよくわからなかったが、たいへん感服して、およそ霊薬とは、必ずや得がたいもので、仙術を求める者は、はなはだしきは命を顧みず、深山に入って採取するのだ、と理解したのだ。

このように二年が過ぎると、名医と次第に親しくなり、ほとんど友人のようになった。父の浮腫《むくみ》は日ごとに悪化し、寝たきり同然となったので、僕は三年霜にあたったサトウキビの類に対してもやがて信仰を失い、補助薬を探すにも以前ほどには熱が入らなくなったようだ。まさにそのようなとき、彼はある日往診の際、診察した後に、精一杯真心をこめてこう言った。

「私はあらん限りの学問、すべてを使い果たしました。この街にいらっしゃる陳 蓮河《チェンリエンホー》先生は、私よりも立派な方です。一度診ていただいてはいかがでしょう、私から一筆書いてもよろしいですから。とはいえ、病についてはご心配なく、ただ陳先生のお手に掛かれば、快気もことのほか早かろうかと存じます……」

この日はみなは不快そうにしていたが、あいかわらず僕に医者を轎《かご》まで恭しく送らせた。部屋に戻ると、父が異様な形相で、みなと議論しており、おおよそ次のような考えを述べていた――自分の病はおそらく見込みがないのだろう、あの医者は二年も診察したのに、まったく効き目が現れないうえ、気心も知れてきて、さすがにすまなく思うものだから、いよいよ危なくなってくると、身代わりに新しい医者を紹介し、今後自分とはまったく関わりを持たぬつもりなのだ。しかしほかにどんな手があるだろうか？　この街の名医と言えば、彼のほかには、実際に陳 蓮河《チェンリエンホー》しかいないのだ。

明日は陳 蓮 河《チェンリエンホー》に頼もう。

陳 蓮 河《チェンリエンホー》の診療費も一元四角だった。だが前の名医の顔は丸くて肥っていたが、彼のは長くて肥っており、この一点はおおいに異なる。薬の処方も異なっており、前の名医のはひとりでもなんとか調達できたが、今度のはひとりでは揃えられず、それというのも彼の処方箋には、いつも特別な丸薬、粉薬と特異な補助薬が二種セットで書かれていたからだ。

葦の根と三年霜にあたったサトウキビなどを、彼が使うことはなかった。最大の定番は「コオロギ一対」で、その脇に小さな字で「初婚に限る、すなわちもともと同じ巣にいたもの」と註を打っていた。昆虫も貞節を守るべきで、後妻をもらったり二度も嫁入りしたものは、薬になる資格さえ喪《うしな》うのだ。だがこの任務遂行は僕にとってはたやすいことで、百草園に行けば、十対だって簡単に捕まるので、それを糸で縛り、生きたまま沸騰した湯に放り込めばすむのだ。だがほかにも「平地木十株」とあって、これがどんなものか誰も知らないので、薬屋に訊いても、村人に訊いても、薬売りに訊いても、老人に訊いても、古典に通じた人に訊いても、大工に訊いても、みな首を振るばかり、最後に例の遠い親戚の大叔父を思い出し、花や木を植えるのが好きな老人だからと、ひとっ走りしてたずねてみると、やはり彼は知っており、山中の木の下に生える低木で、小さな珊瑚玉のような赤い実を付け、ふつうは「老弗大《ラオフーター》」と呼ばれているのだ。

「鉄のわらじを履きつぶすとも見つからず、見つかるときには楽なもの」というように、補助薬は見つかったが、なおも特殊な丸薬の「敗鼓皮丸《はいこひがん》」が残っている。この敗鼓皮丸というのは破れた古太鼓の皮で作ったもので、浮腫は別名「鼓脹《こちょう》」とも言うからには、破れた太鼓の皮を使えば当然これを克服できるのだ。清朝の剛毅《カンイー》が「洋鬼子《けとう》」を憎み、彼らと戦う前に、兵隊を訓練して「虎神営《こしんえい》」[1]と名付けたのは、虎はよく羊を食らい、神はよく鬼《き》を伏《ふく》するという意味にあやかったというのも、やはりこの道理である。残念なことにこの神薬を売る店は、街中で一軒しかなく、僕の家から二、三キロ離れていたのだが、平地木のように、暗中模索する必要がなかったのは、陳蓮河《チェンリエンホー》先生が処方箋を出したのち、事細かに僕たちに説明してくれたからである。

「実は丹薬［道家の練り薬でいわゆる長生不老の薬］がございます」と、あるとき陳蓮河《チェンリエンホー》

1　清末に端郡王の載漪《さいい》（剛毅は誤り）が創設した皇室護衛兵部隊。

先生が言うには「舌に載せれば、必ずや効き目が現れようかと思うのです。なぜなら舌はすなわち心の霊苗……。値段も高くはなく、ひと箱わずか二元でして……」

父はジイーッと考えていたが、首を横に振った。

「私がこれまで用いてきた薬はあまり効果がございません」あるとき陳蓮河《チエンリエンホー》先生がまた言い出すには、「ところで占ってもらうというのはいかがでしょう、何かの祟りかも知れませんし……。医は能《よ》く病を医《いや》すも、命《めい》は医《いや》す能《あた》わず、[2]ではございませんか。当然、これも前世の因縁かも知れませんので……」

父はジイーッと考えていたが、首を横に振った。

およそ名医たる者、みな起死回生がお得意で、僕たちが医者の門前を通るたびに、そんな宣伝を目にするのだ。今ではすこし遠慮して、医者自身が「西洋の医者は外科に長じ、中国の医者は内科に長ずる」と言っている。だがS市には当時西洋医がいないばかりか、誰も天下に西洋医学なるものがあることさえ思いもよらず、このため何事であれ、軒轅岐伯《けんえんきはく》[3]直系の弟子たちにお任せするしかなかった。軒轅のころは巫《ふ》と医とは分かれていなかったので、今に至るまで、彼の弟子たちはなおも鬼を信じ、しかも「舌はすなわち心の霊苗」と思っているのだ。これこそ中国人の「命《めい》」であり、名医といえども治しようがないのだ。

　丹薬を舌に載せようともせず、また「祟り」も思い当たらぬというのでは、当然ながら、百日以上も「敗鼓皮丸」ばかり飲んだとて何の役に立とうか。あいかわらず浮腫は取れず、ついにベッドの父は息が荒くなった。もう一度陳 蓮河《チェンリエンホー》先生に往診願ったときには、急患だったので、銀貨一〇元だった。彼はあいかわらず泰然として薬を処方したが、もはや敗鼓皮丸は使うことなく、補助薬もそれほど珍しいものではなかったので、わずか半日で、煎じ薬も用意でき、父の口から流し込んだが、口元からダラダラと流れ出るばかりであった。

　その後の僕は陳 蓮河《チェンリエンホー》先生とは二度とおつき合いすることもなく、街で時々彼が三人かきの早轎《かご》に乗って飛ぶように担がれていくのを見るばかり、今でも彼は健在で、医業のかたわら、中国医ナントカ学報を出して、外科のみに長じる西洋医学を相手に奮闘中とのことだ。

2　「医学は病気を治せても、運命は治せない」という意味。

3　軒轅は上古の帝王である黄帝のこと、岐伯は伝説上の上古の名医。古代中国医学書の『黄帝内経』は黄帝・岐伯に仮託して作られた。

中国と西洋の考え方は確かに異なる。中国の孝行息子たちは、ひとたび「不孝息子の罪重くして禍《わざわい》は父母に及」ばんとするときには、朝鮮人参を二、三キロ買い込み、煎じて口から注ぎ込んでは、父母が苦しみながらも二、三日、たとえわずか半日でも生きながらえることを望むという。僕に医学を教えた先生はむしろ僕に医者の職務とはこうであると教えた――治せる者は治し、治せぬ者は苦しめずに死なせるべきだ。だがこの先生とはもちろん西洋医である。

父の荒い息はとても長く続き、僕もこれを聞いているとひどく苦しかったが、誰も助けてあげられない。僕はときに電光が煌《きら》めくかのようにこんな考えを抱くことさえあった。「早く荒い息が止まった方が……」すると直ちにこんなことを考えてはいけない、罪を犯してしまったと思うのだが、同時にこういう考えは実は正しい、父をとても愛しているからなんだ、とも思った。今でも、やはりそう思っている。

早朝、同じ屋敷に住む衍《イエン》奥さんが入ってきた。彼女は礼節に精通したご婦人で、僕たちにぼんやり待っていてはいけないと言った。そこで父を着替えさせ、紙銭《しせん》と『ナントカ高王経』を焼いて灰にし、紙に包んで父の手に握らせた。

「父上と呼びなさい、お父様の息が今にも止まってしまいそう。早く呼んで！」と衍《イエン》奥さんが言った。

「父上！　父上！」と僕は叫び出した。

「大声で！　それじゃ聞こえない。さあ大声で！」

「父上!!!　父上!!!」

すでに穏やかになっていた父の顔が、急に強ばり、目がかすかに開いて、苦しそうだった。

「さあ呼んで！　早く呼んで！」奥さんが催促した。

「父上!!!」

「何だね？……やかましい。……やかま……」父は低い声で言うと、再びやや荒い息となり、ようやくのこと、元に戻って、穏やかな顔になった。

「父上!!!」僕はなおも呼び続けた——父の息が止まるまで。

僕には今でもあのときの自分のこの声が聞こえ、それが聞こえるたびに、これが父に対する僕の最大の過ちであったと思うのだ。

一〇月七日

衍《イエン》奥さんは今ではとっくにお祖母《ばあ》さんになったか、あるいは曾祖母《ひいばあ》さんになっているかもしれないが、当時はまだ若く、僕より三、四歳上の一人息子がいるだけだった。彼女は自分の息子には厳しかったが、よその子供にはやさしく、どんないたずらをしようとも、その子の両親に言い付けたりはしないので、僕たちは彼女の家かその家の近くで遊びたがった。

一例を挙げれば、冬、水瓶《みずがめ》に薄い氷が張るとき、僕たちは早朝から起き出し、見つけしだい食べてしまうのだ。一度などこれを沈四奥《シエンスー》さんに見つかって、大声を出された。「食べちゃだめ、お腹が痛くなるよ！」この声を母が聞きつけ、飛び出してきて僕たちを叱りつけ、そのうえその日はほとんど遊びに行かせてもらえなかった。僕たちが誰の仕業か相談したところ、沈四奥《シエンスー》さんのせいだと決まったので、名前に敬称を付けるのをやめ、別にあだ名を付けて、「腹痛《はらいた》」と呼ぶことにしたのだ。衍奥《イエン》さんならそんな風にはならない。もしも氷を食べているのを見たら、きっとニッコリ笑ってこう言うだろう。「それ、もう一つお食べよ。誰がいちばん食べたか、わたしが数えておくよ」

とはいえ不満なところもあった。一度目はずっと昔のこと、僕がまだ小さいころ、偶然彼女の家に行ったところ、ちょうど夫と二人で本を読んでいた。僕が近づいていくと、彼女は本を僕の目の前に突き出してこう言った。「どう、なんだかわかる？」その本には部屋の様子が描かれ、人が二人いて裸で喧嘩しているようでもあり、していないようでもあった。こうしてまごついている間に、二人が大笑いしたのだ。これには僕も怒ってしまい、何やらひどく侮辱されたようで、十日以上も遊びに行こうとはしなかった。二度目のときには僕は十幾つになっており、ほかの子供たちとグルグル回る遊びをして、誰が一番回れるか競争していた。彼女は脇で回数を数えながら、こう言っていた。「はい、八十二回！　もう一回りで、八十三！　そう、八十四……」ところがグルグル回っていた阿祥《アーシアン》が、フラッと倒れたところに、阿祥《アーシアン》の叔母さんが通りかかったのだ。すると彼女はこう言ってのけたのだ。「ほらね、倒れちゃったでしょ。わたしの言うことを聞かないから。回っちゃだめって言ったでしょ、回っちゃだめって……」

こんな具合であったが、子供たちはそれでも衍奥《イエン》さんのところに行きたがった。頭をぶつけて大きな瘤《こぶ》ができたときには、母のところに行くと、よくて叱られてから薬を塗ってもらい、悪ければ薬はないうえ、ポカポカゲンコツされて怒鳴られるのだ。衍《イエン》奥さんだったら小言のひと言もなく、すぐに焼酎で白粉《おしろい》をといて瘤の上に塗ってくれ、これで痛くなくなるし、将来傷跡も残らないよと話してくれるのだ。

父が亡くなってからも、僕はよく彼女の家に行ったが、すでに子供たちと遊ぶのではなく、衍奥《イエン》さんやその夫とおしゃべりしていた。僕はそのころ読み物や食べ物、買いたいものがたくさんあるような気がしていたが、お金だけがなかった。ある日この話をすると、彼女はこう言った。「お母さんのお金、それを持ち出して使ったらいいのよ、あなたのものでもあるんでしょ?」僕が母にはお金がないと答えると、彼女は髪飾りを売ればいいと言い、僕が髪飾りもないと言うと、彼女はなんとこう言うのだ。「よく気をつけて見てごらん。大箪笥《おおだんす》の引き出しを、隅から隅まで探したら、きっと真珠か何か出てくるから……」

この言葉は僕には異様に聞こえたのだろう、二度と彼女のところには行かなくなったが、ときどき本当に大箪笥を開いて、隅々を探してみたくなった。それからひと月も経たないうちに、僕がすでに家の物を盗み出して売り払っている、という噂を聞くことになり、本当に水の中に落ちたような気がした。噂の出所は、僕にも分かっており、今なら、発表の場さえあれば、必ずデマの張本人であるキツネの化けの皮をはがしてやるところだが、そのころはあまりに若く、デマを聞くと、自分でも本当に罪を犯したような気になり、人目を恐れ、母に可愛がられることが怖かった。

わかった。それなら、出て行くまでだ！

だが、どこへ行くんだ？　S市の人の顔はとっくに見飽きた、どうせこんなもんだろう、彼らの考えなら大体お見通しだ。違うタイプの人を探しに行くべきだ、S市の人が嫌っているような人たちを探しに行こう、たとえそれが犬畜生でも悪魔でも。当時全S市の嘲笑の的となっていたのは開校間もないある学校で、中西学堂[1]と称し、古典のほかに、外国語と数学も教えていた。それでもすでに世論の非難の的となってお

1　紹興の徐樹蘭《シュイシューラン》が一八九七年に建学した私立学校。後に紹興府学堂、紹興府中学堂となった。魯迅は日本留学から帰国後の一九一〇年八月に同校教員となり博物学を担当した。

り、聖賢の書をたっぷり学んだ秀才たちは、『四書』[2]の言葉を集め、一篇の八股文《はっこ》[3]を作って皮肉ったほどで、その名文は全市に広まり、みなが面白おかしく話題にしていた。僕はその第三段落冒頭しか覚えていないが――

「徐子以《もっ》て夷子《いし》に告げて曰《いわ》く、吾は夏を用《も》って夷《い》を変《あらた》めし者を聞けども、未だ夷に変められし者を聞かざるなり。今や然《しか》らず、鴃舌《げきぜつ》の音、その声を聞くに、皆雅言《がげん》なり。……[4]」

続きは忘れてしまったが、おそらく今どきの国粋主義の大家の議論と似たり寄ったりだろう。だが僕はこの中西学堂では、古典と数学、英語、フランス語しか教えないので、満足できなかった。授業にもっと新味がある学校として、ほかに杭州《ハンチョウ》の求是書院［一八九七年建学の高等学校］があったが、学費が高かった。

学費不要の学校は南京にあり、自然と南京に行かざるを得ない。最初に入った学校[5]は、今は何と称しているか知らないが、辛亥革命後、一時期は雷電学堂と称しており、『封神演義』［明代の神魔小説］に出てくる「太極陣」だの「混元陣」などによく似た名前であった。いずれにせよ、儀鳳《ぎほう》門を入ると、高さ六〇メートルの船のマストと高さ不明の煙突が見えるのだ。授業は簡単で、一週間のうちほとんど丸四日は一日中が英語――"It is a cat." "Is it a rat?"であった。丸一日は古典で「君子曰く、潁考叔《えいこうしゅく》は純孝と謂《い》うべきのみ、その母を愛し、施《ひ》いて荘公に及ぶ」[6]を読み、丸一日は古典作文で「己を知り彼を知れば百戦百勝すの論」「潁考叔論」「雲は龍に従い風は虎に従うの論」「菜根を咬《か》み得れば百事なすべしの論」を書いた。

入学当初はもちろん最下級の三級生になるしかなく、寝室には机一と椅子一とベッ

2　儒教の経典『大学』『中庸』『論語』『孟子』を指す。

3　明清の科挙試験の際に用いる八つの「股（段落）」から成る文章。

4　徐君が夷君にこう言いました。「私は中華文明によって野蛮人を同化した例は知っていますが、野蛮人に同化された例は知りません。ところが今では様変わり、もずの鳴き声としか聞こえない奇妙な言葉（外国語）が、みな正しい標準的言語だというのです」

5　江南水師学堂のこと、一九一三年に海軍軍官学校に改名、さらに一九一五年に再び海軍雷電学校に改名された。

6　『春秋左氏伝』「隠公元年」の一句。正しくは「君子曰く、潁考叔は純孝なり。その母を愛し、施《ひ》いて荘公に及ぼす」で、「君子（左伝の作者）は、『潁考叔は大の孝行者である。自分の母を愛して、荘公にも母を愛させるに至った。……』とほめたたえた」という意味であり、潁考叔は春秋時代の魯国の国境の番人、荘公は魯国の君主。（鎌田正著、明治書院刊、新釈漢文大系第三〇巻『春秋左氏伝（一）』より）

ド一で、ベッドの長い敷き板も二枚しかない。上の一、二級生となると、机二と椅子二または三にベッド一で、ベッドの敷き板は三枚になる。教室に行くときも分厚い洋書を脇に抱え、意気揚々と歩いており、『潑頼媽《プライマー》』[7]一冊に『左伝』[8]四冊しか持たない三級生は顔を合わせることさえ憚られ、たとえ手ぶらでも、必ずや肱《ひじ》を張り、蟹のような姿で歩くので、下級生は追い抜くことなどとてもできない。この種の蟹式の名士たちとは、今では別れて久しいが、四、五年前のこと、なんと教育省のおんぼろソファーで、その姿を発見したものの、この旦那様は雷電学堂の出身ではなく、どうやら蟹式態度は、中国ではごくふつうのことなのだろう。

　愛すべきはマストだった。だが「東隣［日本］」の「支那通」が言うように、それが「挺然《ていぜん》たり翹然《ぎょうぜん》たり」で、何かの象徴であるというわけではない。[9]マストはあまりに高いので、カラスやカサギも、その中ほどの足場に留まるばかりなのだ。人が頂上まで登れば、近くは獅子山《シーツー》が見え、遠くは莫愁湖《モーチョウ》が望める——だが本当にそれほど遠くまで見えたかどうか、実は今ではそれほどはっきりとは覚えていないのだが。しかも下に網が張ってあり、危なくないので、たとえ落ちても、小魚が網に落ちるようなもの、それに網を張ってからは、誰も落ちてはいないという。

本来は校内にはほかに池があり、そこで学生に水泳を習わせていたのだが、二人の年少の学生が溺死してしまった。僕が入学したときには、とっくに埋め立てられ、そればかりか池の跡に、小さな関帝廟が建てられていた。廟の脇には字を書いた紙を燃やすためのレンガの炉があり、炉の上には横書きで大きく四文字が書かれていた——「敬惜字紙《つつしんでじしをおしむ》」[10]。残念なことに溺死した二人の幽霊は池がなくなったので、この世に戻るための身代わりを見つけられず、いつも付近を歩き回っていた——すでに「伏魔大帝関聖帝君」が鎮めているのだが。情け深い学校当局だったのだろう、毎年七月一五日には、いつも和尚の一団を体育館にお招きして、施餓鬼《せがき》供養をしており、赤鼻で肥った大和尚が毘盧帽《びるぼう》［毘盧遮那仏の像を刺繍した僧帽］をかぶり印を結んで呪文を唱

7　英単語 Primer の音訳で、初等教科書の意味。

8　『春秋左氏伝』の略称。春秋時代の歴史書『春秋』の注釈書。

9　安岡秀夫の著書『小説から見た支那の民族性』（一九二六）への諷刺。安岡は同書で中国人の民族性として、「過度に体面儀容を重んずること」「気が長くて辛抱強いこと」などとともに、「享楽に耽り淫風盛んなること」を挙げている。魯迅は繰り返し同書に批判的に言及している。

10　字を書いた紙を粗末に扱ってはならない。

えた。「回資囉《ホイツールオ》、普弥耶吽《プーミーイエホン》！　唵耶吽《アンイエホン》！　唵《アン》！　耶《イエ》！　吽《ホン》!!!」

　僕の死んだ先輩学生は関聖帝君に一年中押さえつけられているものの、このときだけはよいことがあるのだ——何がよいのか僕にはよく分からなかったが。そんなわけでこういうときには、僕はいつもこう思うのだ——学生たるものしっかり自分で気を付けなくては、と。

　ともかくも具合がよくないのだが、何の具合が悪いのか形容のしようがなかった。今ならほぼ近い言葉が見つかっている——「烏煙瘴気《うえんしょうき》」［悪い気が充満していること］でほぼ当たりである。ここを出て行くしかない。最近ではただ出て行くだけでも容易なことではなく、「正人君子」［品行方正な人格者］の類が、おまえはさんざん人の悪口を言って招聘状《しょうへい》を受け取っただの、「名士」気取りだのと、大まじめに皮肉を言い出しかねない。だが当時はこんな面倒なこともなく、学生がもらう手当も、一年目はわずか銀二両、初めの三カ月の見習い期間中だと小遣い銭五〇〇文だった。このため何の問題もなく、鉱路《こうろ》学堂[11]を受験したが、あるいは路鉱《ろこう》学堂だったろうか今ではよく覚えていないし、卒業証書も手元になく、調べようもない。試験は易しく、合格した。

今度はIt is a catではなく、Der Mann, Das Weib, Das Kind［ドイツ語で「男、女、

子供」の意」となった。だが漢文はあいかわらず「潁考叔《えいこうしゅく》は純孝と謂うべきのみ」で、それでもほかに『小学集注[12]』が加わった。作文の課題も多少変化し、「工《こう》、其の事を善くせんと欲すれば必ず先ず其の器を利《するど》くすの論[13]」などで、これまでは書いたことのないものだった。

そのほかいわゆる物理、地学、金石学……などがあり、どれもとても新鮮だった。ただし断っておかねばならない――後二者とは、今のいわゆる地質学と鉱物学で、地理学や金石文の研究ではない。それにしてもレールの横断面を書くのはちょっとややこしく、平行線はとりわけ苦手だった。だが二年目の校長は新党[14]で、彼は馬車に乗っているときはほとんど「時務報《シーウーパオ》[15]」を読んでおり、漢文の試験も自ら出題するのだが、

---

11 正式名称は江南陸師学堂付属鉱務鉄路学堂で、一八九八年一〇月開学、一九〇二年一月廃学。
12 宋代の朱熹《しゅき》の編集、明代の陳選《ちんせん》の註で、旧時代に塾で常用された初級読み物。
13 『論語』「衛霊公」篇にある言葉で、「大工はその仕事をよくしようと思えば、きっとまず使用する道具を鋭利にする」という意味。
14 清末に立憲君主制への改革を主張した変法維新派のこと。
15 梁啓超が上海で一八九六年に創刊した変法維新派の旬刊誌で、一万八〇〇〇部も売れて「雑誌王」と称されたが、戊戌政変直前の九八年七月に休刊した。

その問題は教員が出すものとはまったく別物だった。あるとき「華盛頓《ワシントン》論[16]」を出題したところ、漢文教師が不安そうに僕たちにこう聞きにきたのだ――「華盛頓《ホワショントウン》とは何かね……」

こうして新しい書籍の読書が流行し始め、僕も中国に『天演論』[17]という本があることを知った。日曜日に城南まで駆けつけて買ってみたところ、白紙の分厚い石版印刷の本で、値段は五〇〇文ちょうどだった。開いてみると見事な文章で、こんな書き出しだった。

「ハックスリ、一室に独居す。イギリスの南に在りて、山を背にし野に面すれば、窓外の風景、歴々として机下に在るが如《ごと》し。すなわち二千年前を懸想《けそう》するに、ローマの大将カエサル未だ至らざるとき、この間にいかなる景物ありや？ 計るに唯《た》だ天地の始めの混沌あるのみ……」

おお、実は世界にはハックスリというような人もいて書斎でこんなふうに考えていたのか、しかもこんなに新鮮な発想で、と一気に読み進むと、「生存競争」「自然淘汰」も出てくる、ソクラテス、プラトンも出てくる、ストア派も出てくるのである。

学堂では新聞閲覧所が設置され、「時務報《シーウーバオ》」は言うまでもなく、「訳学彙編《いへん》[18]」も置いてあり、その表紙の張廉卿《ちょうれんけい》[19]風の四文字が、青色印刷で大好きだった。
「おまえという子はどうもおかしい、この文章を持って帰り読むんだ、書き写して読んでみるんだ」こんな僕にある親戚の老人が厳しく意見して、新聞を渡した。貰って読んでみると、「臣許応騤《しんきょおうき》[20]跪いて奏するに……」というもので、この文章は一句も思い出せないが、ともかく康有為《カンヨウウェイ》の変法運動を弾劾《だんがい》したもので、書き写したかどうかも憶えていない。

そしてあいかわらず自分では何も「おかしい」とも思わず、暇さえあれば、いつものように大焼餅《シャオビン》やらピーナッツ、唐辛子を食べながら、『天演論』を読んでいた。だが僕たちもたいそう不安な時期を過ごしたことがある。それは二年目のこと、学

---

16 ワシントン（一七三二〜九九）、アメリカの独立運動指導者で初代大統領。

17 イギリスのハックスリ（一八二五〜九五）の『進化と倫理』（一八九三）を厳復《イエンフー》が翻案し一八九八年に刊行したもの（北岡正子著、関西大学出版部刊『魯迅 救亡の夢のゆくえ』より）。

18 正しくは「訳書彙編」、一九〇〇年一二月、日本で中国人留学生が創刊した雑誌で、ルソー『社会契約論』、モンテスキュー『法の精神』などを訳出連載した。

19 一八二三〜九四年。清代の古文家、書道家。

20 清朝光緒年間の礼部尚書で変法維新運動に反対した保守派。

校が廃止されるという噂が立ったのだ。それも無理からぬことで、この学堂の設立は、本来両江総督[21]（たぶん劉坤一《りゅうこんいつ》だったろう）が青龍《チンロン》山の炭鉱[22]は有望だと聞いて、その資金を当てにして着手したものなのだ。ところが開校を待って、炭鉱側は元からいた技師を辞めさせてしまい、何もわからぬ者に換えてしまった。その理由は、第一に、元の技師は給料が高すぎたこと、第二に、彼らは炭鉱開発など容易なことだと考えていたことである。こうして一年と経たないうちに、石炭がどこに埋まっているかもわからなくなってしまい、ついには掘り出した石炭で、やっとのこと揚水ポンプ二台を動かすというありさまとなり、水を汲み上げて石炭を掘り、掘り出した石炭で水を汲み上げているのだから、差し引きゼロの勘定となってしまう。炭鉱からの利益なしとなれば、鉱路学堂も当然不要となるのだが、なぜか分からないが、廃校の事態には至らなかった。三年目に僕たちが坑道に入って見たとき、その状況は実に荒涼としており、揚水ポンプは当然ながら動いているとしても、坑内には二〇センチ近くも水が溜まり、天上からもポタポタと落ちてきて、そんな中で数人の坑夫が幽霊のように働いているのだ。

卒業、それはもちろん誰もが待ち望んでいたのだが、実際に卒業となると、茫然自失となった。二、三回マストに登ったくらいで、見習い水兵にもなれないのは言うまでもなく、二、三年講義を聴き、二、三度坑道に下りたぐらいで、金銀銅に鉄や錫《すず》を掘り出せようか。実際、自分でも自信も何もなく、「工、其の事を善くせんと欲すれば必ず先《ま》ず其の器を利《するど》くすの論」を作文するような簡単なことではなかった。天上六〇メートルに登り地下六〇メートルに潜ろうとも、結果はやはりなんの取り柄もなく、学問とは「上は碧落《へきらく》を窮め下は黄泉《こうせん》、両処茫茫《ぼうぼう》として皆見えず」[23]なのだ。残る道はただ一つ――外国に行くことだ。

留学の件は、官僚も許可し、五名の日本に行くことが認定された。だがそのうちの一人は祖母が死ぬほど大泣きしたので、行かないことになり、四人が残った。日本は

21　清代には総督は地方の最高軍政長官で、両江総督は清代初期には江南・江西の両省を、康熙六年（一六六七）からは江蘇・安徽・江西の三省を管轄した。
22　現在の南京官塘炭鉱象山鉱区にある。
23　唐代の白居易『長恨歌』の一聯で碧落は天上を、黄泉は地下を指す。「上は青空のきわみ下は黄泉《よみ》国まで達したが／どちらも茫々として姿が見えぬ」という意味。（前野直彬訳、平凡社刊、中国古典文学大系第一八巻『唐代詩集（下）』より）

中国とはおおいに異なる、我々はどんな準備をすべきか？　ある先輩は、僕たちより一年早く卒業し、日本を視察してきたことがあるので、事情に詳しいはずだった。教えを請いに行ったところ、彼は大まじめにこう言った。

「日本の靴下は絶対に履けないので、中国の靴下を多めに持っていきたまえ。紙幣も不都合だ、所持金はすべて日本の銀貨に替えておくのがよかろう」

四人は仰せの通りにいたしますと答えた。実際に他人がどうしたか知らないが、僕はお金をすべて上海で日本の銀貨に替え、さらに十足の中国の靴下――真っ白な靴下を持参した。

その結果は？　結果は、制服に革靴だったので、中国の靴下はまったく役立たず、一元銀貨は日本ではとっくに廃止していたので、またもや損を覚悟で五十銭銀貨と紙幣に両替したのだった。

一〇月八日

藤野先生

東京もどうせこんなものだった。上野の桜が満開のころ、遠くから見ればたしかにふわりとした紅《くれない》の雲のようだが、花の下には群なす「清国留学生」の速成班[1]が付きもので、頭頂部に長い弁髪を巻き上げ、その上に学生制帽を被り、帽子のてっぺんを高々と突き出し、富士山にしているのだ。弁髪をほどき、頭上に平たく盛った者もおり、制帽を脱ぐと、髪油で光る様子は、さながら若い娘の髷《まげ》のよう、そのうえ今にも首をくねくねさせんばかりだ。まったくお美しい限りである。

中国留学生会館の門衛室では数種の本を売っているので、時々覗いてみる価値があり、午前中であれば、奥にある幾つかの洋間で腰を下ろすこともできた。ところが夕方になると決まって、ひと間の床がドンドンと天にも届かんばかりに鳴り響き、しかも部屋中にほこりが舞っているので、事情通に聞いたところ、「あれはダンスの稽古だ」との答えだった。

よその土地に行ってみる、というのはどうだろう?

こうして僕は仙台の医学専門学校に行った。東京を出てまもなく、ある駅に着くと、日暮里《にっぽり》と書いてある。なぜか、今もこの名前を覚えている。その次は水戸しか覚えていないが、ここは明の遺民朱舜水《しゅしゅんすい》[2]先生が客死したところである。仙台は市ではあったが、大きくはなく、冬の寒さは厳しく、中国の学生はまだいなかった。

物には希少価値ということがあるだろう。北京の白菜が浙江《チョーチアン》省まで運ばれると、赤紐で根元をくくられ、果物屋の店先に逆さに吊され、「山東白菜」と尊重されるいっぽう、福建省で野生しているアロエが、北京に行くと温室にお通しされて、その名も「竜舌蘭」と美化される。僕の仙台行きもおおいに同じような優遇を受け、学校は学費を取ろうとせず、二、三人の職員が僕の食事や下宿の世話までしてくれた。僕はまず刑務所の脇の旅館に住んだところ、初冬でかなり寒かったというのに、蚊が多く、やがて布団で全身を覆い、服で顔を包んで、息をする鼻の穴二つだけを残すことにした。いつも呼吸をしているこの場所には、蚊も食いつけず、ぐっすり安眠できた。食事も悪くなかった。ところがある先生がこの旅館は囚人の食事も請け負っており、そんなところに住むのは具合が悪いと考え、繰り返し繰り返し僕にそう言うのだ。旅館が囚人の食事も作ることと僕とは関係ないと思ったが、ご好意を無にはできず、ほかに程よい住まいを探すはめとなった。そこで別のところに移ったので、監獄からは遠くなったものの、残念ながら毎日毎日喉に引っ掛かるサトイモの茎のみそ汁を飲まねばならなかった。

　こうして多くの新しい先生に接し、多くの新鮮な講義を聴くことになった。解剖学は二人の教授が分担していた。最初は骨学だった。そのとき入ってきたのは、色黒の痩せた先生で、八の字ひげに、眼鏡を掛け、大小の本を重ねて脇に抱えている。本を教卓に置くと、ゆっくりとして抑揚をつけた大きい声で、学生に向けて自己紹介をした。

「私が藤野厳《げん》九郎《くろう》と申す者であります……」

1　嘉納治五郎が設立した中国人留学生用の予備校、弘文学院速成班を指す。魯迅も一九〇二年に留学後、二年間、同班で学んだ。

2　朱《チュー》舜《シュン》水《シュイ》（一六〇〇〜八二）、名は之瑜、号は舜水。魯迅と同郷の浙江省余姚《よよう》出身。明の滅亡後、日本に亡命し徳川光圀に招かれ儒学を講じ、水戸学に影響を与えた。

後ろで数名の笑い声がした。先生は続けて解剖学の日本における発展の歴史を語り、あの大小の本とは、初期から現在に至るまでのこの学問に関する書籍だとわかった。最初の何冊かは線装本《いとじ》で、中国の翻訳書をそのまま再製したものもあり、彼らの新しい医学に関する翻訳と研究は、中国より早くはなかった。

後ろに座って笑い声を上げたのは前の年に落第した留年生で、すでに学校で一年過ごしており、事情にとても詳しい。彼らは新入生に各教授の来歴を講演した。この藤野先生は、衣服に無頓着で、ネクタイを締め忘れることさえあり、冬は古い外套を着て、ブルブル震えており、一度汽車に乗ったところ、彼をスリかと疑った車掌が、車内の乗客にみなさまご用心と呼びかけたという。

彼らの話はおそらく本当だろう——僕もこの目で先生がネクタイをせずに講義をするのを見たことがあるからだ。

一週間が過ぎ、おそらく土曜日のことだったろう、先生の助手が僕を呼びに来た。研究室に行くと、先生は人骨とたくさんの頭蓋骨に囲まれて座っていた——そのときちょうど頭蓋骨の研究をしており、のちに論文を書いてこの学校の雑誌に発表している。

「私の講義ですが、君はノートが取れますか」と先生はたずねた。

「少し取れます」

「それなら見せてごらん」

僕が講義ノートを渡すと、先生は受け取り、二、三日後に返してくれただけでなく、今後は毎週持ってきて見せるように、と言った。返してもらったノートを開けて、僕はひどく驚くと同時に、不安と感激を覚えた。なんと僕のノートは最初から最後まで、赤ペンで加筆修正されており、さらに取り損ねた部分がたくさん書き足されており、文法的な間違いも、一つ一つ訂正してあるのだ。これが先生の担任科目が終わるまで続いた——骨学、血管学、神経学だ。

それなのにあのころの僕ときたらサボってばっかり、ときには好き勝手さえしていた。あるとき先生が僕を藤野研究室に呼び出して、僕のノートの解剖図のページを広げ——それは下腕の血管だった——指差しながら、おだやかに言った言葉が今も忘れられない。

「見てごらん、君はこの血管の位置を少しずらしている。——もちろん、こんなふうにずらすと、たしかに少しはきれいに見えますが、解剖図は美術ではなく、実物がそうであるからには、私たちには取り替えようがないのです。君の図は私が直しておいたから、これからは黒板に書いた通りに写しなさい」

だが僕は不満で、口ではハイと答えたものの、胸の内ではこう考えていた。

「図はやはり僕のほうが上手だし、実際のようすなら、もちろん胸の内で記憶しているのに」

学年試験が終わると、僕は東京に行って一夏遊んでから、初秋に再び学校に戻ったところ、成績はとっくに発表されており、同期百人ほどの中で、僕は真ん中だったが、落第ではなかった。新年度の藤野先生の担当科目は、解剖実習と局所解剖学だった。

解剖実習が始まって一週間ほどすると、先生はまたもや僕を呼び出し、上機嫌で、例の抑揚のある大きい声でこう言った。

「中国人は霊魂を尊ぶと聞いていたので、君が死体の解剖を嫌がるのではないかと、心配していたのです。今やっと安心しました――そんなことはなかったので」

もっとも先生は時々僕を困らせることもあった。中国の女性は纏足《てんそく》していると聞いたが、細かい様子がわからない、そこで足の縛り方、足の骨の奇形化について僕に教えてほしいと言い、「いったいどんなものなのか、やはり見ないことにはわかりませんね」と溜め息をつくのだ。

ある日、クラスの学生会幹事が僕の下宿にやってきて、ノートを貸してほしいという。僕が探し出して彼らに渡すと、ざっとページをめくっただけで、持って行きはしなかった。だが幹事たちが帰ると、郵便配達が分厚い封書を届けてきたので、封を切って読んでみると、初めの一句はこうだった。

「汝、悔い改めよ！」

これは『新約聖書』の言葉なのだが、当時トルストイが引用していた。そのころはちょうど日露戦争の最中で、老トルストイ先生がロシアと日本の皇帝に手紙を書いており、その冒頭がこの一句なのである。日本では新聞が不遜であると非難を浴びせ、愛国青年も憤っていたが、それでもいつのまにか彼の影響を受けていたのだ。続く言葉は、昨年度の解剖学試験の問題は、藤野先生がノートにしるしを付けていたので、僕は事前に問題を知っており、それでこんな成績を取れたのだというような内容である。文末は匿名だった。

これで僕は数日前のある事を思い出した。クラス会を開くというので、幹事が黒板に通知を書いたのだが、その結びの一句が「全員漏れなく出席されたし」で、しかも

「漏」の字の脇に傍点が付いていたのだ。そのとき僕は傍点なんておかしいと思ったものの、まったく気にしなかったのだが、今回のことでこの「漏」の字も僕への諷刺で、僕に教員から問題が漏れていたという当てこすりだったのだ。

僕がこのことを藤野先生に話したので、僕と親しいクラスメート数人もたいそう怒って、いっしょに幹事の元に行き口実を設けて検査をするとは無礼だと詰め寄り、検査の結果を発表するようにと迫った。結局こんな噂は消え、幹事も例の匿名の手紙を回収しようと、必死になって運動し始めた。最後には僕もこのトルストイ式の手紙を彼らに返してやった。

中国は弱国なので、中国人は当然のこと低能児、点数六十点以上とは、自分の能力ではないと、彼らが疑うのもふしぎではないのだ。だが僕は続けて中国人の銃殺を参観する運命となった。二年になると細菌学が加わり、細菌の形状はすべて幻灯《スライド》で見せており、一段落して終わってもまだ授業終了まで時間が余っていると、時事の幻灯を映したが、当然すべて日本がロシアに勝っている場面だ。だがたまに中国人がその中に混ざることがあり、ロシア人のためにスパイとなり、日本軍に捕まって、銃殺されるところで、周りを囲んで見ているのも一群の中国人、講義室にはもう一人僕がいた。

「万歳！」と彼らは拍手して歓声をあげる。

こんな歓声が、一枚見るたびにあがっていたのだが、僕にとって、このときの歓声はとくに耳に突き刺さった。その後中国に帰ってから、銃殺される犯人を暇そうに見ている人々を見ると、彼らも酒に酔ったかのように喝采するではないか――ああ、どうしようもない！　だがこのときこの地で、僕の考えは変わったのだ。

第二学年が終わると、僕は藤野先生を訪ねて、医学の勉強は止めにして、この仙台からも出て行きたいと話した。先生は悲しそうな表情を浮かべ、何か言いたそうではあったが、結局何も言わなかった。

「僕は生物学を勉強するつもりなので、先生が教えて下さった学問は、また役に立ちます」実は僕は生物学を勉強するつもりなどまったくなかったが、先生の悲しそうな顔を見て、慰めようと嘘をついたのだ。

「医学のために教えた解剖学など、生物学には大した助けにはならんでしょう」と先生は溜め息をついた。

仙台を去る数日前に、先生は僕を自宅に呼んで、一枚の写真をくださり、その裏には「惜別」の二文字を書いておられ、僕のを一枚欲しい、と先生は言った。ところがあいにくこのときの僕には写真がなく、先生は将来撮影したら郵送するように、そして折にふれ手紙を書いて今後の境遇を知らせるように、と繰り返しおっしゃった。

僕は仙台を離れた後、何年も写真を撮ることもなく、境遇も思わしくなく、話したところできっと先生を失望させるだけなので、手紙さえ書けなかった。過ぎ去りし歳月が多くなるほど、さらに話の書きようもなくなり、ときに手紙を書こうと思っても、やはり書き出しにくく、こうして今に至るまで、一通の手紙も一枚の写真も送ったことがない。先生から見れば、出て行ったきり、まったく音沙汰なしなのだ。

それでもなぜか、僕が今も折にふれ先生を思い出すのは、わが師と仰ぐ人の中でも、先生は僕を最も感激させ、僕を激励してくださった人だからだ。折にふれ僕はよく思うのだ——先生の僕に対する熱心な希望と、厭きることのない指導とは、小さく言えば、中国のためであり、中国に新しい医学が現れることを希望していたのであり、大きく言えば、学術のためであり、新しい医学が中国に伝わることを希望していたのである。先生の個性は、僕の目の中でも心の中でも偉大である——先生の名前は決して多くの人に知られているわけではないのだが。

先生が直してくださったノートを、僕が厚手の三冊に装幀し、大事にしまっておいたのは、永久の記念としたかったからである。不幸にも七年前の転居の際に、途中で書籍用のひと箱が壊れて、中味の半分がなくなってしまい、あいにくこのノートも遺失物の中に入っていたのだ。運送屋に責任をもって探すようにと命じたが、何の返事もない。先生の写真だけが今も僕の北京での仮住まいの東側の壁、机の真向かいに掛かっている。夜中に疲れて、怠け心が出てくるたびに、仰向いて明かりの中に照らし出される先生の痩せた色黒い顔をひと目見ると、今にも抑揚のある大きい声で話し出さんばかりのようすで、僕はハッと良心を取り戻し、勇気も増して、そこでタバコに火を付けては、再び「正人君子」の輩からおおいに嫌われ憎まれる文章を書き出すのだ。

一〇月一二日

范愛農《ファンアイノン》

東京の下宿では、僕たちはふつう朝起きるとまず新聞を読んだ。学生が読むのは「朝日新聞」と「読売新聞」が多かったが、社会面の雑多な記事が大好きな者は「二六新報」を読んだ。ある朝、いきなり目に飛び込んできたのが中国発の電報で、次のような内容だった。

「安徽《あんき》巡撫《じゅんぶ》〔清代の省長〕恩銘《エンミン》、Jo Shiki Rin に暗殺され、刺客は逮捕」

皆はびっくりしたが、すぐに目を輝かせて互いに報せあい、この刺客は誰か、漢字ではどの三文字かと調べた。だが紹興の人で、ガリ勉でなければ、すぐにわかっていた。それは徐錫麟《シュイシーリン》[1]で、彼は留学から帰国すると、安徽省の候補道員[2]となり、警察関係の仕事をしていたので、省長刺殺には格好のポストにいたのである。

皆は続けて彼が極刑に処せられ、家族も巻き添えになるだろうと予測した。まもなく秋瑾《チウチン》[3]さんが紹興で殺害されたというニュースが伝わり、かの徐錫麟《シュイシーリン》は心臓を剔《えぐ》られ、省長の恩銘《エンミン》の護衛兵がそれを炒めて食ってしまったという。人々は怒りに燃えた。そこで数人で秘密集会を開き、旅費を集め、こういうときには日本の浪人を使おうということになり、スルメイカで酒を飲み、おおいに義憤を語り合った後、浪人は徐錫麟《シュイシーリン》氏の家族を迎えに旅立った。

　さらに例によって同郷会が開かれ、烈士を追悼し、満州民族を罵倒したのだが、続けて北京に電報を打ち満州政府の非道を厳しく非難すべし、と主張する者が現れた。出席者は即座に両派に分かれた――電報打つべしと、打たぬべしとの二派だ。僕は電報打ての主張であったが、僕がそう言うと、鈍重そうな声が上がった――

1　徐錫麟《じょさくりん》（一八七三～一九〇七）。清末の革命団体光復会の主要メンバー。
2　道員は清代の省内各部門の長官。清代には科挙あるいは献金などにより道員の官位を取得できたが、職務があるとは限らず、待機中の者を候補道員と称した。
3　秋瑾《しゅうきん》（一八七七～一九〇七）。浙江省紹興出身。夫と子供を中国に置いて一九〇四年に日本に留学し革命運動に参加、一九〇六年に帰国して紹興で師範学堂を設立した。徐錫麟に呼応して浙江省での同時蜂起を計画したが、清朝政府に逮捕されて、紹興の軒亭口で死刑となった。

「殺《や》られる者は殺られてしまい、死ぬ者は死んじまったんだ、それでもつまらん電報なんぞを打つのかね」

それは大柄で、髪が長く、白眼ばかりが多く黒眼の少ない男で、人をバカにしたような目つきをしている。彼は畳にうずくまり、僕が発言するたびに反対するので、以前から奇妙に感じて、彼には用心していたのだが、このときになって初めて人に聞いてみた——こんなことを言うのは誰なのか、こんなに冷たいことを言う奴は。すると知人が教えてくれた——彼は范愛農《ファンアイノン》で、徐錫麟《シュイシーリン》先生の学生なのだ、と。

彼は人でなしだ、自分の先生が殺されたというのに、電報一本打つのも恐れるとは、と僕はひどく憤慨し、そこで意地になって電報打つべしを主張し、彼と争った結果、電報打つべし派が多数を占め、彼は負けた。その次は電文起草者を選ばねばならない。

「選ぶまでもないだろう。当然電報打つべしの者だろうよ」と彼が言った。

この言葉はまたもや僕への当てこすりだが、それなりに筋は通っていると僕は思った。それでも僕はこの悲壮なる文章は烈士の生涯をよく知る人が書くべきであり、そういう人はほかの人よりも関係がより密接であるため、胸の内の悲憤はさらに深く、その文章は間違いなくより人を感動させることだろうと主張した。こうしてまたもや論争となった。その結果、彼も書かず僕も書かずとなったため、誰かが書くこととなり、それで解散し、起草係が一人と、電文ができたら打ちに行く幹事が一人か二人残った。

以来僕は范愛農《ファンアイノン》とは奇妙な奴で、しかも憎むべき奴だと思うようになった。天下で憎むべきものとして、当初は満州人を考えていたが、このときようやくそれは二の次で、范愛農《ファンアイノン》こそ第一だと知ったのだ。中国は革命しないというのならそれまでのこと、だがもし革命するのなら、まず范愛農《ファンアイノン》を除かねばならない。

もっともこんな考えもその後は次第に薄らいだようすで、最後には忘れてしまい、その後は僕たち二人も二度と会うことはなかった。革命の前年になると、僕は故郷で教員をしており、おそらく晩春のころだろう、ふと知人の応接間で一人の男を見かけ、たがいにジイーッと見つめ合うこと二、三秒、僕たちは同時に声を出した。

「おやおや、君は范愛農《ファンアイノン》か！」

「おやおや、君は魯迅《ルーシュン》か！」

なぜか僕たち二人が笑い出したのは、お互いにあざ笑い憐れんでいたからだ。彼の目つきはあいかわらずだったが、ふしぎにも、わずか数年で、髪に白いものがまじっていた――もともと白髪があったのに、以前の僕が気づかなかったのかもしれないが。彼はくたびれた木綿の馬褂《マークワ》［長衫《チャンシャン》の上に着る短い上着］に、履き古した布靴という装いで、ひどく困っているようすだった。そして自分の経歴を語り出し、その後学費がなくなり、留学を続けられず、帰ってきたという。故郷に帰ったものの、軽蔑され、排斥され、迫害されて、身を寄せる場もないほどだった。今では田舎に隠れて、小学生数人を相手に教えて食いつないでいる。それでも時々息苦しさに耐えかねて、定期船で街に出てくるのだ。

今ではよく酒を飲むとも言うので、二人で酒を飲んだ。それ以来、彼は街に来るたびに必ず僕を訪ねてくるので、すっかり親しくなった。僕たちは酔っぱらうと愚にもつかぬ馬鹿話を話し出すので、たまにそれを聞いた母が吹き出すこともあった。ある日ふと東京で同郷会が開かれたときのことを思い出した僕は、彼に聞いてみた。

「あの日君は僕に反対ばかりしていたし、しかもわざとそうしていたようだけど、いったい何のためだったんだい？」

「君は知らなかったのか？　僕はずっと君が嫌いだったんだ――僕だけじゃあない、僕たちだ」

「あの同郷会の前から、僕が誰なのか知ってたのかい？」

「当たり前さ。僕たちが横浜に着いたとき、迎えに来たのが子英《ツーイン》[4]と君だったろう。君は僕たちをバカにして、首を振ったんだが、自分でもまだ覚えているかい」

しばらく考えると、思い出してきた——七、八年前のことなのだが。あのときは子英《ツーイン》が僕のところに来て、新しく留学してくる同郷人を横浜まで迎えに行こうと誘ったのだ。汽船が到着すると、大勢固まっていると見えたのは、おそらく十数人いたからだろう、上陸すると荷物を税関まで運んで検査を受けるのだが、税関吏は衣装箱の中をひっくり返すうちに、一足の刺繍した纏足《てんそく》靴を見つけると、公務を放り出し、これを手に取ってしげしげと眺めていた。僕はひどく腹を立て、このろくでなし共が、なんでこんな物を持ってきたんだ、と心の中で考えていた。自分では気づかなかったが、このとき首を振ったのかもしれない。検査が終わると、旅館で一休みして、すぐに汽車に乗らねばならない。ところがなんとこのインテリたちときたら車内でも席の譲り合いを始め、甲が乙にこちらへお掛け下されと言えば、乙は丙にお掛け下されと言い、

4　陳子英《チェンツーイン》（一八八二～一九五〇）、浙江省紹興出身。魯迅の友人。

譲り合いが終わらないうちに、汽車が出発、車体がグラリと揺れたので、即座に三、四人がぶっ倒れた。僕はこのときもひどく腹を立て、秘かにこう考えていた――汽車の座席にまで、長幼の序をつける気なのかい……。自分では気づかなかったが、また首を振ったのかもしれない。ところがあの礼儀正しい譲り合いの人物の中に范愛農《ファンアイノン》がいたとは、今日初めて知ったのだ。いや彼だけでなく、考えてみれば恥ずかしいことだが、その中には、のちに安徽で戦死した陳伯平《チェンボーピン》[5]烈士や、処刑された馬宗漢《マーツォンハン》[6]烈士もおり、監獄に囚われ、革命後に陽の目を拝めたものの体にはいつまでも拷問の傷跡を残していた人もひとり二人はいた。ところが僕ときたら何も知らずに、首を振りながら彼らを東京まで運んだのだ。彼らと同じ船で来た徐錫麟《シュイシーリン》先生が、この車中にはおられなかったのは、彼は神戸から夫人と共に陸路で汽車に乗ったからである。

思うに僕があのとき首を振ったのはおそらくこの二回のことだろうが、彼らが見たのがどちらかはわからない。席の譲り合いは大騒ぎだったが、荷物検査は静まりかえっているので、きっと税関でのことだろう、ためしに愛農《アイノン》に訊ねたところ、やはりそうだった。

「君たちがどうしてこんな物を持ってきたのか僕には理解できないよ。誰のだったんだい？」

「先生の奥さまのものに決まっているだろう」彼は例の白眼をギョロリとさせた。「東京に着いたら纏足を隠してふつうの足の振りをしなくちゃならんのに、どうしてこんな物を持ってきたんだい？」

「知るものか。奥さまに聞くがいいさ」

初冬を迎えると、僕たちの暮らしはいっそう苦しくなったが、あいかわらず酒を飲み、冗談を言っていた。そこに突然、武昌蜂起[7]となり、続けて紹興の光復[8]であった。翌日愛農《アイノン》が街に出て来ると、農夫が愛用する毛織りの帽子を被っており、その笑顔ときたらこれまで見たこともないものだった。

5　一八八五〜一九〇七年。浙江省紹興出身。徐錫麟の蜂起に参加して、武器庫での闘いで戦死。

6　一八八四〜一九〇七年。浙江省余姚出身。徐錫麟の蜂起に参加して、武器庫を占拠したが弾薬が尽きて逮捕され、拷問を受けた後処刑された。

7　一九一一年一〇月一〇日に武昌で革命派の軍隊が蜂起して辛亥革命が始まった。

8　一九一一年一一月四日に紹興府は杭州が革命軍に占領されたと聞いて、即日、光復（清朝からの離脱）を宣言した。

「迅《シュン》君、今日は酒はやめにしよう。僕は清朝から離脱した紹興を見たいんだ。一緒に行こう」

　僕たちが街に出て一通り歩くと、どこも白旗だらけだった。[9] もっとも上辺はそうだが、中味は旧態依然としており、あいかわらず旧来の郷紳[10]が数人集まって組織した軍政府で、ナントカ鉄道の株主が行政局長で、両替屋の主人が兵器局長で……。この軍政府も結局短命で、若者数人が騒ぐと、王金発《ワンチンファー》[11]が兵を率いて杭州から進軍してきたからで、もっとも若者の騒ぎがなくともやって来たことだろう。彼は紹興入りした後、多くの閑人や新入りの革命党に取り囲まれ、王《ワン》都督［辛亥革命当時の地方の最高軍政長官］とたてまつられた。役所の連中も、木綿服だったのが、十日も経たずして毛皮に衣替えした――まだ寒くもないというのに。

　僕は師範学校の校長という飯の種をあてがわれ、王《ワン》都督が二〇〇元の校費をくれた。愛農《アイノン》は学監となり、あいかわらず例の木綿の服を着ていたが、あまり酒を飲まなくなり、雑談する暇もほとんどなくなった。彼は事務を執り、授業も持ち、ひどく忙しかったのだ。

「やっぱり駄目です、王金発《ワンチンファー》の連中は」去年僕の授業に出ていた若者が訪ねてきて、こんなふうに憤慨した。「僕たちは新聞を出して、連中を監督したいのです。しかし発起人には先生の名前を借りなくてはなりません。ほかに子英《ツーイン》先生、徳清《トーチン》[12]先生もです。社会のためですから、先生はお断りにならないと僕たちは考えています」

僕は承知した。二日後に新聞創刊のビラが現れると、発起人はたしかに三人だった。五日後に新聞が出たが、冒頭から軍政府とその中の人々に罵声を浴びせ、続けて王《ワン》都督や、都督の親戚、同郷人、お妾さん……と罵倒し続けた。

こうして罵声が十日あまりも続くと、わが家にこんな情報が届いた――お前たちが金をだまし取り、その上罵倒するものだから、都督は使いを出しピストルでお前たち

9　伝統的に「白旗」は投降の意思を表し、辛亥革命時にも紹興の人々は革命軍への帰順と歓迎の気持ちを表した。
10　地主や退職官僚など、地方の有力者。
11　王金発《おうきんはつ》（一八八二～一九一五）、浙江省嵊《じょう》県出身。元は秘密結社の首領で、のちに革命組織の光復会に参加、袁世凱独裁に反対する。第二革命後に袁世凱の配下に杭州で殺害された。
12　孫徳卿《スントーチン》（一八六八～一九三二）のこと。浙江省紹興出身。当時は進歩的郷紳で、反清革命運動にも参加したことがある。

を撃ち殺す。

ほかの人は気にしなかったが、最初に慌てたのは僕の母で、もう出歩かないでと再三頼むのだった。しかし僕はあいかわらず出歩き、王金発《ワンチンファー》が僕たちを撃ち殺したりはしない、彼は〝山賊大学〟の出とはいえ、そんな簡単に人殺しはしないから、とも説明した。しかも僕が受け取ったのは学校運営費で、この点は彼もよく分かっているはず、脅しているだけでしょう。

はたして殺しにはこなかった。手紙を書いて経費を請求して、再び二〇〇元を受け取った。だが怒っているようすで、次回の請求には、もう応じない、と同時に伝達してきた。

それにしても愛農《アイノン》が入手した新情報には、困ってしまった。実は「だまし取った」というのは、学校経費のことではなく、別途に新聞社に送ったお金のことだったのだ。新聞で数日罵声をあげていると、王金発《ワンチンファー》は使いを出して五〇〇元を届けたのだった。そこで我らが若者たちは会議を開き、その第一の議題は「受け取るかどうか」であった。結論は、受け取る、だった。第二の議題は、受け取った後には罵倒するかどうかであった。結論は、罵倒せよ。その理由は、お金を受け取るからには、彼は出資者であり、出資者が間違っていれば、当然罵倒すべきである。

僕は直ちに新聞社に行き事の真偽を糺《ただ》した。すべて真実だった。このお金は受け取るべきでなかったと話し出すと、会計係と名乗る者が、不機嫌になり、僕にこうたずねた。

「なぜ新聞社が出資金を受け取ってはいけないんですか？」

「これは出資金ではない……」

「出資金でなければ何ですか？」

僕がこれ以上話すのを止《や》めたのは、この程度の常識ならとっくに知っていたし、もし僕が自分たちまで巻き添えになると言えば、彼はなんの値打ちもない命を惜しみ、社会のための犠牲的精神を欠くとは何事かと面と向かって僕を非難するか、明日の新聞に僕が死を恐れてブルブル震えていたという記事が載ることだろう。

ところが折よく、季茀《チーフー》[13]が手紙を寄こして南京に来るようにと誘ってくれた。愛農《アイノン》も

13 許寿裳《シュイショウシャン》（一八八三～一九四八）のこと。浙江省紹興出身。魯迅の日本留学時代の親友。

大賛成だったが、とても寂しそうでもあった。

「ここもこんなざまで、住めたものじゃない。早く行くといい……」

僕は彼の無言の言葉が分かり、南京行きを決意した。まず都督府に行き辞職すると、すぐに許可され、鼻水を垂らした接収担当者を送り込んできたので、僕は帳簿と残金一〇銭に銅貨二枚を渡すと、これで校長ではなくなった。後任は孔子教会長[14]の傅力臣《フーリーチェン》だった。

新聞社事件が決着したのは僕が南京に行って二、三週間後のことで、一群の兵士による打ち壊しにあったのだ。子英《ツーイン》は農村部にいたので、無事だったが、徳清《トーチン》はたまたま市内にいて、太股を刀で突き刺された。彼は激怒した。当たり前だ、この傷はかなり痛いのだから、無理もない。激怒した彼は、服を脱いで写真を撮り、幅二、三センチの刀傷の証拠とし、さらに状況を説明した文章を書き、各方面に送って、軍政府の横暴ぶりを宣伝した。今では保管している人もいないだろうが、この写真はサイズが小さすぎて、刀傷は縮小されてほとんど無きに等しく、もしも解説がなければ、見た人はきっと頭のおかしい好色家のヌード写真と思うだろうし、孫伝芳《スンチュアンファン》[15]将軍のお目に止まれば、発禁処分を受けることだろう。

僕が南京から北京に移ったとき、愛農《アイノン》も孔子教会会長の校長の指図により学監を辞めさせられた。彼は再び革命前の愛農《アイノン》となったのだ。僕が彼のために北京で簡単な仕事を探そうと思っていたのは、彼のたっての望みであったからだが、機会はなかった。彼はその後知人の家で居候となり、僕によく手紙をくれたが、暮らし向きは悪化のいっぽうで、文面も痛ましかった。ついにはこの知人の家も出なくてはならず、各地を流浪した。そしてまもなく、突然同郷人から報せが届き、彼が水に落ちて溺死した、と言ってきた。

僕は自殺ではないかと疑った。彼は泳ぎが得意で、容易に溺死するはずがないからだ。

夜一人で会館[16]にいると、あまりに悲しく、この報せも不確かではないかと疑ったが、

14　原文は「孔教会」。袁世凱の復活のために活動した孔子崇拝派の組織で、一九一二年一〇月、上海で成立、翌年北京に移った。紹興の孔子教会会長は清代の挙人であった。
15　一八八五〜一九三五年。北洋軍閥の一人で、一九二六年夏に礼教を守るため、上海美術専門学校のヌード・モデル採用を禁止した。
16　北京の紹興会館のこと。魯迅はここに一九一二年五月から一九年一一月まで住んでいた。

わけもなくそれが確実なことにも思えた——証拠もないのだが。どうしようもなく、四首の詩を作り、後にある新聞に発表したが、今ではほとんど忘れてしまった。[17]覚えているのは一首のうちの六句だけで、はじめの四句は「酒を把《と》りて天下を論ずれば、先生は酒人を小とす。大圜《たいえん》猶《な》お酩酊す、微酔合《まさ》に沈淪《ちんりん》すべし」あいだの二句は忘れてしまったが、結びは「旧朋《きゅうほう》雲散して尽き、余亦《ま》た軽塵《けいじん》に等《ひと》し」[18]だった。

後に僕は故郷に帰って、ようやく詳しい事情がわかった。愛農《アイノン》が以前何も仕事がなかったのは、皆が彼を嫌っていたからだった。彼はとても困っていたが、酒を飲んでいたのは、友人が奢ってくれたからだ。彼はすでにごく少数の人としか付き合わなくなっており、よく会うのはその後に知り合った数人の少し年少の者に限られていたが、彼らもあまり愛農《アイノン》の愚痴には付き合いたがらず、面白い話を聞きたがっていたようだ。

「明日にでも電報が届くかも、そいつを開けてみれば、魯迅《ルーシュン》が俺を呼んでくれてるに違いない」彼はいつもこう言っていた。

ある日、数人の新しい友人が彼を誘って船で芝居見物に出かけたところ、帰りは夜半を過ぎてしまい、激しい風雨となっていたのだが、彼は酔っており、どうしても船べりに出て小用をするんだと言いはった。皆が止めたが、彼は聞き入れず、落ちるはずがないと自分では言っていた。だが彼は落ちてしまい、泳げるはずなのに、その後浮き上がってはこなかった。

翌日遺体を引き揚げに行ったところ、菱の茂みで見つかった死体は、直立していた。僕には今でも結局彼が足を滑らしたのか自殺したのかわからない。

彼は一文無しで死に、幼い一人娘と夫人が遺された。数人の者が彼の娘の将来を考え多少のお金を集めて学費の基金としようとしたが、提案がなされるや、一族の者がそのお金をめぐって争い始めたので――実はまだそのお金は集まっていないのに――

17 実際には魯迅は、黄棘という署名で三首を一九一二年八月二一日の紹興「民興日報」に発表し、のちに自らの詩文集『集外集』に収録した。

18 「先生（范愛農）は酒杯を手に天下の形勢を論ずることこそ好まれたが、ただの酒飲みはばかにしておられたものだ。／お天道様さえ酔っぱらわれているこのご時世、／旧友たちは雲のように散ってしまって、みんな姿を消した。／私も塵あくた同然の人間だから、先生の死を前にして、何ができようか」（入谷仙介訓読・訳「范愛農を哭す」一九八五年、学習研究社刊、魯迅全集第九巻『集外集』より）

みな興醒めして、話は立ち消えになった。

今ごろ彼の一人娘の暮らし向きはどうであろうか。もしも学校に通っているとすれば、中学はすでに卒業しているはずなのだが。

一月一八日

付録

——『吶喊《とっかん》』より

自序

私も若いころにはたくさんのことを夢見て、それももうほとんど忘れてしまったが、自分でも別に惜しいとは思わない。いわゆる思い出とは、人を楽しませるものでもあるが、ときには人を寂しくさせるものでもあり、過ぎ去った寂しい歳月に精神の糸をなおもつないでおいたとしても、なんの意味もあるまいし、私はむしろすべて忘れられないことが苦しく、完全に忘却できなかったその一部が、今になって『吶喊《とっかん》』の由来となったのだ。

私は四年ほど、しばしば——ほとんど毎日、質屋と薬屋に出入りしていたことがあり、何歳だったか忘れたが、ともかく薬屋の帳場は私の背と同じ高さ、質屋のは私の倍の高さで、この倍の高さの帳場で服や髪飾りを渡し、蔑みを受けながらお金を受け取り、もういちど私と同じ高さの帳場で長患いの父の薬を買ったのだ。帰宅後も、さらに忙しかったのは、その処方箋を書くのは最も有名な医者なので、使用する補助薬も奇妙なもので、冬の葦の根やら、三年霜にあたったサトウキビ、もともと同じ巣にいたコオロギ一対、実を結んだ平地木……、多くはなかなか手に入らないものだった。しかし私の父は日増しに悪化して亡くなった。

まあまあの暮らしから困窮状態に落ちた人なら、その過程で、おそらく世間の人の本性を見ることだろう。私がNに行きK学堂[1]に入ろうとしたのは、別の道を歩みたい、異郷に逃れ、別種の人たちを探したいと思ったからだろう。母は仕方なく、八元の旅費を工面し、好きなようにしなさいと言ったものの、彼女が泣き出したのも無理もないことで、当時は学んで科挙の試験を受けるのが正しい道であり、いわゆる洋学を学ぶとは、社会的には行き所のない者が、やむを得ず魂を毛唐に売り渡すようなもの、特段の軽蔑と排斥を受けることになり、そのうえ彼女は自分の息子に会えなくなるからだ。それでも私はそんなことに構っていられず、ついにNに行きK学堂に入ったところ、この学堂で初めて、世間にはいわゆる物理や数学、地理、歴史、図画に体操があることを知ったのだ。生理学は教えなかったが、私たちは木版の『全体新論』や『化学衛生論』といったものは目にした。それまでの医者の見解と処方を、現在わかったことと比べると、伝統的中国医〔日本の漢方医に相当する〕とは意識的あるいは無意識的なペテンであるとしだいに考えるようになり、同時に騙されている病人とその家族への同情を抱くようになったことを今でも覚えている。さらに翻訳された歴史により、日本の明治維新の多くが西洋医学に端を発しているという事実も知った。

こんな幼稚な知識が、その後の私に学籍を日本のいなかの医学専門学校に置かせたのだ。私の夢は美しかった――卒業して帰ったら、父のように誤診されている病人の苦しみを救い、戦争のときには軍医になろう、そして国民の維新に対する信仰を広めよう。微生物学の教授法が、今はどれほど進歩したかは知らないが、ともかく当時は幻灯《スライド》を使って、微生物の形状を拡大して見せており、そのため講義が一段落して、なおも終業時間にならないときには、教師は風景や時事の幻灯を学生に見せて、余った時間を過ごしていた。当時はまさに日露戦争の時期で、当然戦争関係の幻灯がわりと多く、私はその講義室で、しばしば同級生たちの拍手喝采に調子を合わせねばならなかった。あるとき、私はついに画面で久しぶりに多くの中国人と面会することになっ

1 魯迅は一八九八年に南京へ行き、翌年に鉱務鉄路学堂に入学している。

た――一人が中央で縛られ、大勢が周りに立ち、どれも屈強な体格であるが、鈍い表情をしている。解説によれば、縛られている男はロシアのために軍事スパイを働き、日本軍によって見せしめのため首を切られようとしており、周りのはこの盛大なる見せしめを見物しようとやって来た人々だという。

この学年の終わりを待たずに、私が早くも東京に出てしまったのは、あのとき以来、私には医学は大切なことではない、およそ愚弱な国民は、たとえ体格がいかに健全だろうが、なんの意味もない見せしめの材料かその観客にしかなれないのであり、どれほど病死しようが必ずしも不幸と考えなくともよい、と思ったからである。それならば私たちの最初の課題は、彼らの精神を変革することであり、精神の変革を得意とするものといえば、当時の私はもちろん文芸を推すべきだと考え、こうして文芸運動を提唱したくなったのだ。東京の留学生には法律・政治に物理・化学そして警察・工業を学ぶものは多かったが、文学と美術を研究するものはいなかった。そんな冷たい空気の中でも、幸いにも数人の同志が見つかり、ほかにも不可欠な数人に加わってもらい、相談の結果、第一歩は当然雑誌の刊行であり、名前は「新しい生命」の意味を取ることになり、当時の私たちは多分に復古的傾向にあったので、ただ「新生」と呼ぶことにした。

「新生」の出版期日が迫ってくると、まず書き手役の数人が雲隠れして、続けて資本が逃げ、最後には一文なしの三人が残された。始めたときから時代に合わなかったのだから、失敗しても文句の言いようもなく、その後はこの三人もそれぞれの運命に駆り立てられて、集まって将来の良き夢を語り合うこともできなくなった、というのが私たちの生まれることのなかった「新生」の顚末である。

私がそれまで経験したことのない倦怠を感じるようになったのは、それ以後のことである。私は当初はそうなった原因がわからなかったが、その後に考えたことは、およそ人が何かの主張をするとき、賛同を得れば、前進するし、反対されれば、奮闘するのだが、見知らぬ人々のあいだで一人叫んでも、人々がまったく反応せず、賛成でもなく、反対でもなければ、まるで果てしなき荒野に身を置くようなもの、手のつけようがなく、これはなんという悲哀だろうか、ということで私は私が感じたことを寂寞《せきばく》であると考えた。

この寂寞は日一日と大きくなり、大きな毒蛇のように、私の魂に絡み付いたのだ。

しかし私がいわれなき悲哀を抱いてはいたものの、憤りを覚えなかったのは、この経験が私を反省させ、自分を見つめさせてくれたからである。つまり私は決して腕を振り上げ一声呼べば人が雲のように集まるという英雄などではないのだ。ただ私自身の寂寞だけはどうしても追い払いたかったのは、これは私にとってあまりに苦しかったからである。そこで私はさまざまな方法で、自分の魂に麻酔をかけ、私を国民の中に沈殿させ、古代に帰らせ、その後もいくつかのさらに寂寞で悲哀なることを体験したり傍観していたり、そのどれもが思い出したくもないことで、ぜひともそれらを私の脳といっしょに泥の中で消滅させたかったのだが、私の麻酔法もどうやら功を奏したようで、もう二度と青年時代の悲憤慷慨《ひふんこうがい》を覚えることはなくなった。

S会館には三部屋の棟があり、昔その中庭では槐《えんじゅ》の枝で女性が首を吊ったという言い伝えになっており、今では槐は登れないほど高くなっていたが、この部屋にはいまだに住む人がおらず、何年ものあいだ、私はここに住み古い碑文を写していた。異郷にあっては滅多に客もなく、古碑の中では問題と主義とやらにも出会うことはなく、そして私の命は人知れず消えていく、それだけが私のただ一つの願いであった。夏の夜は、蚊が多く、蒲《がま》のうちわを扇ぎながら槐の下に座っていると、茂った葉の隙間からちらちらと黒い空が見えて、よく季節外れの青虫がひやりと首筋に落ちてきた。

そんなときたまに話しに来るのが旧友の金心異《チンシンイー》[2]で、手提げの大きな革鞄を古テーブルに置くと、長衫《チャンシャン》を脱ぎ、向かいに座るのだが、犬嫌いのため、心臓がなおもドキドキしているようすだ。

「君がこんなものを書き写して何になるんだい？」ある晩、彼は私の古碑の写しをめくりながら、いろいろと問いかけてきた。

「何にもならないよ」

「それじゃあ、それを写すのは何のつもりなんだい？」

「何のつもりもないよ」

「どうだろう、何かちょっと書いてみないか……」

私には彼の考えがわかった――彼らはちょうど「新青年」を刊行していたのだが、当時はとくに賛成する人もおらず、さらに反対する人もまだいなかったので、私は彼

2　魯迅の友人の言語学者で、文学革命の理論家であった銭玄同《チェンシュワントン》のあだ名。保守派の作家・林紓《リンシュー》が文学革命を攻撃する小説で、銭玄同を当てこすった悪役を金心異と命名していた。

らも寂しいのだろうと思ったが、こう返事した。

「かりに鉄の部屋があって、まったく窓もなくどうやっても壊せないやつで、その中では大勢の人が熟睡しており、まもなく窒息してしまうが、昏睡から死滅へと至るのだから、死に行く悲しみは感じやしない。いま君が大声を上げて、少しは意識のある数人の人をたたき起こしたら、この不幸な少数派に救いようのない臨終の苦しみを与えることになるわけで、君は彼らにすまないとは思わないかい？」

「しかし数人が起きたからには、この鉄の部屋を壊す希望が絶対ないとは言えないだろう」

そうだ、私には当然私なりの確信があるが、希望について言えば、それは抹殺できないもので、希望は将来にあるのだから、絶対に無しという私の悟りでは、彼のあり得るという説を決して説得できず、そのため私もついに何か書こうと承知したのであり、それが最初の一作「狂人日記」なのである。それからというもの、いったん始めたからにはやめられず、毎度友人たちに依頼されるたびに、小説らしきものを書いてはお茶を濁してきたが、それが溜まって十数篇になった。

私自身は、今となっては切迫して沈黙を守れずという人間ではないと前から考えているのだが、あるいは昔の自分の寂寞の悲哀をいまだに忘れられないのであろうか、時々なおも吶喊《とっかん》の声をあげざるを得ず、これによりあの寂寞のなかを疾走する勇士を多少でも慰め、彼が望むように先駆たらしめたいのだ。私の喊声《かんせい》が勇ましいか悲しいか、憎らしいかおかしいか、そんなことを構っている暇もないのだが、吶喊である以上、当然軍令に従わねばならず、このため私はしばしばあえて事実を曲げており、「薬」では「瑜《ユイ》ちゃん」の墓に勝手に花輪を加えたし、「明日」でも単四《シャンスー》おばさんがついに息子の夢を見られなかったとは書いておらず、それというのも当時のリーダーが消極的な作品を好まなかったからである。私自身にとっても、自ら苦しく思う寂寞を、私の青年時代と同様に良き夢を見ている青年に感染させたくはなかったのだ。

このように書くと、私の小説と芸術とのあいだの遠い距離も、お察しいただけようが、それでも今日に至ってなおも小説の名前を頂戴しているうえ、一冊にまとめる機会さえ持てたことは、何はともあれ思いがけない好運と言わざるを得ず、この好運が私を不安にさせるのだが、この世にはしばらくは読者がいるとも予測され、結局のところやはりうれしいものである。

こうして私は短篇小説を集め、そして印刷したのであり、また先に述べたようなわけで、これを『吶喊』と名付けることにした。

一九二二年一二月三日、魯迅、北京にて記す

兎と猫

自分の家の後に住んで居た三郎君の奥さんは、夏頃子供達に見せるのだと云《い》って、二匹の白い兎を買い込んだ。

其《そ》の二匹の白い兎は親を離れたばかりらしかった、異類とは云《いい》ない《ママ》がら矢張《やは》り無邪気《むじゃき》な所がよく見えた、併《しか》し小《ちいさ》い桃色の耳を立たして鼻の穴を動かしながら、目には頗《すこぶ》る驚いた様な又疑う様な様子をも表わして居た、多分周囲の有様が変に成ったから、怎《いかに》しても元の家に居たときの様に安心して遊ぶことが出来なかったのだろう。若《も》し縁日に自分で買いに行くと、こんなものは大抵一匹二十銭で沢山《たくさん》だけれど、奥さんは一円程出したそうだ、其《それ》は小使に店で買わしたからである。

小供達は云うまでもなく大《おおい》に悦《よろこ》んで騒ぎながら集って見に来たが、大人までも見物に幾人も集った。又エスと云《い》う犬が一匹居たから其《それ》も飛んで来た、併し近づいてちょっと白を嗅ぐとくしゃみを一つして少し退《しりぞ》いた。奥さんは手を挙げて「エス、

※この作品は魯迅が自ら日本語に訳したものです。旧漢字を新漢字に、旧かなづかいを現代かなづかいに改めました。「ママ」と振りがながあるのは、魯迅の言葉づかいどおり、の意味です。

覚えておいで、咬《か》み付いちゃいけないぞ」と叱りながらぴちゃんとエスの頭の上に一撃を加えた。エスは行って仕舞った、それから後には本当に一度も咬み付いたことがなかった。

併し此の二匹の兎は余《あま》りに部屋の壁に張ってある紙を破いたり、木の家具の足を咬んだりするため終《しま》いには大抵後《うしろ》の窓の外の小い庭に閉込められて居るときが多かった。其《その》庭には野生の桑が一本ある、桑の実が落ちて来ると兎は彼等に食べさせる為めにとくに置かれてある波稜草《ほうれんそう》をも忘れて却って其《それ》を悦んで食べて居た。烏《からす》や鵲《かささぎ》が下りて来ようとするときには彼等は忽《たちま》ち身を丸め、そうして後足で力一杯に地面を打つと、どんと音を立てて、白い雪の塊が飛び上がった様に跳ね上がるので、烏や鵲などが其《それ》を見ると大抵びっくりして早速逃げて仕舞う、それを幾度か繰返したら遂に近づかない様になった。併し奥さんは中々安心しない、或時《あるとき》「鳥《ママ》や鵲《かささぎ》は構いません来ても食物を少し食べられる丈《だけ》ですが、一番憎らしいし《ママ》はあの大《おお》い黒猫で、時々あの低い塀の上から怖しい目付《めつき》で狙いに来ます。中々気を付けなければならない様です、併し幸《さいわい》にエスと猫とは敵ですから多分大丈夫でしょう」と云《い》っていた。

小供達は時々彼等を捉えて一所に遊んで居た。彼等もおとなしく耳を立た《ママ》てて鼻の穴を動かしながら、よく云《い》うことを聞く様に小い手の囲《かこい》の中に立って居たが、何か機会があると矢張《やは》りそっと逃げて仕舞うのであった。夜のベットは一《ママ》《ひとつ》の小い木の箱で、其《そ》の中に乾草《ほしくさ》を敷いて窓の軒の下に置かれてあった。

こうして幾月か立ってから、彼等は突然土を掘り始めた、その掘方は非常に速いもので、前足で掻《か》けば後足で蹴《けっ》て半日も立たない内にもう一《ひとつ》の深い穴になった。皆が不思議に思ったがあとでよく見ると、一匹の腹が他の一匹よりもズット大きくなって居た。其《その》次の日になると彼等は乾いた草や木の葉などを穴の中へ啣《ふく》み込む為めに半日あまり多忙であった。

皆んなが又兎の子が見られると云《い》って随分悦んだ、奥さんは即座に「これから兎を捕《とら》うべからず」と云《い》う戒厳令を小供達に伝えた。私の御母《おかあ》様も彼等の家族の繁栄に対して悦び、「若《も》し子が生まれて乳を飲まなくてもよいときになったら、私も二匹貰って自分の窓の下に飼って置こう」と云《い》った。

其《その》日から彼等は自分で拵《こしら》えた家の中に住む様になった。ときには食物を捜しに出てることも有ったが、仕舞《しまい》にはまったく見えなくなった。食料を疾《はや》くから準備しておいたのか、或は食べなくなったのか誰も知らなかった。十日程立つと奥さんは私に向って「あの二匹は又出て来ましたよ、子が生まれたが皆《み》んな死んだらしい。雌兎《めすうさぎ》の乳が非常に張って居るが飲むものがないらしいから」と云《い》った。彼女がそう云《い》うときには頗《すこぶ》る不平な様子であったが、何《ど》うも仕方がなかった。

或る日、太陽の光が暖く照《てら》して風が少しもなく、木の葉も動かなかった。突然多勢の人の笑声が聞えて来た、其《その》声のする方に向って行くと、人々が奥さんの窓に寄掛って窺《のぞ》いて居るのを見た。自分も行って見ると庭には一匹の小い白い兎が跳んで居るのが見えた。其《それ》は彼の親が此所《ここ》に来たときよりももっと小かったけれども、もう後足で地面を打って跳び上がることが出来るのであった。小供達が私を見ると皆先を争って「まだ一匹小いのが居るよ、穴の口までちょっと窺きに来たが直《す》ぐ引き込んだ、あれは、これの弟さんでしょう」と知らせた。

小いものも草葉などを捜して食べる心算《つもり》だったが、親はそれを許さないらしい、大抵口から奪い取って仕舞った、併し自分も決して食べなかった。小供達の笑声が余り高かったので小い兎は遂に驚いて穴へ逃げて潜り込もうとした、親兎も穴の旁《かたわら》までついて行って前足で自分の子の背中を推して助けてやった。推し入れてからは又土を掻き拡《ひろ》げて穴の口を埋めて仕舞った。

此日から小い庭は一層繁栄になり、窓の所にも窺きに行く人が時々あった。

併し暫《しばら》くの後に又親も子もまったく見えなくなった。其間《そのあいだ》は毎日曇天《どんてん》で奥さんは又黒猫の毒手に掛ったのではないかと心配し出した、けれども私は「そうじゃない、此ころは天気が寒いから隠れて仕舞う、日が出たら屹度《きっと》出て来る」と云って安心さした。

日が出たが、彼等は見えない、併し人々も段々忘れて仕舞《しま》う様になった。

併し奥さんだけは毎日波稜草《ほうれんそう》などをやって居るのだから矢張《やは》り時々思い出すのである。或るとき彼女は窓の後《うしろ》の小い庭に行った、此所彼所《ここかしこ》見て居る内にふっと庭の隅に一《ひとつ》の別な穴を発見した、又古い穴の所を調べて見るとはっきりではなかったけれど沢山の爪跡が見えた、その爪跡を親兎のものとすればどうしても足が大き過ぎる。そこで彼《ママ》は常に塀の上に居たあの大い黒猫のことを疑い出して仕舞には発掘しなければ気がすまない様になった。直ぐ鋤《すき》を持って来て段々発掘して行くうち、疑って居たにはつ《ママ》居たが、意外に子兎を発見することをも望んで居たのに、底まで達しても、只兎の毛の雑《まじ》った腐った草葉ばかりで、其は恐《おそら》く出産するときに敷いたものであろうが、此の外は一面に淋しくあの真白な小い兎も、又彼の只《ただ》ちょっと窺いたたけ《ママ》で穴の外へ出なかった弟さんの方も何の痕跡《こんせき》もなかった。

腹た《ママ》たしさ立《ママ》と失望と淋しさは彼女を又隅にある新しい穴をも掘らなければやまない様な気にならしめた。つづいて又掘り始めると先ず《ま》二匹の親兎が穴の外へ飛び出して来た。彼女は兎達が住居を引越したのだろうと考えて随分悦んだが、矢張《やは》り《ママ》すまずに掘って行った。底が現われて来ると中にも兎の毛と草葉とを敷いて居る、併し其上には極く小い、全体薄紅色した、よく見れば目も未だ開かない兎の子が七匹寝て居た。

総てのことは皆んなはっきりした、三郎君の奥さんの予言も到頭《とうとう》間違《まちがい》はなかった。今度は危険を予防するのだと云って先ず七匹の小いものを皆木の箱に入れて自分の部屋に運び、親兎をも箱の中に押し込んで強迫的に哺乳さした。

其日《そのひ》から奥さんはあの黒猫を非常に憎んだばかりでなり《ママ》親兎に対しても頗《すこぶ》る感心しない様になった。其《その》説に依《よ》れば、あの二匹が殺された前にも屹度《きっと》死んだのがあったのだ、彼等が一度子を産むとたった二匹しかない筈《はず》がないから、哺乳が平均でない為めに争えないものは先に死んで仕舞ったのだろうと。それは大体確《たしか》らしい、今の七匹の内にも二匹が非常に瘠《や》せて弱って居た。こんな有様だから彼女は少しでも暇が有れば直《す》ぐ親兎を捉えてその腹の上に小い子を一匹一匹並べて代り番こに乳を呑《の》ませて居た。

私の御母様《おかあ》は何時《いつ》か私に「あんな兎飼の方法を私は聞いたことさえもなかった、無双譜（支那歴史上無類の人物を取って肖像を描き又は詩で詠する本《ママ》）の中に書き入れてもよかろう」と云《い》った。

白い兎の家族はもう一層繁栄になって人々は又悦んで居た。

併し其後《その》私には何だかどうしても淋しい様な気持がした。夜中ランプの前に坐って考えるとあの二《ふたつ》の小い生命はとうとう誰も知らない間に失われて仕舞った。生物の歴史には無論何の痕跡もなくエスまでも一《ひ》と吠《ほえ》もしない。そうして昔のことも考え出して来た、私は或る倶楽部に寄宿したことがあった、朝早く起たときに大な槐《えんじゅ》の木の下に鳩の毛が一面に散乱して居るのを見た。それは確《たしか》に鷹《たか》に喰われたのだが、午前小使が来て掃除すれば何もかもなくなって、誰が此所《ここ》に一《ひとつ》の生命の失われたことのあったことを知り得るであろう。又私は西四牌楼《シースーパイロウ》の道を通ったときに馬車に轢《ひ》かれて死にそうになって居た一匹の犬の子を見た、併し帰るときにはもう何もなかった、何処かへ捨てたのだろう、人々は忙しそうに行ったり来たりしていて、誰が此所《ここ》に一《ひとつ》の生命の失われたことのあったことを知り得るであろう。夏の晩に折々窓の外面から蠅の長く引張ったチイチイと云《い》う鳴声が聞えて来る、それは屹度《きっと》蠅捕蜘蛛《はえとりぐも》に咬まれて居るのに違いないが、併し私は何とも思わない、そうして他人には聞えもしない……

若《も》し自然に不平を申込んでもよいとすれば、実に彼は余りに生命を無暗《むやみ》に拵《こしら》え又それを無暗に壊すのだと私は云《い》いたかった。

ギャアと云《い》って又二匹の猫が私の窓の下で喧嘩し出した。

「迅児、御前《おまえ》又猫を撲《なぐ》ってるのか」

「何、彼等は自分同志で互《たがい》に咬合ってるのよ、僕に撲《なぐ》らせるものですか」

私の御母《おかあ》様はずっと前から私の猫を虐待することに対して不平を持って居た、今も大分小い兎の敵を打つ為めに又何かの手を出すだろうと思って聞いたのである。私も家中の口碑の上にあっては確《たしか》に一《ひとつ》の猫の敵で、猫を害したことがあったばかりでなく、平日も時々猫を打って追払い、殊《こと》に彼等のサカリのときに酷《ひど》く打って追払うのであった。併しその原因はサカリになったからではなく、騒ぐ為めである、騒いで騒いで私を睡《ねむ》らせないからだ。いくらさかりだと云ってもサカリに特別な大騒を演ずる必要もないのだと私は思って居るのである。

其上《そのうえ》黒猫はあの兎の子を殺したのではないか、私に取ってはもう一層正々堂々たる征伐《せいばつ》の名があるのだ。それて《ママ》御母《おかあ》様は余り善人になりたがり過ぎると思ったから、私はつい我知らずに要領の得ない様な感心しない様な答をして仕舞った。

自然は余り変挺《へんて》こなことをするから私は反抗しなければならないのだ、それは返《ママ》って彼の仕事を助長するかも知らないけれど……

あの黒猫は後《うしろ》の低い塀の上をぶらぶら散歩することもそう永くないだろうと思いつめると、私は又我知らずに本箱の中にある Cyankalium《ママ》［青酸カリ］の瓶をちょっと見た。

狂人日記

某君兄弟、今その名を伏せるが、ともに余が昔、中学時代の良友なるが、分隔《わかれ》て多年、消息は漸《しだい》に絶えたり。先日偶然その一人が大病と聞き、帰郷に際し、迂回訪問したところ、一人にのみ面会でき、病人とは彼の弟であるという。君に遠路見舞いの労を執らせしものの、すでに快復して某地に行き任官待ちなり。かくして大笑し、日記二冊を差し出し、当時の病状がわかろう、旧友に献呈するのは構わぬだろうと言う。持ち帰りて一読し、病とは思うに「迫害狂」の類であることを知った。言葉はひどく乱れて意味不明、荒唐無稽の言も多く、月日も記さぬが、墨色字体とも一にあらざるため、一時に書きしものにあらざることが察せられる。それでも多少の脈絡もあるため、一篇として抄録し、医家の研究に供したい。文中の誤記は、一字も改めなかったが、人名はみな村人にして、世に名も知れず、大局にかかわらぬとはいえ、やはりすべて書き換えた。書名は本人全快後に題せしもので、再び改めはしなかった。一九一八年四月二日記す。

一

今日の夜は、素敵な月明かり。

僕がこれを見なくなって、もう三十余年になるが、今日は見たので、気分はことのほか爽快だ。これまで三十余年、ずっとぼんやりしていたんだ、とようやくわかったが、やはりしっかり用心しなくては。さもないと、あの趙《チャオ》家の犬が、どうして僕をジロジロ見るのだ。

僕が心配するのもわけありなのだ。

二

今日は月明かりがまったくないので、僕は変だなと思った。朝、用心して外出すると、趙《チャオ》尊老の目つきがおかしく、僕を恐れているような、狙っているような感じなのだ。ほかにも七、八人が耳打ちしながら僕の噂をしており、僕の視線に気づくと怖がるのだ。通りの連中はみなこんな具合だ。中でも一番凶悪そうな奴が、大口を開けて、僕に向かい笑ったので、奴らはすでに、段取りをつけたんだと思い、僕は全身に寒気を覚えた。

それでも僕は恐れることなく、我が道を進んだ。前方でも子供たちが僕の噂をしており、その目つきときたら趙《チャオ》尊老と同じで、顔色もどす黒い。子供から恨まれる覚えは何もないというのに、この態度だ。思わず「なんの話だ！」と声を張り上げると、みんな逃げてしまった。

趙《チャオ》尊老は僕になんの恨みがあるんだ、さっきの連中もなんの恨みがあるんだ、と考えてみたところ、二十年前に古久《クーチウ》先生の古い出納帳を踏んづけて、古久《クーチウ》先生をひどく怒らせたことがあるだけだ。趙《チャオ》尊老は先生とは面識はないが、きっと噂を聞きつけ、不満に思い、通りの連中と申し合わせて、僕を敵視しているんだ。しかし子供はどうなんだ？　そのとき、あの子たちは生まれていないというのに、なぜ今日は変な目つきをしたんだろう——僕を恐れるような、狙うような。この点が僕は恐ろしく、腑に落ちなくて悲しい。

わかった。それは子供の親たちが教え込んだのだ！

三

夜はいつも眠れない。何事も研究してこそ、はじめてわかるのだ。

奴らの中には——県[1]知事のお縄を頂戴した奴もいれば、地主にビンタを張られた者、小役人に妻を寝取られた者、親爺やおふくろが借金取りに責められて死んだ者もおり、奴らのそんなときの顔つきだって、昨日のようには恐ろしくもなかったし、凄みもなかった。

なんと言っても変なのは昨日通りで見かけた女で、息子を殴りながら「こん畜生め‼おまえに嚙みつきたいぐらいだよ！」と言いつつ、僕の方を見ているのだ。僕が驚きのあまり、慌てたようすを見せたので、あの不気味で凶悪な顔をした連中が、どっ

1　中国には全国に人口数十万規模の県が約二千あり、日本の郡に相当する行政単位だった。

と笑い出した。そこに陳老五《チェンラオウー》が飛び出してきて、無理矢理に僕を家まで連れ帰ったのだ。

家に連れ戻したというのに、家《うち》の連中は赤の他人のように振る舞い、その目つきも、ほかの連中そっくりだ。書斎に入ると、外から鍵を掛けるとは、アヒルかニワトリを閉じこめるかのようだ。この一件で、僕にはますますわけがわからなくなってきた。

数日前、狼子《ランツ》村の小作人が不作を訴えてきて、僕の大兄《おおにい》さんに向かって言うには、村にとんでもない悪人がいて、みんなで殴り殺したところ、数人の者がその男の心臓と肝臓をえぐり出し、油で炒めて食べたという——肝っ玉が太くなるからだ。僕が口を挟むと、小作人も大兄さんもジロジロと僕を見ていた。今日になって二人が、外の連中とまったく同じ目つきをしていたことに気がついた。

思い出すと、全身に寒気を覚える。

奴らは人食いをするのだから、僕のことも食べてしまうかもしれない。

そう、あの女の「おまえに嚙みつきたい」という言葉と、不気味で凶悪な顔の連中の笑い、そして先日の小作人の言葉は、明らかに暗号なのだ。その言葉とはすべて毒であり、笑いとはすべて刀であることに、僕は気づいた。奴らの歯が、すべて白く光って並んでいるのは、人食いの道具であるせいだ。

僕自身は悪人ではないつもりだが、古家《クー》の出納帳を踏んづけたからには、なんとも言えない。奴らにはほかに考えがあるようだが、僕には見当も付かない。そもそも奴らはちょっと仲が悪くなると、人を悪人呼ばわりするのだ。大兄さんが僕に作文を教えてくれたとき、どんなに善《よ》い人でもちょっとけなすと、大兄さんはその文句の脇に丸印を付けてくれたし、悪人をちょっと弁護すると「驚天の手法にして、衆と同じからず」と言ったものだ。奴らがいったい何を考えてるのか、僕にはわかるはずもなく、ましてや、さあ食べようというときなんだから。

何事もやはり研究してこそ、はじめてわかるのだ。人が昔からしばしば人食いしてきたことは、僕も覚えてはいるものの、ちょっとあいまいだ。歴史を繙《ひもと》いて調べてみると、この歴史には年代はなく、どのページにもグニャグニャと「仁義道徳」などと書いてある。どうせ眠れないのだから、夜中まで細かく読んでいると、字の間から見えてきた字とは、本の端から端まで書かれている「食人」の二文字だった！

本にはこの字がたくさん書かれており、小作人もこの言葉をたくさん口にするというのに、みなニヤニヤ笑いながら怪しい目つきで僕を見ている。

僕も人間なので、奴らは僕を食べたくなったんだ！

四

朝、僕はしばらく静かに座っていた。陳老五《チエンラオウー》が食事を届けてきた、野菜ひと碗と蒸し魚ひと碗。この魚の目は白く硬く、口を開けており、あの人食いしたがる連中そっくりだ。少し箸をつけたものの、ヌルヌルとしていて魚か人かもわからず、ゲーゲー吐き出してしまった。

「老五《ラオウー》、大兄さんに言ってくれ、僕は息が詰まりそうだから、庭を散歩したい、ってね」と僕が言った。老五《ラオウー》は返事もせず、出て行ったが、しばらくすると、戻ってきて戸を開けた。

僕は動かず、奴らがどんな手を打ってくるのか研究していた。奴らが僕を自由にするはずがないからだ。やっぱり！　大兄さんは一人の爺さんを引き連れ、ゆっくり入ってきた。奴の両眼は不気味に光り、僕に気づかれぬよう、下を向いたまま、眼鏡の端からこっそり僕を見ている。大兄さんが「今日はおまえも具合が良さそうだな」

と言った。僕も「そうです」と答えた。「今日は何先生《ホー》におまえの診察に来ていただいた」「どうぞ！」と僕は言ったが、実はこの爺さんは首切り人が化けていることぐらいお見通しだった。脈を取るという名目で、肉の付き具合を調べ、そのお手柄で、肉の一切れも食わせてもらうのだ。僕は恐くない、人食いではないが、肝は奴らより太いんだ。左右の拳を突き出して、奴がどうするか見ることにした。爺さんは椅子に座ったまま、目を閉じて、じっくり手首を触り、しばらくぼんやりしていたが、やがて目を開き不気味な光を放ちながらこう言った。「あれこれ悩まぬこと。数日、静かに養生すれば、良くなりますよ」

あれこれ悩まず、静かに養生しろだって！　養生して肥れば、奴らも当然食い分が多くなるだろうが、僕にはなんのいいこともなく、何が「良くなりますよ」だ？　此奴《こいっ》らが、人は食べたいが、こそこそなんとか隠そうとして、一気に手を下せないとは、実にお笑い草だ。僕は我慢しきれず、声を上げて大笑いしたので、たいそう爽快だった。笑い声に正義と勇気が溢れていることは自覚していた。爺さんと大兄さんの顔色が一変したのは、僕の勇気と正義感に圧倒されたからだ。

しかし僕に勇気があればこそ、奴らはこの勇気にあやかりたく、いよいよ僕を食べたくなるのだ。爺さんは戸口を出るとまもなく、小声で大兄さんに言った。「早めに召し上がるように！」[2]大兄さんもうなずいていた。大兄さん、あんたもか！　これは意外なる大発見だが、実は意外でもなく、仲間同士で僕を食べる人、それが兄さんなんだ！

人食いが僕の兄さんだ！

僕は人を食う人の兄弟なのだ！

僕自身は人に食われても、それでもやはり人を食う人の兄弟なのだ！

五

この数日は一歩退いて考えてみた。もしあの爺さんが首切り人の変装ではなく、本当に医者だとしても、やはり人を食う人である。奴らの祖師の李時珍《リーシーチエン》[3]が書いた『本草《ほんぞう》ナントカ』に、人肉は煎《せん》じて食するとはっきり書いてある。奴はそれでも自分は人は食わないと言えるのか？

わが家の大兄さんに対しても、無実の罪を着せているわけではない。僕に古典を教えてくれたときに、その口で「子を易《か》えて食《しょく》す」[4]こともあると言ったのだ。またあるときに悪人について議論した際、殺すだけでは済まない、「肉を食らい皮に寝《い》ぬべし」[5]とも言っていた。僕は当時はまだ幼く、なかなか心臓が鳴りやまなかった。先日狼子《ランツ》村の小作人が来て心臓や肝臓を食べたことを話したが、大兄さんはまったく驚きもせず、相づちを打ち続けていた。考え方は昔と同様、残酷なのだ。「子を易えて食す」こともあるのなら、何でも替えられ、誰でも食べられる。僕は昔はそんなお説教をもっぱら聞くだけで、いい加減に聞き流していたが、今こそわかったことは説教の最中も、大兄さんの口のまわりは人肉の脂で塗られていたばかりか、胸の内も人を食べたいという思いでいっぱいだったのだ。

2 中国語では「喫薬」（薬を飲む）も「喫人」（人を食う）も共に「喫」という文字を用いる。
3 李時珍《りじちん》（一五一八〜九三）。薬物学の『本草綱目』の著者。
4 『春秋左氏伝』からの言葉。天災や戦争により、他人と子供を取り替えて食べたという惨状を表す。
5 『春秋左氏伝』からの言葉。獣のような敵に対し、その肉を割いて食べ、その皮を剥いで敷物にしたいと思うほどの強烈な憎しみを表す。

六

真っ暗で、昼だか夜だかわからない。趙《チャオ》家の犬がまた吼えだした。

獅子《しし》のような凶暴さ、ウサギの臆病、キツネの狡猾……

七

奴らのやり口がわかった。一気には殺さず、また殺せないのは、祟《たた》りを恐れているからだ。そこで奴らは連絡を取り合い、網を張り巡らして、僕を自殺に追い込もうとしているのだ。数日前の通りでの男女のようすや、この数日の大兄さんの行動を見ても、九分通りはわかるというものだ。帯を解いて、梁《はり》に掛け、自分でグイッと首を吊れば好都合なのだ。奴らは殺人の罪名を受けることもなく、念願はかなうのだから、大喜びでワーンワーンと泣いたふりの大笑いをするのも当たり前だ。そうでなければ恐怖と憂鬱のあまり死んでしまい、少し痩せてしまうものの、それも悪くはないとうなずくのだ。

奴らは死肉しか食べられない！――何かの本で「ハイエナ」なるものについて読んだ記憶があり、それは目つきも姿もたいそう醜く、常に死肉を食べ、大きな骨でも噛み砕いて腹に収めてしまうというから、思い出すだけでも恐ろしい。「ハイエナ」はオオカミの親戚で、オオカミは犬のご本家だ。おととい趙《チャオ》家の犬が、僕のことをジロジロと見ていたからには、奴も一味で、とっくに話がついているのだ。爺さんは地面ばかりを見ていたが、どうして僕を騙せようか。

いちばん可哀想なのは大兄さんで、彼だって人間なのに、どうして何の恐れもなく、ぐるになって僕を食べるんだろう？　やはり昔からの習慣なので、悪いこととは思わないのか？　それとも良心を失い、悪いと知りつつ食べているのだろうか。

僕は人食いの人を呪うのに、まず大兄さんから始めよう。人食いの人を改心させるのも、大兄さんから始めよう。

八

実はこんな道理は、今となれば、奴らもとっくに承知のはずだが……

ふと男がやってきた、年はせいぜい二十歳ほど、顔つきははっきり見えず、ニコニコ笑いながら僕に向かってうなずくのだが、その笑顔もどうやら嘘っぽい。そこで僕はこうたずねた。「人食いするのは、正しいことか？」男はなおも笑いながら「飢饉《ききん》の年でもあるまいし、人食いなどあるはずないでしょう」と言う。奴もぐるで人食いが好きなんだ、とピンときたので、僕は勇気百倍、問いつめてやった。

「正しいか？」

「そんなことを聞いてどうするんです。まったく……冗談がお好きで。……今日もいい天気ですな」

天気はいいし、月の光もとっても明るい。僕はそれでもあんたに「正しいか？」と聞きたいんだ。

彼は肯定しなかった。モゴモゴと「いいえ……」と答えた。

「正しくない？　それなのに奴らはなぜ食べるんだ⁉」

「そんなことはない……」

「ない、だって？　狼子《ランツ》村では今も食べているし、どの本にも書いてある、色鮮やかな朱筆でな！」

　すると男の顔色が変わり、どす黒くなった。目を見開いて「あるにしても、昔からそんなものだったんで……」

「昔からそんなもんだから、正しいのか？」

「俺はあんたとそんな話をしにきたんじゃないし、とにかくあんたはそんな話をしてはならないし、話せばそれはあんたがまちがっている！」

　僕が飛び起きて目を開くと、男は消えていた。全身汗びっしょりだ。男の年は大兄さんよりずっと若いのに、仲間入りしているとは、きっとおふくろか親爺から教え込まれたんだろう。そのうえ男は息子にもすでに教え込んでいるのだろう、だから子供さえ憎らしそうに僕を見るのだ。

九

自分は人を食いたいのに、人に食われるのを恐れているので、みなひどく疑り深い目つきで、顔色をうかがいあっている……

そんな考えを捨て、安心して働いて出歩き寝て食べていれば、どれほど気持ちの良いことか。これは敷居の一つで、難所の一つにすぎない。それなのに奴らは父子、兄弟、夫婦、友人、師弟、仇敵に赤の他人までが、ぐるになり、たがいにけしかけあい、牽制しあって、跨《また》ぐための一歩を死んでも踏み出せないのだ。

十

朝っぱらから大兄さんを訪ねていくと、広間の外に立ち空を見ているので、僕は背後に回ってドアをふさぎ、格別もの静かに、格別おだやかに話しかけた。

「大兄さん、お話ししたいことがあるんです」

「話してごらん」彼はすぐに振り返って、うなずいた。

「短い話なんですが、うまく言えません。大兄さん、たぶん最初野蛮だった人は、みんなちょっと人食いをしたんでしょう。その後、考えが変わって、人食いしなくなった者がいて、ひたすら良くなろうと心がけたので、人に変わり、本当の人に変わったのです。でもなおも食べる者もいます——虫けらとて同様に、その一部は魚や鳥、猿に変わり、人にまで変わってきたんです。その一部は良くなろうと思わないので、今でも虫けらです。この人を食う人は人を食わない人と比べて、なんと恥ずかしいことでしょう。虫けらが猿に対して恥ずかしく思うのより、ずっとずっと劣ることでしょう。

易牙《えきが》[6]が自分の息子を蒸し料理にして、桀紂《けっちゅう》[7]に食べさせたとは言っても、ずっと昔のことです。ところがなんと盤古《ばんこ》［伝説上の天地創造者］が天地を開いて以後、易牙《えきが》の息子までずっと食べ続けてきており、易牙《えきが》の息子から徐錫林《じょしゃくりん》[8]までずっと食べ続け、

6　春秋時代の料理の名人。
7　共に春秋時代以前の人で、桀は夏王朝最後の王、紂は殷（商）王朝最後の王。

徐錫林《じょしゃくりん》からまた狼子村《ランツ》が捕まえた人まで食べ続けているんです。去年、県城［県の中心都市］で犯罪者を首切り刑にしたときも、肺病の人が、その血を饅頭《マントウ》［蒸しパン］につけて舐めていました。

奴らが僕を食べようとしており、大兄さん一人では、どうしようもないのでしょう。でも仲間入りすることはないのです。人食いの人は、なんでもやるので、奴らは僕を食べ、大兄さんも食べるだろうし、仲間内で共食いもしますよ。しかし一歩でも向きを変えれば、今すぐ改めさえすれば、みんな楽しく暮らせるんです。昔からそうだったにせよ、僕たちは今日こそは真っ当になろうとがんばって、だめだ！と言うんです。大兄さんには言えると信じてるんです。先日小作人が年貢を減らしてほしいと頼んできたとき、大兄さんはだめだと言いました」

最初は大兄さんは冷笑するばかりであったが、しだいに目つきが凶悪になり、奴らの内情暴露に至るや、顔面はどす黒くなった。表門の外には大勢人が立っており、趙《チャオ》尊老とその犬もその中におり、ようすをうかがいながら入ってきた。布で隠しているのか、顔の見えない者もいて、あいかわらず不気味で凶悪な顔をして、忍び笑いをしている者もいる。奴らがぐるになっており、人食いであることを僕は承知していた。だが奴らの考えはバラバラであることもわかっており、昔からそうなんだから、食べて当然と思う者もいれば、食べてはならないとわかっていても、やはり食べたい、だがそんな気持ちを暴露されるのを恐れており、僕の言葉を聞いて、ひどく逆上するいっぽうで、冷く忍び笑いをしているのだ。

このとき、大兄さんも突然顔が凶悪に変じ、大声を発した。

「みんな出て行け！　気が狂っていようと見せ物じゃないんだ！」

このとき、僕はもう一つ奴らの悪巧みに気づいた。奴らは改めないばかりか、あらかじめ気ぐるいという名前を僕に被せておく、という手をとっくに打ってあるのだ。将来食べてしまっても、平穏無事であるばかりか、そのことに好感を寄せる人さえ出てくることだろう。みんなで悪人を食べたと小作人が語るのも、まさに同じやり方だ。これが奴らの常套手段なのだ！

陳老五《チェンラオウー》もカンカンになって入ってきた。どれほど口を押さえつけられようと、僕

8　魯迅と同郷で処刑された清末の革命家に徐錫麟（一八七三〜一九〇七）がいる。敵の衛兵に心臓を食われたという。

はこの連中に向かって言った。

「君たちだって改められる、心の底から改めるんだ！　やがて人食いの人は許されなくなる、この世で生きていけなくなるということがわからないのか。

君たちは改めなければ、自分さえも食べ尽くしてしまうんだ。いくらたくさん生まれようとも、本当の人に滅ぼされてしまうんだ、猟師がオオカミを捕り尽くすように！――虫けらと同じように！」

あの連中は、みな陳老五《チエンラオウー》に追い出されていた。大兄さんもどこかへ行ってしまった。陳老五《チエンラオウー》が部屋に戻るよう僕に勧める。部屋の中は真っ暗だった。梁と垂木《たるき》が頭上で震えており、震えがしばらく続くと、大きくなって僕の身体の上に積み重なった。非常に重くて、身動きできず、僕に死ねというのだ。その重みは嘘だとわかっていたので、もがいて抜け出したが、全身汗でびっしょりになった。それでもこう言いたい――

「君たち今すぐ改めるんだ、心の底から改めるんだ！　やがて人食いの人は許されなくなる、ということが分からんのか……」

十一

太陽も出てこないし、ドアも開かず、毎日二度の食事。

僕は箸を持つと、大兄さんのことを考え始め、妹が死んだ原因も、すべて大兄さんにあることがわかった。当時僕の妹はわずか五つ、小さくてかわいらしい姿が、今でも目に浮かぶ。母が泣きやまないので、大兄さんは泣くなとなだめていたが、おそらく自分が食べてしまったので、泣かれるとさすがに心苦しかったのだろう。もし今も心苦しいとしたら……

妹が大兄さんに食べられてしまったことを、母が知っていたかどうか、僕には知りようもない。

母も知っていたのだろうが、泣いているときでも、何も言わなかったので、おそらく当たり前のことと思っていたのだろう。僕が四、五歳のとき、広間の前で涼んでいると、大兄さんがこう言ったのを覚えている――父さん母さんが病気になったら、息子たるものは自分の肉を一切れ切り落とし、これをよく煮て食べさせなくてはならない、こうしてこそ善《よ》い人なのだ。母もそんなことをしてはいけないとは言わなかった。一切れ食べるのなら、全部だって当然食べられるのだ。それにしてもあの日の泣き方は、今思い出しても、実際心が痛むが、これは本当に奇怪千万なことだ！

十二

もう考えられない。

四千年来常に人食いをしてきた土地、今日初めてわかった、僕もここに長年暮らしており、大兄さんが家督を継いだあとに、ちょうど妹が死んだのだから、大兄さんはご飯のおかずに混ぜて、こっそり僕たちに食べさせていたかもしれないのだ。

僕は知らぬまに、妹の肉を数切れ食べていたかもしれず、今では僕自身の番となったのだ……

四千年の人食いの履歴を持つ僕、最初は知らなかったが、今こそわかった、本当の人に顔向けできない！

十三

人食いをしたことのない子供は、まだいるだろうか？

子供を救って……

解説

藤井省三

(一) 古都の紹興《シャオシン》から新興メディア都市東京へ

上海から杭州《ハンチョウ》湾をはさんで南西約二〇〇キロにある紹興は、長い歴史を誇る古都である。治水の神話的英雄である禹《う》ゆかりの会稽山《かいけいざん》がそびえ、春秋時代の越王勾践《こうせん》の復讐譚が伝わり、そして南宋期には一時国都が置かれ、明清時代には運河による交易が栄えた。良質の水と米とにも恵まれたこの街は、名酒紹興酒《しょうこうしゅ》の産地でもある。

魯迅《ルーシュン》(ろじん、本名周樹人《チョウシューレン》、一八八一〜一九三六) はこんな紹興の街に士大夫《したいふ》(地主・官僚などを兼ねる知識層) の家の長男として生まれた。祖父は科挙最終段階の試験を突破した進士で政府高官としても勤め、周《チョウ》家は祖父を家長として数個の小家族からなる数十名の大家族を構成していた。魯迅の父は科挙受験資格試験の合格者である秀才とはなったものの、科挙第一段階の合格者である挙人とはなれなかった。母は紹興郊外の士大夫の家の娘で、当時の女性としては珍しく読み書きができた。しかし、一八九三年、父の科挙合格を図った贈賄が発覚して祖父が下獄（結局七年に及んだ）、九六年には父も重病で亡くなり、周家は急速に没落していった（進士・秀才・挙人についいては本書23頁註を参照）。

魯迅は六歳から家塾で四書五経を学び科挙に備えたが、九八年には没落した周家をあとに南京に出て学費無料の海軍学校に一旦は入学するも、その保守的校風を嫌って半年で退学、翌年新設の陸軍学校付属鉱務鉄路学堂に入学し、ドイツ語を学んだ。校長は馬車の中で維新派の理論家梁啓超《リアンチーチャオ》主編の「時務報《シーウーパオ》」誌を読むような改革派で、魯迅も進化論に衝撃を受けた。

一九〇二年、鉱務鉄路学堂を三番の成績で卒業後、魯迅は日本に渡り七年余の留学生活を送る。その間、二度の帰省と仙台医学専門学校在籍期間（一九〇四年九月～〇六年三月）を除いて、彼は東京で多感な青春期を過ごした。当時の日本は日露戦争（一九〇四～〇五）を挟んで近代的国民国家としての骨格を形成し、東京は新興帝国の首都として著しい変貌を遂げていた。たとえば一九〇九年の「報知新聞」「万朝報」の発行部数はそれぞれ三〇万部と二〇万部に達している（一九一四年の上海紙「新聞報《シンウェンバオ》」は二万部）。

魯迅はこの新興メディア都市東京で近代文学を学んだ。中国人留学生のための予備校、弘文学院在学中の〇三年に翻訳したジュール・ヴェルヌ『月世界旅行』などは日本語訳からの重訳である。仙台から東京に戻ってからは独逸《ドイツ》語専修学校（現・獨協大学）に籍を置き、もっぱら内外の雑誌・書籍を買い漁り、欧米文学の紹介に没頭した。しかし文芸誌「新生」の創刊に失敗し、ロシアの小説家アンドレーエフ（一八七一～一九一九）の短篇などを収録した世界文学短篇選集の『域外小説集』刊行もわずか二冊で頓挫し、〇九年には失意の内に帰国したのだった。なおアンドレーエフは二〇世紀初頭に不安と恐怖の心理を写実主義・象徴主義の手法で描き出し、欧米・日本で注目を集めていたロシア人作家で、一九二〇年代には中国でもアンドレーエフ・ブームが生じている。

（二）「文化城」北京での作家デビュー

一九〇九年に帰国した魯迅はまず杭州の師範学校などで化学・生物を教え、辛亥《しんがい》革命（一九一一）勃発後には紹興の師範学堂の校長となった。翌年二月には中華民国臨時政府の教育総長蔡元培《ツァイユワンペイ》の招きを受けて南京に行き、教育部（日本の文科省に相当）

の課長級官僚となり、政府の北京移転に伴い北京に移動した。一六年の袁世凱《ユワンシーカイ》による帝政復活とその頓挫を経て、中国はその後十年余り軍閥割拠の分裂期を迎える。このとき青年たちの希望の地となったのが諸大学が集中する北京で、一九年には北京の学生が反日民族主義運動の五・四運動に立ち上がった。総合誌「新青年」は一五年の創刊以来、民主と科学を標榜し儒教イデオロギーを批判して全面欧化論を展開、一七年に胡適《フーシー》・陳独秀《チェントゥシウ》の文学革命を主張する論文を掲載した。魯迅も留学以来の親友銭玄同《チェンシュワントン》に誘われて、一八年にデビュー作「狂人日記」を発表している。このような日本・アメリカ留学組の知識人が提唱した文学革命とは、口語文による新しい文体の「国語」を創出し、国語によって民衆に国民国家共同体を想像させようとするものであった。

文学革命に続けて、政治、軍事の領域では、軍閥割拠の中華民国を武力により再統一しようとする国民革命の気運が高まる。そのいっぽうで、ロシア・ボルシェビズムの影響を受けた国民党および共産党とロシア革命に批判的なアナーキストとの三者が、革命の主導権を争うに至る。魯迅は動揺する知識人の心境を「希望とは本来あるとも言えないし、ないとも言えない……」と結ぶ短篇「故郷」で語っている。二三年一二月、北京女子高等師範学校でおこなった講演「ノラは家を出てからどうなったか」では、イプセン『人形の家』のヒロインが出奔後にたどるであろう厳しい運命を語り、犠牲を避け粘り強い闘いにより女性の経済的権利獲得を目指すべきだと説く。ところが講演末尾で一転して「進んで犠牲となり苦しむことの快適さ」の特殊な例として、キリストの呪いを受け永遠に歩み続ける〝さまよえるユダヤ人〟伝説に触れている。この言葉からも、自らを罪人と自覚し自らに安息を許さず永遠の闘いを課そうとする魯迅の孤独な決意が窺われよう。

(三) 恋と革命の街、上海での十年

国民革命は一九二四年に国民党の指導者孫文《スンウェン》が共産党との合作に踏み切ることで実現へと動きだした(第一次国共合作)。孫文は一年後に死去するものの、蔣介石《チアンチエシー》が二六年七月、国民革命軍を率いて北伐戦争を敢行、翌年の四・一二反共クーデターによる共産党粛清を経て二八年末には中国をほぼ統一している。このとき魯迅は、蔣派の行動を革命への裏切りと厳しく非難して左翼文壇の旗頭となるいっぽう、北伐中に北京を脱し厦門《シアメン》・広州《クワンチョウ》を経て二七年一〇月、北京女高師講師時代の教え子の許広平《シュイクアンピン》

（きょこうへい、一八九八〜一九六八）と上海郊外の瀟洒《しょうしゃ》なマンションで同棲を始めている。上海では毎週のようにハイヤーで都心で上映されるハリウッド映画に通い、特にターザン映画を好んで見た。反体制作家の魯迅が印税収入により中産階級の生活を享受できたのは、メディアが高度に発達した三〇年代上海では近代的市民社会が一部なりとも実現されていたからである。ちなみに上海の二大新聞「申報《シェンパオ》」と「新聞報《シンウェンパオ》」の発行部数は三五年には共に約一五万部を記録している。

当時の上海は文芸論戦の街でもあり、二八年には国民革命軍から追われた左派内部での革命文学論戦が始まっている。三〇年には言論統制を強化する国民党に対し、左派が大同団結して「無産階級革命文学」の旗を掲げた中国左翼作家連盟（略称、左連）を結成し、右翼や中間派との論戦を巻き起こしていく。非合法化され江西《チアンシー》省農村部の革命根拠地に立てこもっていた共産党は、三四年に一万二〇〇〇キロの長征を開始して二年後に陝西《シャンシー》省北部に至り、やがて延安《イエンアン》を中心とする新根拠地を建設する。党中央から遠く隔てられた上海の地下党組織にとって、文芸論戦は党の政治的主張を代弁もしていたのである。

論戦の街上海では国民党による白色テロが横行するいっぽう、三二年には満州事変と連動した日本軍による上海事変も勃発しており、上海時代の魯迅は四度にわたって日本の友人で内山書店経営者の内山完造宅などに数週間ずつ避難している。さらに国民党の厳しい検閲に対し、魯迅は次々とペン・ネームを変えたため、その数は生涯で一四〇にも上った。

満州事変に続き日本は華北に侵攻し日本製品の密輸を増大させたため、上海の民族資本家層も抗日に傾いた。そのいっぽうで左連内部では成立当初から作家の連合を重視する魯迅と共産党指導を重視する党員作家との間に溝があった。このため三五年末に共産党の抗日民族統一戦線政策に呼応して、周揚《チョウヤン》（しゅうよう、一九〇八～八九）が国防文学を提唱して左連を解散し三六年六月に中国文芸家協会を設立していくのに対し、魯迅やその弟子の胡風《フーフォン》（こふう、一九〇二～八五）らは国民党との再度の協力に対する拒否感と階級的観点から、「民族革命戦争の大衆文学」のスローガンを提起、七月にはアナーキストの巴金《パーチン》（はきん又は、ぱきん、一九〇四～二〇〇五）らの支持を得て文芸工作者宣言を発表したため、魯迅と周揚との対立は鮮明化した。

魯迅はこの国防文学論戦のさなかの一〇月一九日、持病の喘息の発作で急逝する。その絶筆は「老板几下　意外ナ〻《こと》デ夜中カラ又喘息ガハジメマシタ。ダカラ、十時頃ノ約束ガモウ出来ナイカラ甚ダ済ミマセン。／御頼ミ申シマス。電話デ須藤先生ニ頼ンデ下サイ。早速ミテ下サル様ニト。艸々頓首　L拝　十月十八日」と日本人主治医への連絡を内山完造に依頼する日本語メモであった（「老板《ラオバン》」は店主の中国語、「L」は魯迅 Lu Xun のイニシァル）。

（四）芥川龍之介、ロシアの詩人エロシェンコらの影響

魯迅の創作は主に『吶喊《とっかん》』（一九二三）、『彷徨《ほうこう》』（一九二六）、『朝花夕拾《ちょうかせきしゅう》』（一九二八）、『故事新編《こじしんぺん》』（一九三六）、および散文詩集『野草《やそう》』（一九二七）にまとめられている。本書は『吶喊』から七篇を、自伝的小説という性格が色濃い『朝花夕拾』から六篇を翻訳した。また巻末に付録として、『吶喊』から「自序」「兎と猫」「狂人日記」の三篇を収録した。

魯迅の作家としての実質的なデビュー作は「孔乙己《コンイーチー》」と「薬」である。両作を掲載した「新青年」第六巻四号と五号の目次には「一九一九年四月一五日発行」「一九一九年五月出版」とそれぞれ記されているが、実際の刊行は八月中旬および九月二二日前後と推定される。また「孔乙己」附記や『魯迅日記』から推定するに、魯迅は「孔乙己」の草稿を一九一八年末に書き、一九一九年三月一〇日と四月二五日に「孔乙己」と「薬」を完成しているが、どちらの脱稿が先であるかは確定できない。「孔乙己」の舞台は魯鎮《ルーチエン》という町の咸亨《シエンホン》酒店という飲み屋で、時は作品執筆時点から二十年ほど前の清朝末期のこと。十二歳からこの酒場でお燗番として働いている語り手の「僕」が、立ち飲みにやって来ていた孔乙己《コンイーチー》という貧乏書生について語る思い出である。

後述するように「狂人日記」がその文体と内容は衝撃的だが技法的には未熟だったのに対し、その約一年後に発表された「孔乙己」は、構成といい文体といい見事な出来映えを示している。魯迅はこの一年間に芥川龍之介の初期小説集三冊を集中的に読んでおり、一九二一年の五月から六月にかけて北京の日刊紙「晨報《チエンパオ》」に芥川の「鼻」「羅生門」の中国語訳を発表している。そして芥川の短篇「毛利先生」(一九一九)の影響下で「孔乙己」を書いたと推定される。芥川が描く旧制中学の臨時雇いの老英語教師は古ぼけた山高帽にモーニング・コートで身を包み、「血色の悪い丸顔」で「金切声」の「殆ど日本人とは思はれない」日本語を話す。魯迅の孔乙己も汚れ放題の服を着て「青白く、皺のあいだにいつも傷跡」がある顔で話す言葉はわけのわからぬ文語調と、二人は服装と表情、言語において相通じる。そして何よりも両作の語り手がそれぞれ少年時代に、毛利先生と孔乙己の親身の教えを拒否したことを成人後に回想するという物語構造において相似しているのである。

魯迅が一九年一二月「晨報」に発表した「小さな出来事」は、語り手の「僕」を乗せた人力車が通勤途上の往来で老女を引き倒したとき、「僕」がこれを老女の狂言とさえ考えたのに反し、ほこりにまみれた車夫が老女を優しくいたわった、と「僕」が語る話である。芥川にも語り手の「私」が、横須賀線車中から奉公先へ行く「小娘」が沿線で見送る弟たちに蜜柑をばらまくようすを語る「蜜柑」（一九一九）という短篇がある。このように魯迅『吶喊』収録の短篇群は、同時代の芥川文学から語りの構造から題材に至るまで大きな影響を受けており、両者を比較することにより、魯迅理解がさらに深まることであろう。

日本文学と同時にロシア文学も魯迅に大きな影響を与えた。「薬」で処刑される革命家夏瑜《シアーユイ》は、紹興出身の女性革命家で武装蜂起して処刑された秋瑾《チウチン》（しゅうきん、一八七七〜一九〇七）がモデルである。秋瑾処刑当時には花輪を供えるのが学生の間で流行していたが、一般の人にはそのような新しい習慣は理解できなかったという。新旧二世代の断絶と旧世代間でも連帯を断たれた人々の孤独を描いたこの短篇をめぐり、魯迅自らロシアの作家アンドレーエフの影響を認めている。

「故郷」は「新青年」第九巻第一号に発表された。同誌目次および奥付では「一九二一年五月一日出版」と記されているが、実際の刊行は八月と推定される。『吶喊』収録時に篇末に「一九二一年一月」と執筆年月らしきものが書き加えられているが、最終稿は二月上旬に完成した可能性が高い。「故郷」執筆に先駆けて魯迅は前年に日本で翻訳刊行されていたロシアの作家チリコフ（一八六四〜一九三二）の短篇集『チリコフ選集』（新潮社）から「田舎町」と「連翹」という二つの作品を重訳し、二二年にはこれらを世界文学短篇集『現代小説訳叢』に収録している。

チリコフの「田舎町」は、革命派の知識人の「私」が二十年ぶりにボルガ川を下る船で帰郷し、変わり果てた故郷の街を前にして少年時代や青春期を懐かしく回想するうちに、学生時代の友人で警察署新任署長として民衆を弾圧している男と再会して失望を味わう、という物語である。「田舎町」と「故郷」の主要な筋立てはきわめて類似しており、魯迅はチリコフの「田舎町」を模倣して「故郷」を執筆したといえよう。しかしチリコフが第一革命（一九〇五）挫折後の暗い政治状況下で、甘美な青春、希望が溢れていた過去へのノスタルジーへと逃避しがちなロシア知識人の心理を描いているのに対し、魯迅は「田舎町」の枠組を大幅に再構成することにより、二〇年代中国知識人の精神を考察して哲学的境地にまで達しているのである。

「阿Q正伝」は北京の日刊紙「晨報」文芸副刊（付録）に毎週または隔週に一回、章ごとに連載された（一九二一年一二月四日〜二二年二月一二日）。魯迅はこの作品で、自らの屈辱と敗北をさらなる弱者に転嫁《てんか》して自己満足する阿Q式「精神的勝利法」をペーソスたっぷりに描き、中国人の国民性を批判するとともに、草の根の民衆が変わらぬ限り革命はあり得ないとする国家観を語ったといえる。また中国文学者の丸尾常喜は『魯迅「人」「鬼」の葛藤』（岩波書店）で、中国の民俗・宗教の深みにまで降りながら、魯迅は内なる「鬼（亡霊）」に苦しみつつ伝統的な「鬼」の形象を巧みに借りて阿Qや孔乙己という孤独で寂しい人々を造形したと論じたうえで、阿QのQとは中国語で幽霊を意味する「鬼《クエイ》」に通じると指摘している。

「端午の節季」は上海の文芸誌「小説月報」第一三巻第九号（一九二二年九月）に発表された。主人公の方玄綽《ファンシュワンチュオ》は知識人版「阿Q」といえよう。当時、魯迅の家にはロシアの〝盲目の詩人〟ワシリー・エロシェンコ（一八九〇〜一九五二）が滞在していた。彼は大正期の日本でエスペランチスト、童話作家として活躍していたが、二一年五月「帝国ノ安寧秩序ヲ害スル虞《おそれ》アリ」という理由で逮捕され、日本を追放されてウラジオストックから上海へと流浪し、魯迅らの尽力により北京大学エスペラント語講師となった。この盲目の詩人が北京の知識階級を「中産階級と貴族の安逸な暮らしを夢想」していると批判したのに対し、魯迅は余りの窮迫ぶりのため愛も理想も失いつつある彼らの現実を描いたのである。方《ファン》のモデルとはほかならぬ魯迅自身であり、本作は魯迅も含めた新興知識階級のペーソスあふれた戯画と言えよう。

「あひるの喜劇」は最初一九二二年一二月二九日、上海「民国日報《ミンクオリーパオ》」副刊「婦女評論《フーニュイピンルン》」に掲載された。「危険な詩人」として日本を追放されたエロシェンコは、中国では逆に「解放の予言者」として熱狂的に迎えられたが、やがて彼の厳しいロシア革命批判が災いして共産党系学生による授業ボイコット事件も起こり、凋落していく。本作は理想主義者の詩人が中国の複雑な現実に足を掬われていくようすを、深い共感をもって寓話的に描いている。舞台となった北京・八道湾《バータオワン》の魯迅邸は約五〇〇坪の敷地に建てられた伝統的な四合院《しごういん》形式の家。ここに魯迅の母である魯瑞《ルールイ》、魯迅の妻朱安《チューアン》、魯迅の弟である周作人《チョウツオレン》、周建人《チョウチエンレン》兄弟とその日本人妻羽太信子《はぶとのぶこ》、芳子《よしこ》姉妹、さらにこの二組の弟夫婦の五人の子供たち、それに使用人たちが住む典型的な中国の大家族であった（但し周建人は上海に単身赴任中）。

このように魯迅は、中国の東と北の隣国で欧化と土着という近代化の問題を中国と共有していた日本とロシアの文学から、多くを学んだのである。その際に日本語と南京・仙台・東京で学んだドイツ語が日露両国文学を媒介した点も興味深い。

（五）付録について
――異色の「童話」、自伝的小説としての「自序」、「狂人日記」の謎

「兎と猫」は一九二二年一〇月一〇日「晨報」副刊に発表された。魯迅宅とおぼしき屋敷を舞台として、語り手は親子の兎とこれに愛情を注ぐ若奥さんや子どもたちをほほえましいタッチで描き出すいっぽうで、不条理なる自然に対する反抗を決然と語っており、異色の「童話」となっている。魯迅は東京時代に中国最初のアンデルセン翻訳を計画したこともあり、エロシェンコの日本語童話二冊を翻訳してもいる。また魯迅は本作を二二年一二月六日、自ら日本語訳して北京の邦字週刊誌「北京週報」二三年一月の新年特別号に「魯迅作同人訳」として発表している。本書はこの魯迅による

日本語版「兎と猫」を収録し、漢字は常用漢字に改め、旧かなづかいは現代かなづかいにした。

「自序」は、末尾には「一九二二年一二月三日、魯迅、北京にて記す」と書かれており、翌年八月二一日「晨報」文学旬刊に発表され、同月刊行の『吶喊』に収められた。この「自序」は伝記的事実と異なる記載が多く、序文としてよりも「自序」執筆当時に魯迅が抱いていた寂寞感を吐露した自伝的小説として読むべきかも知れない。たとえば末尾の一節には、金心異《チンシンイー》（きんしんい、銭玄同を指す）が登場し、「新青年」に執筆するよう勧めるが、「私」は鉄の部屋で熟睡する人々を起こして窒息死の悲哀を感じさせたくないと一旦は断るものの、金《チン》の説得で将来における希望は現在の絶望によって否定はできぬと考えるに至り、「狂人日記」の筆を執った、という有名なエピソードが語られている。二一年七月発表のエッセー「無題」を見ると、この「国民を喚び醒ます」対話は実のところ軽妙洒脱に交わされたようすが窺われるのである。

「狂人日記」掲載誌の「新青年」四巻五号は目次および奥付に「一九一八年五月一五日発行」と記載しているが、同号広告の上海紙「申報」掲載日が六月一一日であることなどから総合的に判断するに、実際には同誌は六月一〇日以後に刊行されたものと思われる。作品冒頭の文語文の序文末尾に「［中華民国］七年四月二日識す」とあるため、中国では多くの『魯迅年譜』類が「狂人日記」自体を「四月二日」執筆としている。しかしこの序文自体がフィクションであり日付も創作である可能性が高い。本作は『吶喊』収録に際して新たに作品末尾に「一九一八年四月」と付記されたが、『魯迅日記』には特にそれらしき記載もなく、実際の執筆時期はひと月遅れの五月である可能性もありうる。

また北京紙「晨鐘報《チェンチョンパオ》」（一九一八年一二月に「晨報」と改称）は同年三月より社会面に相当する「首都ニュース（本京新聞）」を刷新拡充しており、同欄は五月に入ると立て続けに「孝子が股肉を割いて親の病を治す（孝子割股療親）」など人肉食に関する記事を掲載している。人肉食が「孝」や「賢」という儒教的価値観から賞賛されているという現実を目の当たりにした魯迅が「狂人日記」の筆を執った、とは考えられないであろうか。

「狂人日記」は中国における人間同士の孤独な関係性を、主人公の「僕」が抱く〝食人〟の妄想において集約し、さらに「僕」自身にも食人の罪を負わせることにより、「僕」と民衆との罪人としての連帯の可能性を探った哲学的小説としてまず位置づけられよう。魯迅は東京時代のロマン派論で、中国では先駆者たる詩人が民衆から孤立すると論じている。本作はこのような青年時代からの思想的課題を展開させて、文学革命のイデオロギーを体現した最初の作品となったのである。語り手の精神的葛藤や印象を一人称体で記していくスタイルは、これ以降五・四時期文学の主流となる。

本書で「狂人日記」を付録とした事情に関しては、「訳者あとがき」をご参照いただきたい。

(六) 自伝的小説としての『朝花夕拾《ちょうかせきしゅう》』

『朝花夕拾』は、魯迅が一九二六年に執筆した清末の幼少期から辛亥革命の青春時代までを回想したエッセー集で、同年から二七年にかけて北京の半月刊誌（月二回刊行の雑誌）「莽原《もうげん》」に発表された。一九二六年とは激動の国民革命の年であり、魯迅も北京軍閥政府による指名手配を受けて外国人経営の病院を転々とし、八月には福建《フーチェン》省の厦門大学へと転任、さらに一二月には広州の中山《チョンシャン》大学に再転任し、ここで二七年四月の反共クーデターを迎えた後は国民党の監視を受け、同年一〇月になってようやく愛人許広平と上海に脱出できたのである。悲惨なクーデター後に執筆した「小序」

で、魯迅は次のように述べている。

露置く花を手折れば、色香に遥か優るのは当然のこととしても、私にはできかねる。今この時、胸の内にある奇妙乱雑にしても、私にはこれを即座に変幻させ、奇妙乱雑なる文章に転じることはできないのだ。

こう前置きした上で、魯迅はなおも朝《あした》に咲いた花を夕べの今に拾い集めて書き綴ったエッセー群を一冊の本として上梓しようというのである。魯迅個人の運命も中国の命運も激動しつつあり、眼前に奇妙乱雑な現象が急展開しつつある今、露を散らしてでも朝の花を摘み、自らの来し方、それと密接に関わる中国の近過去を探ろうとする行為であったのかも知れない。その意味では素直に過去を回想するというよりは、現在との緊張関係を保ったまま過去に沈潜して現在を批評するというレトリックを採用していると言える。特に「父の病」などは虚構性が強く、小説として書かれている。

また最後の作品「范愛農《ファンアイノン》」では、語り手の「僕」と故郷で再会した東京留学時代てから中華民国初期のライバル范愛農《ファンアイノン》が「おやおや、君は魯迅か!」と呼びかけ、親友同士となってからは「迅《シュン》君(原文:老迅《ラオシュン》)」と呼んでいる点も興味深い。范《ファン》と再会した中華民国初期にはまだ「魯迅」というペンネームは使われておらず、范愛農は実際には周樹人(魯迅)の字《あざな》「豫才《ユイツァイ》(よさい)」で呼んだことだろう。作品の虚構性は明らかである。

なお、魯迅の伝記と作品について、詳しくは拙著『魯迅事典』(三省堂)を参照していただきたい。

(七)日本における魯迅

——一世紀にわたる翻訳紹介の歴史と金子光晴、太宰治らの魯迅への関心

中国本国よりも早く、世界で初めて魯迅に関する報道を載せたのは、明治時代の総合誌「日本及日本人」である。同誌一九〇九年五月一日号は、「本郷に居る周何がしと云う、未だ二五六歳の支那人兄弟」による試みとして、『域外小説集』の内容を紹介した。

そして世界で初めて魯迅文学が翻訳されたのも日本語であった——それも弟の周作人による翻訳「孔乙己」で、北京の日本語週刊誌「北京週報」一二二年六月四日号に

掲載されている。それから五年後には日本国内でも魯迅の翻訳が始まり、一巻本の井上紅梅《こうばい》訳『魯迅全集』（小説集『吶喊』『彷徨』の全訳、一九三二、改造社）、佐藤春夫・増田渉共訳『魯迅選集』（岩波文庫、一九三五）と刊行も増え始め、三六年に魯迅が逝去するとその翌年には改造社より『大魯迅全集』全七巻が刊行され、日本の読書界でも魯迅は忘るべからざる名となった。

魯迅の日本語訳が本格化する三〇年代以後、日本の文化人は魯迅に深い関心を寄せ、上海時代の魯迅の面会相手には、金子光晴、武者小路実篤、横光利一、林芙美子、野口米次郎、長与善郎《ながよよしろう》らの作家・詩人、長谷川如是閑《にょぜかん》、室伏高信、改造社社長の山本実彦《さねひこ》らのジャーナリスト、塩谷温《しおのやおん》、増田渉らの中国文学者、鈴木大拙《だいせつ》のような禅の大家もいた。これら「上海・魯迅詣《もう》で」はすべて前述の内山書店店主の内山完造を介して行われたことも、特筆すべきであろう。

また芥川龍之介が「大阪毎日新聞」の特派員として二一年四月から七月にかけて上海・北京など中国各地を旅行した際、魯迅は「鼻」「羅生門」の二篇を北京紙「晨報」に訳載した。いっぽう芥川も北京滞在中に魯迅の訳文を目にし、「自分の心地がはっきりと現れていると喜び驚い」たといい、のちに「日本小説の支那訳」（一九二五）というエッセーを書いて「現代の日本に行われる西洋文芸の翻訳書に比べてもあまり遜色はないのに違いない」と魯迅の翻訳を高く評価している。

芥川と同様に佐藤春夫と魯迅との面会も実現しなかったが、魯迅が『現代日本小説集』に「私の父と父の鶴との話」「『たそがれの人間』」「形影問答」「雉子の炙肉」の佐藤作品四篇を周作人訳で収めるいっぽうで、佐藤は岩波文庫版『魯迅選集』を増田渉と共編訳した。佐藤は健康の優れぬ晩年の魯迅を日本に療養に招こうと「奔走」し、魯迅も「私は実に何といって感謝の意を表すべきか知らないほど感謝して居ります」と述べている。

また太平洋戦争末期には太宰治が小説『惜別』を執筆、仙台における魯迅と藤野先生との出会いと別れを描いている。それは「少年の如く大いに勢いづいて」「中国の人をいやしめず、また、決して軽薄におだてる事もなく、所謂潔白の独立親和の態度で、若い周樹人を正しくいつくしんで」描かれた、魯迅をめぐる明るい青春物語である。太宰が「キザ」で、なぜか音痴で、にこやかに笑う個性的魯迅像を描き出した点は、日本における魯迅受容史を考える際にも重要な意味を持つといえよう。

（八）〈阿Q〉像の系譜——夏目漱石から大江健三郎、村上春樹まで

このように魯迅は日本文学に大きな影響を与えている。その中でも「〈阿Q〉像の系譜」は特に重要であろう。〈阿Q〉像とは通常の名前を持たず、家族から孤立し、旧来の共同体の人々の劣悪な性格を一身に集めて読者を失笑苦笑させたのち犠牲死して、旧共同体全体の倫理的欠陥を浮き彫りにし、読者を深い省察に導く人物である。〈阿Q〉像の原型を魯迅はおそらく漱石の『坊っちゃん』（一九〇六）に見いだしたことであろう。『坊っちゃん』の語り手は名前を持たず、「下女」の清《きよ》を除く誰とも心の通い合う対話ができない。漱石は「坊っちゃん」の自閉性と周囲の人物の一見常識的対応の落差を描いて読者を失笑苦笑させながら、日露戦争後に成立した大日本帝国という国民国家の国民性を批判しているのである。この漱石作品では「坊っちゃん」は犠牲死こそしないものの、彼に代わるかのように清が急死している。これに対し魯迅の「阿Q正伝」は村と県城における辛亥革命の到来と、その犠牲となる阿Qを描いて、さらに鋭い国民性批判を展開したのである。

大江健三郎（一九三五〜）は一九四七年、四国の山の村にできた新制中学に入った時、母親から佐藤春夫訳の岩波文庫『魯迅選集』を贈られており、それ以来、魯迅を

愛読しているという〈大江コラム〈定義集〉「朝日新聞」二〇〇六年一〇月一七日朝刊〉。二〇〇七年五月一八日、東京大学における講演「知識人になるために」に際し、私が魯迅からどのような影響を受けましたか、と質問したところ、大江氏はおおよそ次のように答えてくださった——魯迅は自由に短篇小説を書き、小説の形式を作っていきました。一人の知識人が世界に向かって切実なことを訴える、そういう文体を持っており、捨て身の告発をしました。私も短篇小説を書く時にはしばしば魯迅を思い出していたものです。

大江氏はデビュー作「奇妙な仕事」〈一九五七〉執筆前に書いた詩の一行「大きな希望をふくんだ恐怖の悲鳴」とは、「魯迅から引用したはずですが、確かめられませんでした」とも語っている〈〈定義集〉同前二〇〇八年八月一九日朝刊〉。この一句は、科挙万年落第生の異常心理をアンドレーエフの手法で描いた、いわば「孔乙己」の兄弟作品である「白光《びゃっこう》」末尾からの引用である。同作は佐藤訳の岩波文庫『魯迅選集』には収録されず、一九五五年に刊行された竹内好《よしみ》訳の岩波文庫『阿Q正伝・狂人日記』に収められている。大江氏は「奇妙な仕事」を書き始める前に、竹内訳の岩波文庫で魯迅を読み直していたのである。なお私が引用句は「白光」によるものであることをお知らせしたところ、大江氏は『野草』以後だったという思いこみから違う作品ばかりを調べており見つけられませんでした、という内容の返事をくださっている。

大江健三郎が作家活動を始めた五〇年代後半とは、敗戦後の日本が独立を回復し、朝鮮戦争特需で経済復興を実現して国民国家を再建していた時代である。このような国民国家再生期に、大江氏はたとえば『われらの時代』（一九五九）で出口のない青春群像を描いている。その主人公でアメリカ人相手の娼婦から「私の天使」と呼ばれている「南靖男」は大江版「阿Q」といえよう。さらには二〇世紀末以後に書かれた三部作『取り替え子《チェンジリング》』『憂い顔の童子』『さようなら、私の本よ！』に共通する主人公長江古義人《ちょうこうこぎと》もポストモダンの終焉期を生きる老阿Qといえよう。

村上春樹（一九四九〜）もまた高校時代に魯迅を愛読していたようすである。デビュー作『風の歌を聴け』（一九七九）冒頭の一節「完璧な文章などといったものは存在しない。完璧な絶望が存在しないようにね」とは、魯迅が散文詩集『野草』に記したことば「絶望の虚妄《きょもう》なることは、まさに希望と相同《あいおな》じい」に触発されたものであったろう。

村上春樹の最初の短篇小説「中国行きのスロウ・ボート」は、魯迅の自伝的小説

「藤野先生」に呼応するかのように、「港街」の小学生が「世界の果て」にも等しい「中国人小学校」において教師の誠意溢れる希望を裏切るという回想の物語として書き出されている。魯迅と村上の二つの短篇は、遠い街で外国人の先生の希望を裏切ったことに対する罪の意識という構成とテーマを共有しているのである。

このように村上春樹と魯迅とは深い絆で結ばれており、とくに〈阿Q〉像は村上が魯迅から継承した主要なテーマである。たとえば村上は『若い読者のための短編小説案内』(一九九七)で本格的文芸批評を試みた時、阿Qに触れて鋭い批評を語っている。

魯迅の「阿Q正伝」は、作者が自分とまったく違う阿Qという人間の姿をぴったりと描ききることによって、そこに魯迅自身の苦しみや哀しみが浮かび上がってくるという構図になっています。その二重性が作品に深い奥行きを与えています。

そもそも村上には「Q氏」を主人公とする「駄目になった王国」(一九八二)という短篇小説がある。語り手の「僕」によれば、彼の旧友のQ氏は「僕と同い年で、僕の570倍くらいハンサムである。性格も良い。決して他人に威張ることがない……

育ちもいい……いつもかなりの小遣いを持っていたが、べつに贅沢をするというわけでもない……」という好人物で、欠点だらけの日雇い農民「阿Q」とは対極である。しかし十年後に「僕」が再会するQ氏が、テレビ局の「ディレクターのような職」にありながら、市民的倫理も感性も失っているようすを読むとき、魯迅の読者はQ氏とは紛れもなく〈阿Q〉像の系譜に連なる人物であることに気づくであろう。

「Q氏という人間について誰かに説明しようとするたびに、僕はいつも絶望的な無力感に襲われる……それを試みるたびに僕は深い深い深い深い絶望感に襲われる」と冒頭部分で語られる「僕」の心情は、「阿Q正伝」冒頭の「いったい誰が誰によって伝わるのか……「僕の」頭の中にお化けでもいるかのようである……」という語り手の虚無感に通じているのではあるまいか。

村上春樹はその後もQ氏の兄弟たちを描き続けている。たとえば『ダンス・ダンス・ダンス』（一九八八）に登場する映画スターの五反田君は、虚像を演じるのに疲れたQ氏でもあり、「無意味で卑劣なことをやることによってやっと自分自身が取り戻せる」ほどに高度経済成長からバブル経済へと至る日本社会の急激な変化の中で病んでいる。

一九九四年のノモンハン事件（一九三九）の戦場取材旅行をめぐる旅行記では、侵略の結果として敗戦を経験しながら、「自分の内なるものとしての非効率性」を深く問うことなく、単なる「外科手術」により物理的に「非効率性」を排除して高度経済成長を迎え、ポストモダン社会へと突入して、結局は「名もなき消耗品として静かに平和的に抹殺」されている日本人に対し、根本的な疑問を提起している（『辺境・近境』）。そしてこのような村上の思考は『ねじまき鳥クロニクル』第三部として結実したといえよう。この物語において語り手で主人公でもある「オカダトオル」は、幽霊の阿Qから「本当の人」（「狂人日記」）へと生まれ変わろうとして闘っているのではあるまいか。

魯迅は伝統的帝国の清朝から近代的国民国家としての中華民国、そして中華人民共和国へと中国が大変貌を遂げる際に、主体的に変革に参加しない膨大な群衆、あるいは参加しようにも参加できない過去の幽霊のような人々を、厳しくしかし共感を抱きつつ阿Qとして描き出し、新しい時代の国民性を模索した。大江健三郎と村上春樹も戦後日本の中産階級を中心とする「市民社会」や、エリート・サラリーマンを核とするポストモダン社会に対し、〈阿Q〉像を援用しながらラディカルな批判を行ってきたといえよう。

二〇〇八年夏の金融危機の発生を引き金に、〝ポストモダンの終わり〟が始まろうとしている。このような大転換期に際し、かつて大江健三郎が日本敗戦後の一九五〇年代に、そして村上春樹が八〇年代のモダンからポストモダンへの転換期に行った深い省察を出発点として現在まで続けてきた文学活動に注目したい。このような日本作家の原点の一つが魯迅文学なのである。

そのいっぽうで、かつて日本とは二十〜三十年の時差を隔てつつ、モダンおよびポストモダンを迎えてきた中国は、市民社会と情報化社会の成熟を待つだけの余裕を与えられぬままに次々と大転換期を迎えて、今や〝ポストモダンの終わり〟の始まりを迎えているのである。「〈阿Q〉像の系譜」をめぐる省察は、危機の時代に直面する日本と中国の人々に、深い知恵を授けてくれるのではあるまいか。

魯迅年譜

一八八一年
九月二五日、浙江《チョーチアン》省紹興《シャオシン》で生まれる。

一八八五年　四歳
弟の周作人《チョウツオレン》生まれる。

一八九三年　一二歳
祖父の周福清《チョウフーチン》が科挙不正事件で入獄。

一八九六年　一五歳
父の周鳳儀《チョウフォンイー》病死。

一八九八年　一七歳
南京・江南水師学堂に入学。厳復《イエンフー》訳『進化と倫理（天演論）』刊行。戊戌《ぼじゅつ》政変。

一八九九年　一八歳
南京・鉱務鉄路学堂に入学。義和団蜂起。

一九〇二年　二一歳
三月、日本留学に出発して、四月四日東京着。梁啓超《リアンチーチャオ》、東京で「新民叢報」「新小説」を創刊。

一九〇三年　二二歳
『月世界旅行』（ヴェルヌ）を翻訳刊行。

一九〇四年　二三歳
四月に弘文学院を卒業、九月に仙台医学専門学校（仙台医専）に入学。

一九〇六年　二五歳
三月に仙台医専を退学して東京に帰る。夏に一時帰国し、朱安《チューアン》と結婚。周作人を連れて再来日。

一九〇七年　二六歳
夏に許寿裳《シュイショウシャン》・周作人と文芸誌「新生」を計画するが失敗。

一九〇八年　二七歳
三月に「摩羅詩力説《まらしりょくのせつ》」を発表。四月に夏目漱石旧宅に転居し、伍舎《ごしゃ》と名づける。

一九〇九年　二八歳
三月と七月に翻訳短篇集『域外小説集』第一、二巻を刊行。八月に帰国。九月に杭州《ハンチョウ》浙江両級師範学堂教員となる。

一九一〇年　二九歳
八月に紹興府中学堂教員兼教務長となる。

一九一一年　三〇歳
五月に周作人・羽太信子《はぶとのぶこ》夫妻を迎えに東京へ行く。一〇月に辛亥革命勃発。一一月、浙江山会初級師範学堂校長となる。

一九一二年　三一歳
一月に中華民国成立。二月に南京に行き教育部に勤務。五月に臨時政府の移転にともない北京に転居。袁世凱《ユワンシーカイ》が臨時大総統に就任。

一九一三年　三二歳
四月に小説「懐旧」を発表。反袁第二革命が失敗して孫文《スンウェン》が日本に亡命する。

一九一五年　三四歳
日本が中国に二十一カ条要求。陳独秀《チェントゥシウ》が上海で「青年雑誌」を創刊（翌年「新青年」に改称）。芥川龍之介が「羅生門」を発表。

一九一七年　三六歳
一月に胡適《フーシー》が「文学改良芻議」を発表。四月に周作人が紹興より北京に到り、紹興会館で魯迅と同居を始める。七月に張勲《チャンシュン》の清朝復辟クーデターが失敗。八月に中国が第一次世界大戦に参戦して対独宣戦布告。一一月にロシア革命。

一九一八年　三七歳
六月に「狂人日記」発表。

一九一九年　三八歳
五月に五・四運動勃発。八月頃から九月頃にかけて「孔乙己《コンイーチー》」と「薬」を発表。一〇月に中華革命党が国民党と改称。一一月に北京・八道湾《パータオワン》に周一族で転居。一二月に紹興に帰り母らを迎える。

一九二〇年　三九歳
八月に北京大学非常勤講師となる。

一九二一年　四〇歳
四月から七月まで芥川龍之介が訪中。六月にロシアの詩人エロシェンコが日本を追放される。七月に中国共産党成立。八月頃に「故郷」を発表。一二月から翌年二月まで「阿Q正伝」連載。

一九二二年　四一歳
二月にエロシェンコが北京大学専任講師に就任。七月に翻訳『或る青年の夢』（武者小路実篤）を刊行。九月に

「端午の節季」を発表。一一月に「あひるの喜劇」を発表。

一九二三年　四二歳

四月にエロシェンコ帰国。六月に『現代日本小説集』（周作人共訳）を刊行。七月に周作人と不和となる。八月に磚塔胡同《チュアンターフートン》へ転居、第一創作集『吶喊《とっかん》』を刊行。一二月に『中国小説史略』を刊行。

一九二四年　四三歳

一月に第一次国共合作成立。五月に西三条胡同《シーサンティアオフートン》へ転居。七月に西安《シーアン》・西北《シーペイ》大学で夏期講座。

一九二五年　四四歳

三月に許広平《シュイクアンピン》との往復書簡が始まる。五月に北京女子師範大学事件に関する宣言を発表。五・三〇事件勃発。一一月に第一エッセー集『熱風《ねっぷう》』を刊行。

一九二六年　四五歳

七月に北伐戦争開始。八月に第二創作集『彷徨《ほうこう》』を刊行、北京を脱出して厦門《シアメン》大学教授となる。

一九二七年　四六歳

一月に広州《クワンチョウ》へ移動して中山《チョンシャン》大学教授となる。二月に香港ＹＭＣＡで「声なき中国」を講演。四月に四・一二反共クーデター勃発。「鋳剣《ちゅうけん》（復讐の剣）」を脱稿。六月に中山大学を辞職。七月に「魏晋の風土および文章と、薬および酒の関係」を講演。散文詩集『野草《やそう》』を刊行。一〇月に許広平と上海へ移動し同棲を開始。中共の井崗山《チンカンシャン》根拠地が成立。

一九二八年　四七歳

二月に創造社と革命文学論戦を開始。六月に日本軍が張作霖《チャンツオリン》を爆殺。九月に自伝的小説集『朝花夕拾《ちょうかせきしゅう》』を刊行。

一九二九年　四八歳

一月に『蕗谷虹児《ふきやこうじ》画選』を編集刊行。五月に北京を訪問。六月に翻訳『芸術論』（ルナチャルスキー）を刊行。九月に息子の周海嬰《チョウハイイン》が生まれる。一〇月に世界大恐慌勃発。

一九三〇年　四九歳

三月に中国左翼作家連盟（左連）結成。

一九三一年　五〇歳

一月に左連五烈士事件のため一時避難。八月に内山完造の弟嘉吉を招いて木刻《もっこく》講習会を開催。九月に満州事変勃発。

一九三二年　五一歳

一月に上海事変勃発のため一時内山書店に避難。一一月に北京訪問。

一九三三年　五二歳

四月に上海・施高塔路大陸新村《スコットロードタールーシンソン》に転居。許広平との往復書簡集『両地書《りょうちしょ》』を刊行。

一九三四年　五三歳

一〇月に紅軍長征開始。

一九三五年　五四歳

一〇月に毛沢東軍、陝北《シャンペイ》ソビエト区に到着。一一月に翻訳『死せる魂』（ゴーゴリ）を刊行。

一九三六年　五五歳

一月に『故事新編《こじしんぺん》』を刊行。二月に東

京で二・二六事件勃発。五月に『海上述林』（瞿秋白《チュイチウバイ》）と『ケーテ・コルヴィッツ画選』を編集刊行。六月に国防文学論戦が始まる。一〇月一九日、魯迅逝去。一二月に西安事件勃発。

訳者あとがき

(一) 魯迅《ルーシュン》を土着化した竹内好《よしみ》訳

日本で初めて——それは中国も含む世界で初めてのことでしたが——魯迅がマスコミで報道されたのは百年前のことでした。そして一九二二年六月に弟の周作人《チョウツオレン》が初めて魯迅作品(「孔乙己《コンイーチー》」)を日本語訳して以来(これも世界初の外国語訳です)、多数の翻訳書が刊行されてきました。現在では岩波文庫はじめ主要な文庫には魯迅の作品集が収録されており、全二〇巻の完訳版『魯迅全集』も刊行されています。日本人は一世紀に及ぶ魯迅読みの伝統を築いてきたのです。

しかしこれまでの魯迅の日本語訳は、必ずしも魯迅の文体や思考を十分に伝えるものではありませんでした。アメリカの翻訳理論家のロレンス・ヴェヌティ(L. Venuti)は、外国語翻訳という文化活動を、domestication と foreignization という両面から分析しています。domestication とは外国語・外来文化の土着化・本土化、

foreignizationとは土着文化・本土文化の外国化という意味で、中国ではそれぞれ〝帰化〟と〝異化〟と訳しています。魯迅文学の日本語訳に即して言えば、それぞれ魯迅文体および現代中国文化の日本への土着化と日本語・日本文化の魯迅化・中国化と言い換えることもできるでしょう。これまでの魯迅の日本語訳は、総じてdomesticationの傾向を色濃く持っており、その中でも竹内好（一九一〇〜七七）による翻訳は、土着化の最たるものでした。

竹内氏の魯迅翻訳としては、岩波文庫『阿Q正伝・狂人日記』一九五五年一一月第一刷発行の旧訳と、同一九八一年二月改訳発行の二点が最も普及していることでしょう。竹内氏個人訳による『魯迅文集』全六巻（筑摩書房）が七六年から七八年にかけて刊行されており、岩波文庫はその第一巻を使用して改訳版『阿Q正伝・狂人日記』を刊行したのです。改訳版は旧訳版の刷数を継承しており、同書の刷数は改訳版刊行時には第三二刷、二〇〇七年一一月には第八〇刷に達しており、大ロングセラーといえるでしょう。なお『魯迅文集』は一九九一年にちくま文庫に入りました。

（二）分節化された魯迅の思考

岩波文庫の改訳版は旧訳版を「抜本的に」改めたものですが、次の二つの土着化傾向は続いています。第一の傾向は、魯迅の原文と比べて竹内訳が数倍の句点「。」を使って、本来は数行にわたる長文を多くの短文に切断している点です。そもそも魯迅文体の特徴の一つに、屈折した長文による迷路のような思考の表現が挙げられます。しかし竹内氏は一つの長文を多数の短文に置き換え、迷い悩む魯迅の思いを明快な思考に変換しているのです。たとえば「阿Q正伝」冒頭の一節を取り上げて、原文と竹内訳とを比べてみましょう。

我要给阿Q做正传，已经不止一两年了。但一面要做，一面又往回想，这足见我不是一个„立言"的人，因为从来不朽之笔，须传不朽之人，于是人以文传，文以人传——究竟谁靠谁传，渐渐的不甚了然起来，而终于归结到传阿Q，仿佛思想里有鬼似的。

このように魯迅の原文は二文百十一字で、本書70頁では二文二百三十一字に訳しております。ところが旧訳版の竹内訳は以下の通りです。

私が阿Qのために正伝を書こうという気になったのは、もう一年や二年のことではない。しかし、書こう書こうと思いながら、つい気が迷うのである。それというのも、私が「その言を後世に伝うる」底《てい》の人ではないからである。なぜというに、昔から不朽の筆は不朽の人を伝すべきものと決っている。さればこそ人は文によって伝わり、文は人によって伝わる――というわけだが、そうなると一体、誰が誰によって伝わるのかが、だんだんわからなくなってくる。そしてしまいに、私が阿Qの伝を書く気になったことに思い至ると、何だか自分が物の怪《け》につかれているような気がするのである。（一九六九年四月、第二〇刷97頁、ルビ引用者）

竹内氏は本来二文であった魯迅の原文を六文に分割して翻訳し、迷走する語り手の思いを、論理的で明快なものにしています。そのいっぽうで、二百六十七字と原文の字数の二・四倍を費やしているのは、魯迅の饒舌体を残そうとする努力の跡でしょうか。これに対し改訳版では次のように改めたのです。

私が阿Qの正伝を書こうと思い立ってから、もう一年や二年ではない。しかし書きたい一面、尻込みもする。どうやら私など「言論で後世に不朽の名を残す」柄ではないらしい。というのは、昔から不朽の筆は不朽の人の伝記を書くもの、と相場が決っている。こうして人は文によって伝わり、文は人によって伝わる——となると一体、誰が誰によって伝わるのか、だんだんわからなくなる。それでも結局、阿Qの伝記を書くわけだから、なにか物の怪《け》にでもつかれているのかもしれない。（一九八一年二月、第三二刷100頁）

改訳版は旧訳版と同様に原文の二文を六文に分割した上、字数を二百十九字へと二〇％減少したため、饒舌体もほぼ消失してしまいました。これにともない「物の怪につかれているような」語り手の恐怖感に裏打ちされた阿Qへの共感も、たいそう薄らいでしまったのではないでしょうか。阿Qのような一見愚かな人間のために、なぜわざわざ「正伝」を書くのか、という読者の疑問もこれにより後退しかねないことでしょう。

短篇「故郷」結びの「希望とは本来あるとも言えないし、ないとも言えない。これはちょうど地上の道のようなもの、実は地上に本来道はないが、歩く人が多くなると、道ができるのだ。」という言葉は特に有名ですが、魯迅はその前提として、語り手に甥の宏児《ホンアル》少年と閏土《ルントウ》の息子との新しい友情をめぐって、次のような複雑な思いを語らせています。

彼らが仲間同士でありたいがために、僕のように苦しみのあまりのたうちまわって生きることを望まないし、彼らが閏土《ルントウ》のように苦しみのあまり無感覚になって生きることも望まず、そして彼らがほかの人のように苦しみのあまり身勝手に生きることも望まない。（本書68頁）

魯迅の原文では三行半七十五字もの長文が続くのですが、竹内氏の改訳版では次のように明快に整理されています。

かれらがひとつ心でいたいがために、私のように、むだの積みかさねで魂をすりへらす生活を共にすることは願わない。また閏土のように、打ちひしがれて心が麻痺する生活を共にすることも願わない。また他の人のように、やけをおこして野放図に走る生活を共にすることも願わない。（同前98頁）

「……願わない。……願わない。……願わない。」と三つの句点で三分割する短い翻訳文体は、漢文訓読のように歯切れ良く心地よいものの、語り手の苦悩煩悶を十分に伝えているでしょうか。魯迅の文体は屈折した長文による迷路のような思考表現を特徴とするのですが、竹内氏は一つの長文を多数の短文に分節化して、明快な日本語に変換しているのです。伝統と近代のはざまで苦しんでいた魯迅の屈折した文体を、竹内氏は戦後の民主化を経て高度経済成長を歩む日本人の好みに合うように、土着化・日本化させているのではないでしょうか。

（三）文学革命における句読点の意義

日本における魯迅受容に際して、なぜこのような極端な土着化傾向が生じたのでしょうか。それは一九一〇年代から二〇年代にかけて魯迅らが提唱した「文学革命」

に対し、竹内氏らはもっぱら「革命」に注目し、「文学」には深い関心を抱くことがなかったからではないかと思うのです。文学革命の理論家であった胡適《フーシー》は論文「建設的文学革命論」（一九一八年「新青年」掲載）でヨーロッパ諸国では文学がその国の国語を作りだしてきた点を指摘し、中国でも口語文による文学が国語を作り出し、その文学が標準的国語を生み出す、と論じています。彼は国語誕生の延長に国民国家を想像していたのでしょう。

国語と文学の創出に際して、大きな問題となっていたのが句読点などの標点符号でした。清朝末期から中華民国初めまでの中国では一般に句読点は使用されていませんでしたが、魯迅は早期から標点符号の重要性を認識しており、清末の一九〇九年に刊行した『域外小説集』では「序言」に続けて「略例」を置き、「！は大声を表し、？は疑問を表すことは、近年すでによく見かけることで、詳しい説明は必要あるまい。このほかに、点線は言葉が終わらぬこと、あるいは言葉が中断したことを表す。直線は一時的停止を表し、あるいは一句の上下にあるならば、括弧と同じ作用をしている」という説明を加えています。

また文学革命期を主導した「新青年」は、一九一八年四巻五号より全面的な口語文採用に踏み切るのに先立ち、言語学者の銭玄同《チェンシュワントン》の文章「句読符号」を掲載して（四巻二号。目次・奥付では二月一五日発行）、「繁簡二式の句読符号」を提案しています。「繁式」とは「、／；／：／．あるいは。／？／！」の「西洋語の六種の符号」で、「簡式」とは「。／、」の二種の句読点です。「繁式」は魯迅が『域外小説集』で実行していた符号とほぼ同じで、「；」「：」は現代日本語訳する際には、適宜「。」あるいは「、」を当てる必要があります。こうして四巻五号以後は、「狂人日記」も含めて「新青年」全誌が、この銭玄同の提案通りの標点符号を用いた口語文で印刷されたのです。このような魯迅らの十余年の苦心が実を結んで、一九二〇年二月には中華民国教育部が「新青年」方式をほぼ踏襲した標点符号を制定するのでした。

これまでの魯迅日本語訳では、このような中国式標点符号制定の経緯、ひいては魯迅ら近代中国知識人が国語創出のために要した苦心にはあまり留意されることなく、その結果、竹内氏の岩波文庫旧訳、改訳両版のように原文と比べて三倍もの句点「。」を多用して、魯迅文学を分節化してしまう過剰なまでの土着化翻訳が生じてしまったのでしょう。

(四)「故郷」の「迅坊《シュン》っちゃん」、「狂人日記」の「迫害狂」の意訳

竹内訳における土着化の第二の傾向は、大胆な意訳です。たとえば「故郷」では語り手は年上の閏土《ルントウ》を〝闰土哥《ルントウコー》〟と呼んでおります。〝哥〟とは兄という意味なので、本書では「閏《ルン》兄ちゃん」と訳しました。そのいっぽうで、「豆腐西施《とうふせいし》」の楊《ヤン》おばさんや少年時代の閏土は、語り手を〝迅哥儿《シュンコール》〟と呼んでいます。魯迅が夏目漱石の『坊っちゃん』を『哥児《コール》』と中国語訳しているように、「哥児」と呼ぶ側と呼ばれる側とのあいだには、親近感と身分差が並存しています。そこで本書では〝迅哥儿〟を「迅《シュン》坊っちゃん」と訳しました。

このように魯迅は「故郷」において「哥」という言葉で年齢差を示すいっぽうで、「哥児」という言葉で旧来の身分差を示唆しているのです。楊おばさんは語り手を「迅坊っちゃん」と呼んで旧来の身分差を示唆しつつ、お金持ちなのだから恵んでちょうだい、とばかりに堂々と無断で物品を持ち帰るのです。また語り手と閏土との関係は少年時代にすでに平等な友人同士ではなく、閏土の「迅坊っちゃん」という呼びかけにすでに身分差が示唆されており、それが二十年後の再会時に「旦那様！」という言葉によって顕在化したといえるでしょう。

　また魯迅は語り手に対する「迅坊っちゃん」という呼称により、漱石『坊っちゃん』の主人公と同様の未成熟さを暗示しているのではないでしょうか。実際に妻子の影がない彼は童貞の独身者という印象を与えており、その上、故郷を引き払う間際まで迷い続けています。彼はいわば未熟な大人なのです。おそらく魯迅はこのような語り手の身の上に、国民国家建設が難航する一九二〇年代中国の状況を投影したのではないでしょうか。このような語り手は本書収録の多くの作品に登場しています。そこで本書では〝我《ウォー》〟という原語に対しては、成人を連想させる「私」ではなく、少年性が匂う「僕」という言葉を当てました。

　竹内氏はこのような〝哥〟と〝哥児〟とを区別することなく、旧訳版でも改訳版でも「閏《ルン》ちゃん」「迅《シュン》ちゃん」と訳しています。これは農地改革で地主制度が消滅し、身分差が縮小した戦後日本社会に合わせて魯迅文学を土着化したものなのでしょうか。

　魯迅は「狂人日記」冒頭「序」の節で、語り手が日記の書き手の病を〝迫害狂〟と記しております。〝迫害狂〟を素直に読みますと、他人を病的に迫害する人、という意味になります。そこで現代中国では「初期の口語であるためだろうか、能動と受動との区別があまりはっきりしていないが、魯迅が言っているのは実際には〝被迫害狂〟であって、迫害狂ではない」（李今、文本・歴史与主題――「狂人日記」再細読書「文学評論」2008年第3期）と注釈付きで読むのが一般的です。ところが竹内訳は何の断りもなく「被害妄想狂」（改訳版15頁）と意訳しています。そもそも、近代中国の国語がまだ成熟していない時期だったため魯迅が「被迫害」を「迫害」と書き間違えた、と単純に考えてよいのでしょうか。

実は「狂人日記」には、魯迅の同郷の従兄弟で阮《ルアン》文恒《ウェンホン》（一八八六〜一九三八）というモデルがおり、『魯迅日記』では阮久孫《ルアンチウスン》という名で幾度も登場します。阮久孫は山西《シャンシー》省繁峙《ファンチー》県で知事補佐官となりましたが、ある案件の処理をめぐり強迫を受けて神経錯乱となり、一九一六年一〇月に魯迅を頼って北京に逃げてきたので、魯迅は彼を日本人医師の池田医院に入院させています。このとき池田医師が彼を「迫害狂」と診断した可能性は低かったことでしょう。魯迅も愛用していた田中鍊太郎纂訳『独羅英和医学字彙』（南江堂、一九〇〇）などは、被害妄想をあらわすVerfolgungswahnというドイツ語に「追跡狂」という訳語を当てており、「迫害狂」という訳語は用いていないのです。あるいは「狂人日記」序文の語り手も「大兄《おおにい》さん」や村人と同様、「僕」が周囲の者を「人食い」呼ばわりして迫害していたと考えているのかもしれません。そうしますと、「僕」は快癒して余所《よそ》に赴任したのではなく、「狼子村《ランツ》」の「とんでもない悪人」と同様に、周囲のものを迫害する悪人として殺され食べられてしまったのかもしれないのです。竹内訳は〝迫害狂〟という中国語を「被害妄想狂」と意訳することにより、「狂人日記」に潜むもう一つの解釈を封じ込めてしまったのではないでしょうか。

ちなみに「狂人日記」にはこのように謎が多いためか、魯迅は晩年に自作を選んで『魯迅自選集』(一九三三)を編集した際に「狂人日記」を選外とし、同書「自序」で「読者に『重圧感』を与える作品は、極力排除した」と述べています。本訳書では「狂人日記」の謎の多さも考慮して、選外とはせぬまでも、付録として巻末に置くことにしたのはそのためです。

大胆な意訳と分節化した翻訳文体により、竹内氏は魯迅文学を戦後日本社会に土着化させるのに成功し、中学国語教科書が魯迅を国民文学並みに扱うようになりました。これは竹内訳の大きな功績といえるでしょう。しかしそのいっぽうで、竹内訳は伝統を否定しながら現代にも深い疑念を抱いて迷走するという魯迅文学の原点を見失ってしまったように思われるのです。

（五）魯迅文学日本語訳の Luxunization の試み

本書では魯迅を土着化すなわち現代日本語化するのではなく、むしろ日本語訳文を魯迅化することにより、時代の大転換期を生きた魯迅の苦悩の深みを伝えようと努めました。このため一見些細な差異も忠実に訳し分け、矛盾する表現も無理に合理化して意訳することなく、できる限り直訳するように心がけました。句点も原則として魯迅の原文に準じています。本書新訳では多くの文章が長く屈折しており、明快な論旨からは遠い訳文となっているのはそのためです。高校で国語教師をしている知人はこの新訳を読んで「これでは教科書には採用されませんね」と感想をもらしていました。しかしこれが魯迅なのです。

ヴェヌティは翻訳による本土文化の foreignization をめぐって「翻訳家は外来文化と共同体を打ち立てようと求める。そしてそのような共同体が土着の価値と制度とを見直し発展させることさえ認める」と述べています（*The Translation Studies Reader* edited by Lawrence Venuti）。日本の読者が魯迅文学との共同体を打ち立て、そのような共同体により日本の文化と社会を見直し発展させていく際に、本書が多少でも貢献できることを願っています。

魯迅という名前は中国語ローマ字表記や英語では Lu Xun と書きます。中学国語教室で「故郷」を読んで以来魯迅からは遠ざかっていた方にも、既訳に慣れ親しんできた方にも、本書の foreignization 即ち、Luxunization（魯迅化）された新しい日本語訳を味わって頂ければ幸いです。ちなみに中国人名の読み方に関しては、原則として近代以前の人には日本語読みで、近代以降の人には現代中国標準語読みで振りがなを振りました。

なお清朝末期から中華民国初めにかけては政治的経済的過渡期で、通貨単位は複雑でしたので、本文21頁註1のように、魯迅の小説から具体的な事例を挙げて説明としました。

本書の翻訳に際しては、主に竹内好訳の岩波文庫『阿Q正伝・狂人日記』旧訳・改訳両版と丸山昇訳の『魯迅全集第二巻』（学習研究社）を参考にしたほか、増田渉訳『阿Q正伝』（角川文庫）、Hsien-i Yang と Gladys Yang 共訳の *Selected Works of Lu Hsun*（北京・Foreign Languages Press）など各種の翻訳も参照いたしました。古典引用文の訓読・現代語訳に際しては、『論語』に関しては吉川幸次郎『論語（上・下）』（朝日選書）から引用し、その他の参考文献は訳註で注記しました。注釈の多くは二

○○五年版全一八巻の『魯迅全集』（人民文学出版社）第一、二巻の註を参照しました。『朝花夕拾《ちょうかせきしゅう》』「百草園《ひゃくそうえん》から三味書屋《さんみしょおく》へ」の「鉄の如意《にょい》、指揮は倜儻《てきとう》……」と「追想断片」の「徐子以《もっ》て夷子《いし》に告げて曰《いわ》く……」の訓読翻訳に関しては、それぞれ東大中文科同僚の大木康教授と戸倉英美教授に、「狂人日記」の登場人物で「趙《チャオ》尊老」と訳出しました原語「趙貴翁」の「貴翁」は名前ではなく尊称であるという点については、上海魯迅紀念館館長の王錫栄《ワンシーロン》教授に教えていただきました。また魯迅研究者で慶應義塾大学教授の長堀祐造兄からも、大小多くの助言をいただきました。みなさまに心からお礼申し上げます。

この本の一部には、現在では差別的とされる「支那」という表現がありま す。本書の舞台である一九〇〇年代初頭には「中国」という言葉は一般に使 われておらず、「支那」という呼称を使用していました。以上を踏まえ、古 典としての歴史的な、また文学的な価値という点から、原文に忠実な翻訳を 心がけた結果であることをご理解くださいますようお願いいたします。

光文社古典新訳文庫

故郷《こきょう》／阿Q正伝《あきゅうせいでん》

著者 魯迅《ろじん》
訳者 藤井省三《ふじいしょうぞう》

2009年4月20日 初版第1刷発行
2023年5月30日 第11刷発行

発行者 三宅貴久
印刷 萩原印刷
製本 ナショナル製本

発行所 株式会社光文社
〒112-8011東京都文京区音羽1-16-6
電話 03（5395）8162（編集部）
03（5395）8116（書籍販売部）
03（5395）8125（業務部）
www.kobunsha.com

ISBN978-4-334-75179-1 Printed in Japan

いま、息をしている言葉で、もういちど古典を

長い年月をかけて世界中で読み継がれてきたのが古典です。奥の深い味わいある作品ばかりがそろっており、この「古典の森」に分け入ることは人生のもっとも大きな喜びであることに異論のある人はいないはずです。しかしながら、こんなに豊饒で魅力に満ちた古典を、なぜわたしたちはこれほどまで疎んじてきたのでしょうか。

ひとつには古臭い教養主義からの逃走だったのかもしれません。真面目に文学や思想を論じることは、ある種の権威化であるという思いから、その呪縛から逃れるために、教養そのものを否定しすぎてしまったのではないでしょうか。

いま、時代は大きな転換期を迎えています。まれに見るスピードで歴史が動いていくのを多くの人々が実感していると思います。

こんな時わたしたちを支え、導いてくれるものが古典なのです。「いま、息をしている言葉で」——光文社の古典新訳文庫は、さまよえる現代人の心の奥底まで届くような言葉で、古典を現代に蘇らせることを意図して創刊されました。気取らず、自由に、心の赴くままに、気軽に手に取って楽しめる古典作品を、新訳という光のもとに読者に届けていくこと。それがこの文庫の使命だとわたしたちは考えています。

このシリーズについてのご意見、ご感想、ご要望をハガキ、手紙、メール等で翻訳編集部までお寄せください。今後の企画の参考にさせていただきます。
メール　info@kotensinyaku.jp

光文社古典新訳文庫　好評既刊

黄金の壺／マドモワゼル・ド・スキュデリ
ホフマン
大島かおり 訳

美しい蛇に恋した大学生を描いた「黄金の壺」、天才職人が作った宝石を持つ貴族が襲われる「マドモワゼル・ド・スキュデリ」ほか、鬼才ホフマンが破天荒な想像力を駆使する珠玉の四編！

砂男／クレスペル顧問官
ホフマン
大島かおり 訳

サイコ・ホラーの元祖と呼ばれる、恐怖と戦慄に満ちた傑作「砂男」、芸術の圧倒的な力とそれゆえの悲劇を幻想的に綴った「クレスペル顧問官」などホフマンの怪奇幻想作品の代表傑作3篇。

飛ぶ教室
ケストナー
丘沢静也 訳

孤独なジョニー、弱虫のウーリ、読書家ゼバスティアン、そして、マルティンにマティアス。五人の少年は友情を育み、信頼を学び、大人たちに見守られながら成長していく—。

ヴェネツィアに死す
マン
岸美光 訳

高名な老作家グスタフは、リド島のホテルに滞在。そこでポーランド人の家族と出会い、美しい少年タッジオに惹かれる…。美とエロスに引き裂かれた人間関係を描く代表作。

とはずがたり
後深草院二条
佐々木和歌子 訳

14歳で後宮入りし、院の寵愛を受けながらも、その若さと美貌ゆえに貴族との情事を重ねることになった二条。宮中でのなまなましいまでの愛欲の生活を綴った中世文学の傑作！

光文社古典新訳文庫　好評既刊

車輪の下で
ヘッセ
松永　美穂　訳

神学校に合格したハンスだが、挫折し、故郷で新たな人生を始める…。地方出身の優等生が、思春期の孤独と苦しみの果てに破滅へと至る姿を描いた自伝的物語。

デーミアン
ヘッセ
酒寄　進一　訳

年上の友人デーミアンの謎めいた人柄と思想に影響されたエーミールは、やがて真の自己を求めて深く苦悩するようになる。いまも世界中で熱狂的に読み継がれている青春小説。

みずうみ／三色すみれ／人形使いのポーレ
シュトルム
松永　美穂　訳

歳月を経るごとに鮮やかに蘇る初恋……。幼なじみとの若き日の甘く切ない経験を叙情あふれる繊細な心理描写で綴った、根強い人気を誇るシュトルムの傑作3篇。

失脚／巫女の死　デュレンマット傑作選
デュレンマット
増本　浩子　訳

田舎町で奇妙な模擬裁判にかけられた男の運命を描く「故障」、粛清の恐怖のなか閣僚たちが決死の心理戦を繰り広げる「失脚」など、巧緻なミステリーと深い寓意に溢れる四編。

変身／掟の前で　他2編
カフカ
丘沢　静也　訳

家族の物語を虫の視点で描いた「変身」をはじめ、「掟の前で」「判決」「アカデミーで報告する」。カフカの傑作四編を、〈史的批判版全集〉にもとづいた翻訳で贈る。

光文社古典新訳文庫　好評既刊

田舎医者／断食芸人／流刑地で
カフカ
丘沢 静也 訳

猛吹雪のなか往診した患者とのやり取りを描く「田舎医者」。人気凋落の断食芸を続ける男、「断食芸人」。奇妙な機械で死刑が執行される「流刑地で」など、生前に発表した8編を収録。

訴訟
カフカ
丘沢 静也 訳

銀行員ヨーゼフ・Kは、ある朝、とつぜん逮捕される…。不条理、不安、絶望ということばで語られてきた深刻ぶった『審判』は、軽快で喜劇のにおいのする『訴訟』だった！

千霊一霊物語
アレクサンドル・デュマ
前山 悠 訳

「女房を殺して、捕まえてもらいに来た」と市長宅に押しかけた男。男の自供の妥当性をめぐる議論は、いつしか各人が見聞きした奇怪な出来事を披露しあう夜へと発展する。

三文オペラ
ブレヒト
谷川 道子 訳

貧民街のヒーロー、メッキースは街で偶然出会ったポリーを見初め、結婚式を挙げるが、彼女は、乞食の元締めの一人娘だった……。猥雑なエネルギーに満ちたブレヒトの代表作。

カラマーゾフの兄弟 1〜4＋5エピローグ別巻
ドストエフスキー
亀山 郁夫 訳

父親フョードル・カラマーゾフは、粗野で精力的で女好きの男。彼と三人の息子が、妖艶な美女をめぐって葛藤を繰り広げる中、事件は起こる—。世界文学の最高峰が新訳で甦る。

光文社古典新訳文庫　好評既刊

貧しき人々	白夜／おかしな人間の夢	死の家の記録	イワン・イリイチの死／クロイツェル・ソナタ	アンナ・カレーニナ（全4巻）
ドストエフスキー 安岡 治子 訳	ドストエフスキー 安岡 治子 訳	ドストエフスキー 望月 哲男 訳	トルストイ 望月 哲男 訳	トルストイ 望月 哲男 訳
極貧生活に耐える中年の下級役人マカールと天涯孤独な少女ワルワーラ。二人の心の交流を描く感動の書簡体小説。21世紀の〝貧しき人々〟に贈る、著者24歳のデビュー作！	ペテルブルグの夜を舞台に内気で空想家の青年と少女の出会いを描いた初期の傑作「白夜」など珠玉の4作。長篇とは異なるドストエフスキーの〝意外な〟魅力が味わえる作品集。	恐怖と苦痛、絶望と狂気、そしてユーモア。囚人たちの驚くべき行動と心理、そしてその人間模様を圧倒的な筆力で描いたドストエフスキー文学の特異な傑作が、明晰な新訳で蘇る！	裁判官が死と向かい合う過程で味わう心理的葛藤を描く「イワン・イリイチの死」。地主貴族の主人公が嫉妬がもとで妻を殺す「クロイツェル・ソナタ」。著者後期の中編二作。	アンナは青年将校ヴロンスキーと恋に落ちたことを夫に打ち明けてしまう。一方、公爵令嬢キティはヴロンスキーの裏切りを知って―。十九世紀後半の貴族社会を舞台にした壮大な恋愛物語。

光文社古典新訳文庫　好評既刊

大尉の娘
プーシキン
坂庭 淳史 訳

心ならずも地方連隊勤務となった青年グリニョーフは、司令官の娘マリヤと出会い、やがて相思相愛になるのだが……。歴史的事件に巻き込まれる青年貴族の愛と冒険の物語。

現代の英雄
レールモントフ
高橋 知之 訳

カフカス勤務の若い軍人ペチョーリンの乱行について聞かされた私は、どこか憎めないその人柄に興味を覚え、彼の手記を手に入れたが……。ロシアのカリスマ的作家の代表作。

鼻／外套／査察官
ゴーゴリ
浦 雅春 訳

正気の沙汰とは思えない、奇妙きてれつな出来事。グロテスクな人物。増殖する妄想と虚言の世界を落語調の新しい感覚で訳出した、著者の代表作三編を収録。

ワーニャ伯父さん／三人姉妹
チェーホフ
浦 雅春 訳

棒に振った人生への後悔の念にさいなまれる「ワーニャ伯父さん」。モスクワへの帰郷を夢見ながら、出口のない現実に追い込まれていく「三人姉妹」。人生の悲劇を描いた傑作戯曲。

桜の園／プロポーズ／熊
チェーホフ
浦 雅春 訳

美しい桜の園に5年ぶりに当主ラネフスカヤ夫人が帰ってきた。彼女を喜び迎える屋敷の人々。しかし広大な領地は競売にかけられることになっていた（「桜の園」）。他ボードビル2篇収録。

光文社古典新訳文庫　好評既刊

初恋
トゥルゲーネフ
沼野恭子 訳

少年ウラジーミルは、隣に引っ越してきた公爵令嬢ジナイーダに恋をした。だがある日、彼女が誰かに恋していることを知る…。著者自身が「もっとも愛した」と語る作品。

カメラ・オブスクーラ
ナボコフ
貝澤哉 訳

美少女マグダの虜となったクレッチマーは妻と別居し愛娘をも失い、奈落の底に落ちていく……。中年男の破滅を描いた、『ロリータ』の原型で初期の傑作をロシア語原典から。

三つの物語
フローベール
谷口亜沙子 訳

無学な召使いの一生を描く「素朴なひと」、聖人の数奇な運命を劇的に語る「聖ジュリアン伝」、サロメの伝説に基づく「ヘロディアス」。フローベールの最高傑作と称される短篇集。

虫めづる姫君　堤中納言物語
作者未詳
蜂飼耳 訳

風流な貴公子の失敗談「花を手折る人」、虫ばかりに夢中になる年ごろの姫「あたしは虫が好き」……無類の面白さと意外性に富む物語集。訳者によるエッセイを各篇に収録。

方丈記
鴨長明
蜂飼耳 訳

出世争いにやぶれ、山に引きこもった不遇の才人鴨長明が、災厄の数々、生のはかなさを綴った日本中世を代表する随筆。和歌十首と訳者によるオリジナルエッセイ付き。